U0686267

随波听涛

张天一 著

九州出版社
JIUZHOUPRESS

图书在版编目（CIP）数据

随波听涛 / 张天一著 . -- 北京 : 九州出版社，
2018.6（2023.7重印）

ISBN 978-7-5108-7083-5

Ⅰ . ①随… Ⅱ . ①张… Ⅲ . ①散文集－中国－当代
Ⅳ . ① I267

中国版本图书馆 CIP 数据核字（2018）第 108781 号

随波听涛

作　　者	张天一　著	
出版发行	九州出版社	
地　　址	北京市西城区阜外大街甲 35 号（100037）	
发行电话	（010）68992190/3/5/6	
网　　址	www.jiuzhoupress.com	
电子信箱	jiuzhou@jiuzhoupress.com	
印　　刷	成都市兴雅致印务有限责任公司	
开　　本	880 毫米 ×1230 毫米　32 开	
印　　张	10	
字　　数	233 千字	
版　　次	2018 年 6 月第 1 版	
印　　次	2023 年 7 月第 3 次印刷	
书　　号	ISBN 978-7-5108-7083-5	
定　　价	40.00 元	

★版权所有　侵权必究★

序

温新阶

　　天一兄是宜昌市交通系统的县级干部，在文学艺术界也有很大影响。或许因为本人从事教育工作多年的缘故，不大愿意同外界接触，竟然不知天一兄，后经韩永强兄介绍，方才认识，没想到却一见如故。

　　天一兄为人直爽，坦荡磊落，不绕弯子，不打诳语，和他打交道，想啥说啥，无需戒备，每天厮混在一起，不觉厌烦，七八日不见，便有几分思念。

　　天一兄多才多艺，书法、绘画、篆刻、诗词皆有涉猎，相比之下，对他的散文创作了解更多一些。迄今为止，已发表散文一百多篇，其中，《船缘》入选《2010年我最喜爱的中国散文100篇》和《中国散文大系·抒情卷》；《情驻湘江》入选《中国散文大系·旅游卷》；《情寄巴彦浩特》获得2016年中国第三届徐霞客游记文学三等奖；《弯弯的河流》在"长江颂"游记散文中获优秀奖，被收入由高洪波主编、铁凝作序、王蒙题写书名、作家出版社出版的《"长江颂"全国游记散文精品集》……散文随笔集《弯弯的河流》2000年由云南出版社出版以后，深受读者欢迎。

　　天一兄的散文感情真挚。他写人写景，都充满感情，但他绝不为文造情，没有虚情假意。对巴彦浩特的赞美，对油菜花的喜爱，对故乡的眷恋，对亲人的依依不舍，每一份情感都是那样真实，所以让我们感动。虽然感情是浓烈的，但是天一兄并不让感情在文章中肆意泛滥，他懂得节制，懂得以少胜多，寥寥几句，让读者体会到浓浓的情感。比如《情寄巴彦浩特》一文，通过对美丽的巴彦浩特景物的细致描绘，对沙漠冲浪的精彩展示，对诗会情景的着力渲染，对饯行宴会的生动表现，我们已经感受到了情感的燃烧，但是作者仅仅用"情寄巴彦浩特，思念永无尽头"12个字结尾，这是情感的浓缩，是内心波涛被克制的轻微澎湃，以少胜多，以约胜博，言已尽而意无穷。跟很多高手一样，天一兄的散文很少直接抒情，他把深深的情感掩藏在字里行间，有时把抒情的表现方式寄寓在别的表现方式里，比如在《脚东港情思》一文中，作者写外婆时写道：

> 当年母亲在脚东小学任教，我就在脚东小学接受启蒙教育，母亲吃住在学校，我跟着外婆一起生活，街坊邻居都非常纯朴可亲，也很喜欢我这个长外孙，含在口里怕化了，同时还有几个姨舅呵护着，可谓过着衣食无忧的生活。

这是一段叙述，但是却洋溢着浓浓的情感。这样带着浓烈感情的叙述，在《脚东港情思》一文中随处可见。

天一兄的散文意境悠远。意境是指抒情性作品中所呈现的那种情景交融、虚实相生的形象系统，散文和诗歌创作都讲究意境的营造。天一兄作为多年写散文的老手，自然懂得这个道理。在《蝉声阵阵》中，作者写道：

山坡上的灌木很茂盛，少人为破坏痕迹，于是成为夏蝉的重要栖身之处。山坡上有几处典型传统农舍，掩映于树木之间，白墙黛瓦，时而炊烟袅袅，亦有"白云生处有人家"之意境，与大自然和谐相处相得益彰，令我等久居闹市者羡慕不已。

　这既是景物的描写，又流露出对大自然的向往，对蝉声的喜爱的情感，真可谓情景交融。在《哦，那金灿灿的花儿》一文中作者写道：

　　本人青少年时期长期在乡村生活的缘故，岁月里常常回味起那意如诗美如画的田园风光。在四季分明的长江流域，特别是丘陵和平原地带，我认为一年中最美的景观是初春时期，杨柳青青，桃红柳绿，生机盎然，然而最让人兴奋的就是那一望无际金灿灿的油菜花，让人激情飞扬！让人流连忘返！让人如痴如醉！让人百看不厌！

　这里既是景物描写，后面四个"让人"的排比句，又具有强烈的抒情色彩，形成了悠远的意境。这里还有一个典型的例子，在《故道寻梦》中，因为人为改变漳河河道后作者回到故乡，"老天爷似乎理解我的心情，平原上刮的北风格外有寒气，树叶尽落，不时有寒鸦树枝间飞鸣而过，原野呈现出的是一片枯黄衰败冷落萧条景象！"这一段景物描写，营造出来的意境显得很有力度。

　天一兄的散文富有思辨。散文，不是一个说理的文体，它是以抒发作者真情实感见长的文学样式，但它同样传达出作者对世界的看法，传达出作者对生活的感悟。作者的看法和感悟大多是隐藏在字里行间，并不需要"特别指出来"的，但有时，作者兴之所至，也会特别说明，这往往会是点睛之笔。比如《蝉声阵阵》中，作者写道：

> 听蝉声，悟禅意。我感到"蝉"即"禅"，都是遵循着上帝的旨意。那么，如果我们怀有一颗宁静的心，质朴无瑕，回归大自然，返璞归真，淡化功名，一切随缘，这便是参透人生，这大概就是我心中的禅意吧！

这里，作者从"蝉"过渡到"禅"，丰富了散文的意蕴，深化了散文的主旨，提升了散文的思想价值，这都是思辨带来的深度。

而在《故道寻梦》中，作者写了漳河被人为改道的事，此类事在许多年前很多地方都发生过，违背自然规律，自然要受到大自然的惩罚，作者写道：

> 我沿着河边深一脚浅一脚地走了一段，被改道断流后的河道，尚不见良田再造，整个儿一潭死水，杂草丛生，倒是活跃着一些养鸭养鹅的专业户，置身乱石遍地的故道河床，到处是鸭喊鹅叫，嘈杂声不绝于耳，弯弯浊水中，漂浮着羽毛和杂物，当年清清的河流再也见不到了，甜甜的河水再也尝不到了，日渐干涸的河床到处是鸭屎鹅屎，远远都是弥散着刺鼻的腥臭味……

在以上景物描写的基础上，作者接着写道：

面对目中所见，我陷入深深地思索之中，令我痛心不已……再也享受不到当年跃入清清河流那种天然浴场的惬意快感了，再也见不到渔夫们一边划着小船，一边撒网一边载着鱼鹰吆喝着捕鱼的欢快场景了……

写这篇文章只是记述我个人的心境而已，没有设想由此带来的生态平衡方面的问题……

作者在这里批判了违背自然规律，改道河流造成的现象，让读者感受到了思辨的力量。

天一兄的散文语言优美。散文和诗歌一样，是语言的艺术，语言优美是散文的特点之一。天一兄的散文也较好地体现了这一点。

在《情寄巴彦浩特》中，作者写沙漠冲浪的一段很是精彩：

沙漠冲浪高潮迭起，近两小时的冲浪体验有惊无险，让我们这些来自内陆省份的人，体验到国内第四大沙漠里冲浪的极大快感。越野车一路吼叫着，时而爬上高高的沙峰，我们还没有缓过神来，瞬间又顺势迭入陡峭的沙谷，令我们猝不及防，我们在车上被颠簸得前倾后仰左右摇晃，似鱼跃于惊涛骇浪之上……同车美女们尖叫声此起彼伏，我也顿感刺激过瘾。在冲浪途中，面对一望无际的茫茫沙海，心胸似有大海般开阔，索性来一次彻底放松自己，吐故纳新，涤荡尘埃，畅快极了。我们多次下车亲近沙漠，留下一道道清晰的沙漠印痕。大家在沙漠里欢呼雀跃，坐卧翻滚，拍照留念，千姿百态，似回到了孩提时代，都说，这是一次从未有过的沙海忘情冲浪……

这是多么生动的描写，让读者如临其境，感同身受，这就是
优美的语言的力量。

同样在这篇文章里，写巴彦浩特夜景的一段也很精彩：

置身其境，大出我预料之外！夜景设计巧夺天工，
似人间银河，天上人间，五彩绚烂，音乐喷泉，亦梦亦
幻，优雅的蒙古长调旋律响彻夜空，极富民族特色，观
景处人头攒动，摩肩接踵，名不虚传，令人信服！成为
每个到巴彦浩特必看的免费景观，也是全国同类城市不
可多得的特色夜景。

这里，长短句结合，不仅很好地表现了巴彦浩特的夜景之美，
还体现了语音的错落美，参差美。

天一兄初中毕业就已辍学，通过自学，不仅在工作中能够得
心应手，做出了骄人的成绩，同时在文学艺术上颇多建树，令人
仰视。

随着时间的推移，天一兄即将退休，退休后会有相对充裕的
时间，相信天一兄会利用好时间，多读书，多锤炼，多琢磨，一
定会把散文写得更精粹、更精致、更精彩，攀登上散文创作的新
高峰。

（温新阶，中国作家协会会员，宜昌市作家协会副主席，宜昌
市散文学会会长）

目录 CONTENTS

足迹留痕

绵绵情思

岁月之河

心灵鸡汤

人生感悟

附录

后记

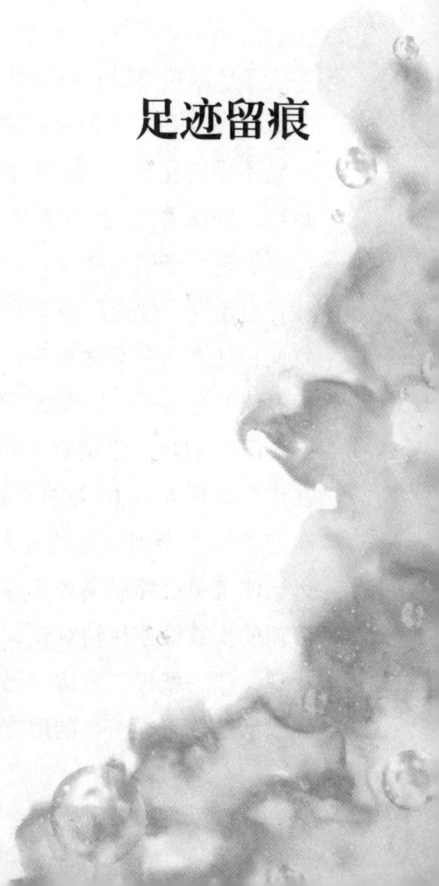

足迹留痕

情寄巴彦浩特

"好远好远的思念，越过巴丹吉林的云端；好长好长的相守，跨过居延的千年……"这是内蒙古作协副主席张继炼作词的《阿拉善思念》开头一段。

参加"阿拉善思念"为主题的笔会采风活动，是本人丰富人生阅历极为重要的一次活动。从网上资料、朋友介绍，我的心被苍天圣地阿拉善磁石般吸引着。

阿拉善是一个神秘、神奇、神圣之地，一旦走进阿拉善，终身走不出阿拉善。几天来的切身体会，此广告词内涵丰富，言简意赅，神秘诱人，隐含哲理，令人遐想，回味无穷。

上苍给予阿拉善丰厚的馈赠，地域辽阔，矿产丰富，作为内蒙古自治区土地面积最大的盟市，有 27 万平方公里，比我们湖北省面积还要大三分之一呢！阿拉善盟委、行署就设在这美丽富饶而多情的驼城——巴彦浩特镇。

巴彦浩特，蒙语意为富饶的城，素有"塞外小北京"之称。在进入常住人口 10 万的驼城途中，巴彦浩特以无比博大的胸怀，欢迎着每一个到这儿的客人，车辆行驶在平坦宽阔的一级公路，远远即可见公路制高处那骆驼群雕，彰显着这儿是一个有着别样情调的少数民族风情城镇，城中央也高高耸立着骆驼雕像，巍峨壮观，作为城标，是访问巴彦浩特镇的必经之地，是每个外地人到巴彦浩特必须留影的地方。巴彦浩特的象征——骆驼形象已经深深记忆在千万人的心中！

　　此行我心有所托，我的心已经走不出阿拉善。在巴彦浩特的短暂采风活动中，我的心似乎留在了那儿。从踏上巴彦浩特土地的那一刻起，我的心就被巴彦浩特独特的民族风情磁石般吸引着，阿拉善的公共福利事业令人羡慕至极，钦佩这儿的决策者在规划以人为本的方方面面，体现出高超的智慧、气魄和胆略。

　　我们欣赏到素有"小香港"之美誉的夜景，是每个阿拉善人向外地朋友推荐时，特别引以自豪的景观之一，以其夜景的独特魅力而言，似有不看巴彦浩特夜景等于没有到巴彦浩特之意。

　　未参观之前，我似乎有些不以为然，心存疑虑，这草原城镇，人口也不多，城市规模也不算大，少见内地那鳞次栉比的高楼大厦，能呈现怎样的夜景呢？况且，我去过广州，乘船夜游过珠江，到过武汉，也泛舟夜游过长江……

　　置身其境，大出我预料之外！夜景设计巧夺天工，似人间银河，天上人间，五彩绚烂，音乐喷泉，亦梦亦幻，优雅的蒙古长调旋律响彻夜空，极富民族特色，观景处人头攒动，摩肩接踵，名不虚传，令人信服！成为每个到巴彦浩特必看的免费景观，也是全国同类城市不可多得的特色夜景。从与阿拉善朋友的交谈中得知，仅夜景电费每天需要2万元。

　　特别令人惊讶的，巴彦浩特还是全国唯一免费乘坐公共交通的城市，每年财政补贴200多万元，这儿年满60岁以上老人每年可报销一次旅游机票，70岁以上则可报销两次机票，鼓励老年人外出旅游观光，他们的幸福指数可见一斑。众所周知，公共福利事业是需要雄厚的财政实力作支撑的，据介绍，阿拉善盟共有人口23万人，每年财政收入有50多亿元。这是否应验了人少好过年之理呢……

　　到巴彦浩特之前，内蒙古作协张继炼主席就热情介绍腾格里沙漠冲浪的种种惊险刺激,与我们过去见过的沙漠的不同之处,早撩拨得我们心里痒痒的了,我们真有些迫不及待了。来到巴彦浩特,张主席首先安排我们到腾格里沙漠冲浪,由两辆越野车、两个训练有素的专业司机负责我们的冲浪活动,师傅高超的驾驶技艺令我们钦佩信服。作为老交通人,我好奇地问师傅,茫茫沙漠如此浩瀚,没有路标也没有指南针,开车迷路了怎么办?师傅笑呵呵回答,我们闭着眼睛就可以开回去呢……

沙漠冲浪高潮迭起,近两小时的冲浪体验有惊无险,让我们这些来自内陆省份的人,体验到国内第四大沙漠里冲浪的极大快感。越野车一路吼叫着,时而爬上高高的沙峰,我们还没有缓过神来,瞬间又顺势驶入陡峭的沙谷,令我们猝不及防,我们在车上被颠簸得前倾后仰左右摇晃,似鱼跃于惊涛骇浪之上……同车美女们尖叫声此起彼伏,我也顿感刺激过瘾。在冲浪途中,面对一望无际的茫茫沙海,心胸似有大海般开阔,索性来一次彻底放松自己,吐故纳新,涤荡尘埃,畅快极了。我们多次下车亲近沙漠,留下一道道清晰的沙漠印痕。大家在沙漠里欢呼雀跃,坐卧翻滚,拍照留念,千姿百态,似回到了孩提时代,都说,这是一次从未有过的沙海忘情冲浪……

这次内蒙古阿拉善之行,主题为"阿拉善思念"作家笔会,时逢端午节、父亲节、农历夏至三节连环叠加,极大丰富了采风活动的内涵,因此格外畅快开心。

记忆中是第一次在外地过传统端午节,组织方特别策划了"端午诗会""父亲节诗会",文友们纷纷上台激情朗诵,我亦即席献打油诗四句:

> 乙未端午别样情,文朋艺友聚驼城。
>
> 吟诗作赋诵佳节,泼墨挥毫传心声。

并现场为阿拉善朋友挥毫，献上我的书法作品，将节日聚会活动推向高潮。

短暂的两天时间里，我发自心底赞赏阿拉善人的待客经典理念："一次邀请，终身有效"，阿拉善人敞开胸怀欢迎四海宾朋，可谓至真至诚，沁人心脾。

在颇具民族特色的饯行宴会上，曾经受著名歌唱家德德玛培养的敖登格日勒，以一曲张主席作词的《阿拉善思念》的歌声拉开宴会序幕，那内涵丰富的歌词配上热情奔放、欢快悦耳的旋律，久久回荡在我的脑海。席间，蒙古语、汉语交替祝酒词情深意长，使晚宴活动高潮迭起。

敬酒歌、献哈达，载歌载舞；民族情、文友情，情景交融；大家纷纷拿起手机，拍下这难忘的瞬间……我的心被真挚多情的阿拉善人彻底融化了，一碗接一碗美酒下肚，还将这种浓浓的氛围带回到下榻的宾馆房间，用歌舞形式延续着我们难舍难分和即将惜别之情，我的心亦真的醉了矣……

我沉浸在醉意蒙眬之中，全身心感受到从未有过的震撼、抚慰和净化，这次"阿拉善思念"之旅，将成为载入人生旅程中的重要篇章，此行填补了人生中的许多空白，使我永远记住了阿拉善的老师同行和老乡朋友，张继炼、邢云、巧云、邓梅……永远记住了受邀的同使命、共欢乐的六省文友……

阿拉善博大而富饶，汉蒙文化相互融合，民族团结，和睦友善，孕育出独特的阿拉善文化元素。我深深感到，受时间的限制，在如此神奇而美丽的阿拉善，还有许多神秘之地需要我用心去探究，植物活化石胡杨林，风吹草低见牛羊的草原风情，众多的遗址博物馆等等，我的心已寄存在苍天圣地阿拉善。

情寄巴彦浩特，思念永无尽头……

哦，那金灿灿的花儿

鲜花是点缀人们日常生活的首选。本人乃七尺男儿，生性不太爱花花草草的，但对初春之际，原野处处随风起舞、金浪翻滚的油菜花却情有独钟。每年此时，便会置身于花海之中，惹得我一时心花怒放了。

鲜花有普通和名贵之分，有些名花价值还不菲呢！然而我对大自然恩赐的鲜花里，偏偏喜爱那原野里一望无际、铺天盖地的金灿灿的油菜花！

油菜花虽然非常普通，普通到没有列入花卉图谱，也有别于温室和苗圃里栽培的各类经济名花。但在我的眼中，经油菜花装扮的田园景色是一年四季中最美又醉人的风光，是希望的田野给人类奉献出的最出彩最富于诗意的华彩篇章。

本人青少年时期长期在乡村生活的缘故，岁月里常常回味起那意如诗美如画的田园风光。在四季分明的长江流域，特别是丘陵和平原地带，我认为一年中最美的景观是初春时期，杨柳青青，桃红柳绿，生机盎然，然而最让人兴奋的就是那一望无际金灿灿的油菜花，让人激情飞扬！让人流连忘返！让人如痴如醉！让人百看不厌！

查阅历代文人墨客的作品，有着数不胜数地描绘梨花白、桃花红、槐花紫、梅花香等等美景美文，且各具特色争奇斗妍。但放大到能构成花的海洋，将山河装扮的如此妖娆妩媚的，还是生长于广袤原野里的那金灿灿的油菜花！

油菜花因其大众观赏性，又具有广泛的实用性受到人们的格外青睐。君不见每到春暖花开之时，引来无数人前往观赏品评吗?！还有不少商家及有识之士将其作为一个时期的旅游项目予以包装和开发吗？置身美景，人们使出浑身解数，或收入镜头之中，或与之合影留念；画家们也背负画夹对景写生，创作出一幅幅美丽的田园写生风景，这应该是人们对出身普通的油菜花最大褒奖吧！试想，如果花也有思维的话，恐引得其他名花嫉妒了呢！

严冬过后绽春蕾。当枯躁单一、漫长寒冷的冬季渐行渐远之时，正是万物复苏伴随着金灿灿的油菜花盛开之际，不仅惹得人们纷纷宽衣解带，到大自然里吐故纳新、踏青赏花，也引来数万小精灵们为之歌唱，又把菜花酿成蜜，将特有清香留在人间。

春寒料峭之际，作为神州大地率先报春的标志性植物，复苏的油菜便悄悄地迎着寒风成长了，它带给人们不仅仅是感官欣赏，更是带来一年丰收的希望啊！

"桃李不言，下自成蹊。"油菜花虽然看似平淡，可她从容潇洒的一生也曾辉煌过呢！同时也经过了各种考验，是在平凡中彰显内秀和崇高。油菜花从诞生之日起，就与芸芸众生紧紧地团结在一起。它根植于田间地头，秋冬之际，经过一双双劳动人民的手，在刚刚收获的田野里一株株移栽，然后是几个回合的田间管理，从此它即默默无闻地、顶风冒雪，在三九严寒顽强成长，即便被皑皑白雪覆盖也无怨无悔，一旦冰雪融化，它似猫冬过后刚刚苏醒一样，抖抖身上的残雪，便傲然挺立在神州大地，当严寒在春风里散去，即向人们展露出一生中最美好的年华。先是绿油油地还大地一片盎然生机，接着是将神州处处带入满地金星般灿烂之中。

横看成岭侧成峰。丘陵地带的油菜花层次丰富，特有的立体感，像精雕细刻的盆景般错落有致，伸向天际，有的还隐藏在云雾之中呢！平原的油菜花，则感到气势磅礴，远眺似花的海洋，如欣赏浩瀚无边的湖泊中那美丽的涟漪，春色无边，花天一色；近观随着微微春风吹拂，绿叶对着节节攀升的枝头微笑，鲜艳的菜花似向人们频频点头致意；置身其中，由于花粉中含有丰富的花蜜，常引来翩翩彩蝶与小虫子飞舞于花丛间，特别是被众多小蜜蜂簇拥着，这些小精灵们边歌边舞，来来去去起飞降落姿态万千，嘤嘤嘤嗡嗡嗡……感觉似进入原野歌舞厅了，看辛勤工作的蜜蜂们飞舞的姿态，聆听小精灵们的美妙合唱，真是一种莫大的享受，真乃天籁之音呢……它们在饱餐之后且不辱使命不辞辛苦，为人们酿出的那甘纯清香的菜花蜜！

在不同时段欣赏也有着不同的感受，黎明清晨蒙蒙雾霭之中，菜花似大海中移动的彩色浮冰时隐时现，尽显似微黄如柠檬的朦胧美感，似与初升的朝阳媲美，又交相辉映；春日艳阳之下，一派金色的海洋跃入眼中，令人目不暇接，此时徜徉花海，不由心驰神往；傍晚夕阳西下的余晖里，更是满目金色夕照、浑然一体，似童话像仙境令人无限遐想……

油菜花不负人类的栽培，虽然不登大雅之堂，也不是特别的娇贵，但其奉献人类的秉性始终如一。它全身是宝，花期过后便是粒粒饱满乌黑发亮的油菜籽，是上等植物油的原料，属于地地道道的绿色食品，用原汁原味的菜油炒菜，那扑鼻的阵阵浓郁的芬芳飘散在原野，不时刺激着人们的食欲；榨过油的菜饼既是绿肥又是上好养殖饲料；菜油外用还有清火疗伤作用，在那缺医少药的年代，我们常常在蚊叮虫咬和皮肤发炎处、便秘时的肛门处稍稍涂抹，很快就会痊愈；杆可以造纸，我们还将待产茧的春蚕附着上面，用以做吐丝缚茧之用，也可以当柴火，为人类奉献出全部光和热……

油菜花与生俱来的是集体主义精神特点，它不像一般名贵花卉，一株一株一盆一盆的精养，没有见到某人某地只栽培几株油菜花的，它必须和众油菜花紧紧地团结在一起，才能彰显其美丽壮观的特性。

菜花和与之相伴的蜜蜂一样，虽然普通平凡，虽然生命短暂，却毫不吝惜地奉献全部的光和热，乃至粉身碎骨也心甘情愿。

我等普通人的命运又何尝不是如此呢？从出生到离开这个世界，虽然短暂，且历经许多的艰辛，最后燃尽全部的光和热，一生无怨无悔……

我喜爱油菜花，它是我倾情拍摄最多的原野景观，那金灿灿的油菜花和小精灵般的小蜜蜂都在我的作品里得到了永生！

一年一度的油菜花从南到北，一路绽放，将神州处处装扮得无比妩媚妖娆，每年这个季节成为我最兴奋的季节，我常常沉浸在徜洋花海的梦游之中……

朝圣之行

朝圣，在词典里是这样解释的：指教徒朝拜圣地的宗教活动，它指一项具有重大的道德或灵性意义的旅程或探寻。通常，它指一个人前往自己信仰的圣地或其他重要地点的旅程。

许多宗教认为特定地方有灵性重要性，如麦加、耶路撒冷、菩提伽耶等。信徒认为通过朝圣祈福赎罪，被疗愈或感恩还愿，获得物质或灵性益处等。

前不久应邀参加"屈姑有约"笔会，得到天老爷的开恩支持，堪称天时地利人和，临行之时，连续多天的阴雨突然放晴，蓝天白云伴随着我们，一路所见所闻，出发之时，在我的心中里已经定为文学朝圣之行。我的感受与本次活动的策划者、组织者、我市著名作家韩永强老师的观点不谋而合，他在活动小结时亦用了"朝圣之行"予以高度概括。我心领之，神会之。

与秭归之缘

本人从沮漳河畔到长江之滨38年，这是第一次以笔会采风形式深入西陵峡畔的秭归腹地，探寻我国著名诗人、世界文化名人屈原学习生活的痕迹，感受屈原家乡人民对屈原的深深怀念之情。

"屈原"作为一个世界级著名的文化人，其影响在脑海里根深蒂固，当年曾因公多次乘坐"屈原号"客轮，到原秭归县城归州镇时，由郭沫若题写的牌坊"屈原故里"分外醒目，成为到秭归留影的标志性景点。同时各界人士到秭归县城都要参观拜谒屈原纪念馆。尤其是 1989 年底，受宜昌地区书画协会指定，我作为时任协会副秘书长，接受了为兴建屈原碑廊创作一件屈原诗歌书法的任务，用的是四尺宣纸，行草字体，内容是明朝诗人边贡的《七律·午日观竞渡》，镌刻于青石之上，陈列于屈原纪念馆碑廊之中。兴建三峡工程时期，随着纪念馆所有文物一道，整体搬迁至现在的新县城凤凰山。

从此，屈原在我心中地位更加巍峨高大，他的长篇诗 2500 余字的《离骚》也成为我小楷书法创作的重要素材，作品被有关部门永久珍藏……

这是过去曾经的与秭归有约，与屈原结缘。那么这次与"屈姑有约"笔会就有些戏剧性了，应归功于我的文学引路人韩永强老师。韩老师从 20 世纪 90 年代执掌三峡日报副刊（原为宜昌日报）以来，即关注、辅导我的业余文学创作，1996 年底，曾大版面刊发我的长篇游记《朝鲜四日纪行》，在社会上引起较大反响；在举世瞩目的三峡工程碍断航转运期间，力推我的长篇报告文学《大江东去唱翻坝》，作为《宜昌日报》2003 年度副刊作品的三篇参赛作品之一，角逐中国新闻奖报纸副刊年赛并获得银奖，为宜昌市争得了荣誉；同时近期又向权威选稿专家举荐，期望这篇获奖作品载入三峡工程文学史册。那么，同样是韩老师引荐，结识了湖北屈姑国际农业集团，应邀为屈姑文化研究院主编《屈姑文化》篆刻黄玉巨型（八厘米见方）标志印章"屈姑"，继而有幸参与了这次朝圣之行，从此步入了不断了解屈姑集团发展壮大历程的行列。在应邀欣赏今年的大端午诗会后，我曾即兴赋诗于微信朋友圈：

端午之日忆屈原

三闾大夫悲愤吟，以身报国哀民生。

求索刚正激后人，炎黄子孙铭记心。

两湖端午别样情，龙舟竞渡楚辞声。

日月同辉天下颂，神州处处祭英魂。

初识乐平里

乐平里是屈原的诞生地，这儿留有当年屈原青少年时期学习生活的痕迹，乐平里早已名扬海内外，但我却一直无缘造访。

我们乘坐的车沿长江三峡香溪与长江交汇处溯源而上十余公里，到了一个叫"七里峡"的谷口，峡谷中有一条凤凰溪。七里峡峡谷幽深，溪水淙淙。峡谷或有皱褶处，有农舍三五间，修篁簇拥，鸡犬声声，恬静怡然。攀援而上，刚好七里，忽然峡尽天开，平畴沃野扑面而来，映入人们眼帘的是一座六七米高的牌坊"乐平里"。这座建于1982年的藏族风格朱红牌坊，在峡谷碧绿的橘树丛中格外醒目，也是在各种画册资料、影视片中多次见到的，它是乐平里最重要的地标。

乐平里是一块钟灵毓秀之地。五指山、北峰山、仙女山等山岚团团围出一块千余亩的平地，即为狭义的乐平里。村人在平地四周依山就势建起农舍，农舍虽是峡江里传统的干打垒建构，但星罗棋布，野趣悠然。最有特色的是北峰山上的民居，虽然也是干打垒，但在民居排列上却别具匠心。从乐平里的平坝上仰望，那些民居如现代诗行，参差错落，从山脚到山的半腰，若是清晨或者傍晚，炊烟袅袅而起，还可以听到诗歌音韵流动的旋律。

置身乐平里静静地听，微风里仿佛传来那"我哥回哟，我哥回"的鸟鸣声，还有那端午划龙舟、包粽子的风俗就是从这儿兴起、绵延几千年……就在十年前，秭归"屈原故里端午习俗"被列为第一批国家非物质文化遗产名录。2011 年，秭归被国家体育总局命名为"中国龙舟之乡"。

拜谒屈原庙

这是"屈姑有约"朝圣之行的核心，也是系统了解屈原一生的源头和入口，我胸怀虔诚之心，静静地仰视着蓝天白云簇拥下的屈原庙。蔚蓝的天空中白云朵朵，瞬息万变千奇百怪，时而像奔马驰骋茫茫原野，时而如大海波涛汹涌澎湃，时而又似求索中的屈原雕像，俯看着家乡，俯看着我们一行……

我们沿着一路清澈的凤凰溪穿坪而过，从被乐平里人称为一景的"回龙锁水"，与牌坊遥相呼应的降龙伏虎山上，孤傲地矗立着另一个地标性建筑——屈原庙。

随行的秭归骚坛诗社副社长、省级非物质文化遗产传承者向富昌先生介绍了重修屈原庙时筹资的艰辛过程。

迁徙扩修的新屈原庙坐落在伏虎山的山头上，屈原庙就如一尊神端坐其上。屈原庙为小青瓦砖木结构，白墙黛瓦，猫拱式山脊，飞檐翘立，颇具古朴之风，朴素而庄严。其彩绘淡雅素净，为民间寺庙风格。庙门楣上的"屈原庙"三个大字，是郭沫若先生的遗墨。

进入屈原庙，必须攀登六十多级陡直的青石台阶。门厅是一个四合院式的建筑格局，与门厅对应的是正殿，四合院左右各有两层楼的厢房，它们共同围合出一个约 20 多平方米的天井。阳光能端直地穿过房顶亮瓦，让厢房正殿明亮温暖。正殿中央供奉着一尊屈原塑像，塑像高达 2.5 米，石膏质地。屈原峨冠博带，腰佩长剑，神色凝重，双目炯炯，举步欲行。正殿内除了屈原塑像之外，还有清乾隆以来的石碑七块及当代名人书画。让人意想不到的是，这儿竟然居住着一个义务守庙20多年的84岁老人徐正端先生，他退休后义务担负着看护屈原庙之职，他一生敬仰屈原，令人肃然起敬！

屈乡灵牛传奇

在乐平里最为传奇的故事是"屈乡灵牛"。传说屈原当年离开乐平里求学时，肩负重籍走到一块水田边，突然捆书的绳索脆断，书籍散落一地，让少年屈原手足无措。就在屈原举步维艰之时，不远处有一位躬耕的老农把套在牛鼻子上的绳索取了下来，来到屈原身旁，用调教耕牛的绳子为屈原捆好书籍，让屈原继续远行。屈原万分感动，却又怕没了牛鼻绳误了老农耕田。老农说："你求学赶路是大事，耽搁不得。"听了老人的话，屈原觉得心里得到了安慰，但是他还是有些歉意地走到耕牛前，用手抚摸牛头轻声对牛说："牛啊，你要听话啊！"没想到屈原话音刚落，牛就响亮地叫了一声并对着屈原点了几下头。老农莫名诧异，扶起倒在水田里的犁，还没发声，牛就拖起犁躬耕而行。到了水田的另一头，老农说"回头回头"，牛听到老农的话，居然自己掉过头来。看到这样的场景，屈原才放心前行。屈原走了两千多年了，乐平里的牛还记得屈原要它们"听话"的嘱咐。这一声嘱咐，成了乐平里一道永远的风景。

对此，有人专门做过实验，把外地的牛运到乐平里，前三天必须用牛鼻绳，过了三天也不需要了。而把乐平里的牛运到外地，前三天不用牛鼻绳，三天之后，来自乐平里的牛，没有牛鼻绳就听不懂农夫的话了。这样一个似乎很神秘的传说，让动物学家、行为学家、心理学家百思不得其解，至今存疑。直到今天，到屈原诞生地朝圣的文人骚客、凡夫俗子，都可以看到"灵牛"们一如既往地遵循着屈原的嘱咐自主耕耘。

传承屈原文化

说这次"屈姑有约"是朝圣之行，还因为秭归这块文学热土上，深植着民间文学的基因，同行中的韩永强老师生于秭归长于秭归，且在秭归工作多年，对秭归的历史掌故、民间传说和风土人情了如指掌，加上秭归的屈学专家谭家斌、谭国锋等一路解说补充，令采风者受益匪浅！所到之处无不彰显着屈原忧国忧民、求索创新精神的遗韵。

我深深感到，屈原文化是秭归最靓丽的一张名片，秭归因屈原而名扬世界，秭归文化人也因研究屈原而功成名就，秭归县也因传承屈原精神而得到世界文化人的称道，令不少屈学专家和著名诗人慕名造访！

乐平里是一个远近闻名的诗意村庄。这里有绵延千年的骚坛诗会，村民自发成立"骚坛诗社"，吟诵屈原爱国情怀，自发组织龙舟竞渡等等，使秭归成为名扬中外的"中国诗歌之乡"。

据介绍，影响最大的无疑是骚坛诗社。骚坛诗社在三百多年前的明代创立于屈子故里乐平里，自明清至民国不绝如缕。1949年停止活动，1982年恢复后，一批农忙时手握锄头务农，闲时握笔写诗的农民诗人在乡野阡陌上尽情吟诵，并在每年的端午和中秋举办诗会。这延续千百年，古今一脉的诗歌传承，已成为中国诗坛的传奇。全县每个月至少有一次诗歌朗诵会，诗社活动的触角已深入到社区、学校、工地、企业和农村乡镇。早年由骚坛诗社举办的端午诗会，自1982年以来从未间断，近年来已发展为全县性的诗歌活动，成为该县的文化品牌。今年有幸应邀观摩了端午诗会，其水平之高，影响之大，人才之众，名家之多，无不令人对秭归的诗词文化现象刮目相看！在屈原庙里，我们现场聆听了守庙人徐正端和向富昌先生的原汁原味的即兴吟唱。

采风中，向富昌先生介绍了徐正端老先生坚持20余年义务守庙事迹，感人至深，从另一个角度也令我们很悲怆，像徐老早该是在家颐养天年的日子了，遗憾至今没有找到合适的接班人，还在默默地坚守着。我思忖着：屈原庙作为国家级历史文物，当地有关部门该是研究如何将管理屈原庙纳入议事日程的时候了！

名人效应是巨大的，是无形资产。一个地方因名人名文而兴盛的例子俯拾即是（如湖南岳阳，因范仲淹《岳阳楼记》而闻名于世，兴盛于今），屈姑集团的决策者慧眼独具，用屈原之姊"屈姑"命名，弘扬屈原求索精神，传承屈姑贤淑美德，服务家乡，追求卓越，丰富企业文化内涵，使企业人才济济，他们与100多个国家和地区有经贸往来，年产值达到十多亿元，其系列产品享誉国内外。他们组建屈姑文化研究院，开创屈原和屈姑文化研究之全新领域，创办出版期刊《屈姑文化》，以此为阵地，为研究者提供学习借鉴，培养人才，吸引人才，这种无形资产所带来的美好前景将不可限量！

感恩 + 感悟

这次朝圣之行，对于我而言，也是感恩之旅。秭归不仅是我第一件书法镌刻石碑陈列之地，也是我的第一篇获奖报告文学《大江东去唱翻坝》的创作基地，是秭归这块文学热土给予我创作灵感，因此到秭归参与"屈姑有约"笔会是虔诚的，对集团总裁李正伦先生高起点重视企业文化建设是由衷钦佩的。

初到屈姑集团，疑似到了一个旅游景点，也像到了宝石博物馆，民族特色的办公区域陈列的各种珍奇异宝琳琅满目，民间搜集的历朝家俬以及名人字画随处可见，办公区域的花草树木盆景装饰有景有情、相得益彰，无不令人啧啧称赞，从一个侧面彰显出主人的雅趣和企业的文化品位！未来的日子里，相信我的业余文艺爱好，会有更多为屈姑集团服务的机会。

屈原《离骚》中著名的"路漫漫其修远兮，吾将上下而求索"，无人不知，无人不晓，几千年来，曾激励过历朝历代的无数仁人志士，像屈原那样去报效国家，追求真理，应该是古代名人名句中引用频率最高的，也可以说是推动历史车轮滚滚向前的理论先导……

前几天，民间自发筹资兴建的屈原文化碑廊正式向社会开放，镌刻着历朝历代名人吟咏屈原的诗词，增添了人们到乐平里拜谒屈原和瞻仰学习的内涵，也从一个侧面昭示着人们对屈原的敬仰与爱戴。

朝圣之行，肺腑之声。宗教朝圣，五体投地，躯体丈量朝圣之路；文学朝圣，心伴身行，言行崇敬文学巨人。作为业余文学实践者，面对博大精深的屈原文化，唯有以朝圣的心态，到源头到发祥地，毕恭毕敬潜心学习，聆听民间专家的教诲，传承挖掘新的内涵，才不会辜负屈姑集团举办第二次"屈姑有约"笔会的良苦用心。

弘扬屈原精神，传承屈姑美德，屈原精神与日月增辉，与山河同在，将永远照耀和引领中国文学的创作之路！

此乃朝圣之行所感所悟矣！

鹿苑茶乡纪行

　　题记：楚西远安，神秘诱人，物华天宝，人杰地
灵，色彩斑斓，和谐自然。因朝廷皇室钦定食饮穿的贡
米、贡茶和贡丝而名扬天下。

　　近日，出于对黄茶的特殊情愫，一路追逐特别的清香，来到
神奇美丽的诱人之地，品茗润心，忘我忘情，沉醉在远安鹿苑茶
文化的意境氛围里。

　　远安是古老而神秘的！楚风遗韵的远安，位于鄂西北僻静之
隅，近代国防建设的需要，对外并不开放，也由此显得更加神
秘……

　　由此上溯，其独特的文化和民风民俗，曾受到历代朝廷的格
外青睐，还留下了无数文人墨客和道长高僧们的足迹，仅市级以
上命名的非物质文化遗产就有八项之多，足以令人仰视！值得人
们用心去品味和解读！

　　这儿有保存完好的最原始的县城城墙，厚重的文化可见一斑。
这儿又是一个特别适宜人类居住的地方，优美的环境，丰富的物
产，养身怡性，延年益寿。远安平均年龄达到 78 岁，远远高于全
国平均寿命近 4 岁，90 岁以上高龄 302 人（其中百岁老人 1 人），
比全国长寿之乡钟祥 90 岁以上老人还高出 0.13 个百分点呢！这儿
真是一个值得人们深入探究的地方，是一个令人无限向往的地方。

上帝造物者的偏爱，远安得天时地利人和，造就了这儿的神奇、富庶和独特的文化传承，从轩辕黄帝和嫘祖，到三国文化的浸淫，从地上跑的神鹿到天上飞的神鸟凤凰，各种珍禽异兽、奇花异草遍布，满目绿色天然，郁郁葱葱，天然氧吧，令生于斯长于斯的人自豪万分。

踏上远安的土地，心里眼里所思所想都是与鹿溪鹿苑和黄茶相关！听了黄茶的传奇史，参观了茶场茶园，观看了多媒体专题片，历经了从黄茶为何物到初步了解的过程，可谓收获满满。

黄茶属轻发酵茶类，加工工艺近似绿茶，只是在干燥过程的前或后，增加一道"闷黄"的工艺，促使其多酚叶绿素等物质部分氧化。其制作过程为：鲜叶杀青、揉捻、闷黄、干燥。最重要的工序在于闷黄，目前属于纯手工制作，这是形成黄茶特点的关键，做法是将杀青和揉捻后的茶叶用纸包好，或堆积后以湿布盖之，时间以几十分钟或几个小时不等，促使茶坯在水热作用下进行非酶性的自动氧化，形成黄色，黄茶生产的秘密和独特品质皆隐藏于此。

远安鹿苑茶是黄茶中的佳品，以产地鹿苑寺而得名。鹿苑茶风格独特，具有色泽金黄，白毫显露，清香持久，叶底嫩黄匀称的品质特征。已载入《中国名茶研究选集》和全国高等农业院校试用教材《制茶学》中。是我国茶叶百花园中的一枝奇葩，古往今来盛名不衰，倍受全国茶客青睐，多次被评为全国名茶。

参观茶园时有些不明就理。不像平常见到的其他县市的绿茶基地整齐和修剪规范，有些不屑一顾，陪同我们参观的县人大副主任陈才华先生介绍，这是陆羽《茶经》对黄茶的品质定位，"其地，上者生乱石，中者生砾壤，下者生黄土"，周围丹霞环抱，遍布着红砂岩石，所见的茶园乃黄茶生长的最佳生长环境。

　　由于不是采茶的季节，见到茶树树冠已经被修剪，剩下光秃秃的树干，在乱石缝里顽强生长，吮吸着丹霞石液和馨香植物散发的特殊养分，为下一次生长出上等好茶而悄然孕育着，也正应了茶圣陆羽的精辟总结呢，令人信服。我恍然大悟，陆羽可真神了！遥想陆羽当年，足迹遍及神州，潜心研究茶事，为茶叶把脉问诊，可谓呕心沥血，心中的陆羽形象顿时巍峨而高大！我们随茶园主人寻找到几棵百年以上的茶树，亦见证着茶园的古老和变迁。

　　乾隆年间，相传乾隆皇帝饮后，顿觉清香扑鼻，精神备振，饮食大增，于是大加赞许，并封其御名为"好淫茶"，鹿苑茶从此身价百倍而被钦定为贡茶。清代光绪九年，高僧金田云游来到鹿苑寺讲经，当它品尝了鹿苑茶后遂题诗一首，称颂鹿苑茶为绝品，诗云：山精石液品超群，一种馨香满面熏。不但清心明目好，参禅能伏睡魔军……从此奠定了鹿苑黄茶在世人心中的地位，远安黄茶名扬天下！

　　历史资料毕竟遥远，但民间保留的鹿苑茶印鉴令我十分惊讶！我们慕名到祖传种茶制茶销茶世家杨玉群家中，她拿出珍藏三代以上祖辈用过的木刻印鉴（约12厘米见方），墨迹印痕清晰，只是落款处因使用频繁导致磨损过度。楷体阳刻印文"鹿苑古茶，雨前毛尖，清心明目，化食消气。"上标注："建安鹿苑寺上河口杨家湾"，那么下标注就模糊不清了。在场的人们争相端详着这件宝贝，找来铅笔和白纸，试图通过摹印法，辨析那几个无数次钤印被模糊的印模……

　　透过此印，有一种沉甸甸的感觉，感慨古代远安茶农的诚信经商意识，这是维护消费者合法权益的见证，是商标，是广告，也是印信。这件宝贝应该收入茶叶陈列馆，作为展馆镇馆之物。

看茶园，看资料，看印鉴，看生产工艺，看影视介绍，看到了远安发展黄茶重振黄茶雄风的决心和信心。

采风中欣喜地看到，投资6000万元新建的现代化年产4000吨的茶叶加工厂已经基本建成，50多岁的彭老板是宜昌市内少有的茶叶资深专家，他对世界茶叶市场行情的科学分析与预测，令人信服，令人兴奋，从他的言谈里，从他充满信心的眼神里，看到茶叶市场前景非常广阔，看到了远安茶叶的美好前景。

远安旅游资源丰富，特别是独具特色的乡村旅游，将极大地推动远安旅游产品的开发，将极大地增加对高端特色鹿苑黄茶的需求，亦可开辟茶园观光旅游。眼下这位负责茶叶开发的县领导陈才华，经验丰富，事业心强，博学多才，儒雅谦和，对茶叶的研究可谓用心至极，是不可多得的专家型产业开发领头羊！

远安县的决策者们高度重视，多措并举发展黄茶，坚持文化引领扩大影响，取得了阶段性成果。已经举办了鹿苑茶主题的征诗、征文、征联、征广告词，得到了中茶所、中茶院、中茶会等权威机构的大力支持，新产品的研发和组织龙头企业工作正在加速推进。

每到一地，都要品尝当地的黄茶，我端详着玻璃杯中晶莹透亮的片片黄茶和微黄汤色，闻之清新扑鼻，香气幽远，忍不住品尝入口，细细感受，回味独特，名不虚传。在赏读历代帝王和文人雅士吟咏鹿苑诗画之际，自己脑海里也蹦出一首小诗《题鹿苑茶》：

鹿苑佳茗溶霞光，临沮凤鸣惊皇上。

独特工艺领风骚，创新传承美名扬。

　　采风归来，盘点此行，如穿越时空隧道，叩拜先贤茶神，与历代雅士交流，悟鹿苑黄茶之道，解析茶的六大分类，最大收获莫过于结缘鹿苑黄茶。在多次品尝里，黄茶特有的品质回味无穷，全国仅有的六大黄茶主产区，远安鹿苑独占鳌头，可谓楚天一绝矣！

　　与黄茶相识，相见恨晚矣；品帝王贡品，乃真庆幸也！

关庙山遐思

丙申仲春之际，有缘参加枝江问安"关庙山文学之旅"。未到问安之前，脑海里一直在搜索与之近在咫尺的地方，感到既熟悉又陌生，如今的问安是怎样的景观？对一个连续举办六次"中国·问安关庙山文化节"的乡镇，有着怎样的迷人之处？其乡土文化的核心是什么？带着种种好奇，我如约来到了关庙山这块神奇之地。

我少年时期生活在与问安毗邻的当阳河溶镇，都是受楚文化特别是三国文化影响很深的地方。儿时的脑海里隐隐约约储存着一些有关三国的故事传说，长大后也没有去认真查阅档案资料，但记忆深处半月与问安的故事却根深蒂固，终成为今日问安求证解读之行。

置身问安，眼前总有一种神秘的面纱。是一个集历史传说、历史烟云、地下文物、现代人文一体之地，我的思绪穿越在时空隧道的沟壑之中。

首先是问安名字的来历不凡，有血有肉，有情有义，让人闻之敬重三分！相传三国时期，在这里发生过千里走单骑的故事，当年刘军大败，关羽把皇嫂护送到一个防止曹兵追杀的寺庙里，那个寺庙位于现在的问安镇，相传关羽每隔半个月就骑马经过此地去向刘嫂问安一次，由此传为佳话。后人也因此把那所寺庙所在地称为"问安"镇。关羽驻扎之地叫作"半月"镇。这种因果关系做地名是多么有人情味儿!

前几年风靡全国的电视连续剧《芈月传》更是将楚国和楚文化演绎得淋漓尽致。少年芈月扮演者柴蔚应邀参加了这次文化节开幕式,寻找小芈月的活动正式起航了……把人们的思绪又倒回战国时期,我们拜谒了青山墓群,大理石碑上镌刻着全国重点文物保护单位,2006年5月公布,经考古专家们勘探鉴定,该墓群为楚国贵族墓,封土堆均为白黏土,而本地土质只是黄泥,显然是外运而来,其工程之浩大,由此可见一斑。考古工作者曾在墓区内发掘到春秋战国时期楚国贵族才能享用的铜鼎、铜及铜车马器。同治五年《枝江县志》也有如此记载:"楚昭王墓在西北当阳接界处。"已出土的文物及史料记载表明,青山古墓群系楚国贵族陵寝,是研究楚国历史文化的重要佐证。

墓碑规格之高,出乎我的意料。眼前的情景,又令我一时纳闷不解,如此有价值的古墓群,本区域尚不多见,乍看没有在其他地方见到的陵墓高大巍峨,甚至没有防护设施,问起当地人们,指着类似土丘的墓顶竖立着一电杆,墓顶暗埋着通信光缆,安装了现代化的监控装置,实行24小时监控,当地村民都是义务守墓人,每年都有一定数额守墓费。是我孤陋寡闻啊,这种现代化加群众看护相结合的方式,我方恍然大悟矣!

唯楚有才,于斯为盛。一方水土养一方人,悠久的楚文化传承,世代耳濡目染,祖先优秀的遗传基因,福泽着生于斯长于斯的子孙们,为历朝历代造就出众多的旷世奇才,治理江山,造福百姓。

这儿无论政治、军事、经济、思想、科学、文化等各个领域,都有一批一流人才。这种基因现象对枝江这儿的影响颇大,曾有著名历史名人物陆通、刘凝之、董和、董允、霍峻、霍弋等,还有武汉归元寺前任方丈昌明法师等。现任最高人民法院副院长江必新、著名演员史可、歌手金波等等。即便是当今活跃于宜昌市域的文学艺术家们，枝江籍中有许多是出类拔萃的领军人物！

我同时也在寻找一个答案，一个乡镇级的文化节，且连续举办了六次，一次比一次新颖有品位，原来是有特定的历史文化内涵作支撑的，有一批热爱传统文化的有识之士积极倡导，有一批视传承历史文化为己任的优秀文艺人才，更有当地广大人民群众积极参与！并不是人们想象的那种"水货"节、"吃喝"节和纯娱乐性快餐式"文化"节。由此联想当今的许多景点许多节，虽然长官意志下的"政绩"景点和节庆活动逐步减少，那种没有文化内涵的造景现象是低俗乏味的，甚至是昙花一现的……办节何尝不是如此呢！

在关庙山遗址附近的关庙山村，还有令人耳目一新的，房屋多为汉式风格，青砖黛瓦，油漆门窗，相邻的村舍，分布着现代小洋楼，建筑风格各异，特别是外观彰显民间装饰风格，意想不到的是，他们将剪纸艺术搬到了农家外墙，红红的剪纸浮雕，幽默的图案，夺目养眼；公共场所干净整洁，花草树木，相得益彰，公路两侧的农家饭店也很有品位，令人流连忘返。

我的思绪依然沉浸在那封存久远的时空岁月，在这一望无际的沃土上，当年金戈铁马，烽烟滚滚，是先祖们靠着勤劳智慧的双手，留下灿烂的文化遗产；今日车轮滚滚，太平盛世，生活在这儿的人们秉承祖先的遗训，继往开来，建设着秀美的诗画家园。

问安镇跻身全国重点乡镇、全省"百镇千村"示范镇、全省非物质文化楠管保护之乡、宜昌市最美乡镇等等。从与陪同采风的问安镇党委组织统战委员彭武先生的交流中获悉，在162平方公里的问安镇，有十万亩良田，名副其实的鱼米之乡。问安人民在这块热土上首创宜昌市"三个第一"的辉煌业绩，第一个粮食过亿斤的乡镇，第一个国家级农机合作社，第一家院士专家工作站。他们敢于勇立改革潮头的探索创新精神，令人肃然起敬！

我思索着，感悟着，兴奋着，眺望着，宜昌市有 90 多个乡镇办事处，问安成为我第一个深入解读的乡镇。关庙山遗址虽然历经数千年风雨剥蚀，原本高高隆起的小山，已经风化成不太显眼的土丘，但因其厚重的历史传承，因其悠久的历史文化，因其丰富的地下宝藏，从此在我心中树起一座无形的山峰！一座需要不断努力解读的山峰！

今年关庙山乡土文化节的主题是"梦回楚境，乡约四季"，让人们实现观花海春色，品乡土风情，看歌舞表演，吐故纳新拥抱春天的心愿。

天公作美，晴天丽日，和煦的春风，明媚的阳光，萌芽的小草，盛开的油菜花，放飞的风筝，赏春的游客，一幅望不到尽头的田原风情画展现在我的视野……

问安之行，一路遐思，我渐入梦境矣。

那景　那情　那人

　　题记：我心中的长阳：景奇，情真，山川秀美，名
人辈出。

　　万里长江有条神奇美丽的支流，像一条长长的碧绿玉带，漂洒在鄂西南的崇山峻岭之间，以其"水色清明十丈，人见其清澄透明"，故名清江。

　　清江以形态婀娜多姿、景观奇异独特著称于世。清江是长江在湖北境内的第二大支流，土家儿女的母亲河。

　　清江发源于鄂西利川市龙洞沟，流经恩施、长阳、巴东，在宜都市注入长江，全长423公里，有"八百里清江美如画，三百里画廊在长阳"的美誉，是上帝对巴人发祥地的特别馈赠。

　　20世纪90年代以来，国家对清江流域进行梯级开发，长阳境内百岛浮现，一艘艘画舫穿梭其中，形成将翡翠珍珠串联的独特景观，空中鸟瞰美不胜收，以其独特风光的巨大魅力，三年前跻身全国153个5A级景区之列，长阳旅游从此迎来划时代巨变。

　　我对长阳并不陌生，可谓近在咫尺，目睹了长阳的发展变迁，因工作关系，常往来于长阳的山山水水，对于长阳的景观、人文、风情耳濡目染，但一直不敢贸然动笔，只是拍摄过一些画面，录制过一些影像。对长阳对清江的故事传说零零碎碎记在脑海而已。不是不想写，是因为长阳的文化底蕴太深厚，自己的学识难以驾

驭，恐写不出长阳的神韵而作罢。

这次有幸参加清江长阳散文峰会，到长阳采风，在与同道交流时受到启迪，使我茅塞顿开，居然有了抒写长阳风情的冲动。

长阳是块神奇的土地，更是神秘的，从盘古开天以来，八百里清江滋养了一代又一代土家儿女，流传的动人故事数不胜数，尤其是对我们这些文艺爱好者，长阳文学土壤极其丰厚，更是崇敬有加，长阳采风归来，脑海里浮现的是那景那情那人……

风光奇特

时值深秋，绵绵秋雨刚刚歇息，泛舟于碧波荡漾的清江画廊，船舱电视里播放的是 2007 年 CCTV 新视听栏目在长阳制作的大型专题文艺节目"山歌好比清江水"，与游船航行画廊风光相得益彰，导游客串，游客互动，歌声阵阵，好不热闹；船外风光秀丽，远山近水，山峦起伏，似海市蜃楼，如影如幻，引人遐想，我的心似被这儿的氛围感染了。此时的我，脑海中回放着过去的印记，但记不清是多少次泛舟这翡翠般的土家母亲河了，变幻莫测的景致吸引人们纷纷到观光台合影留念，但我则更多是用相机记录美轮美奂的风光。船尾螺旋桨涌出一股股翡翠样串串珍珠，分外好看，我沿着浪花眺望，一艘艘游轮穿梭着，来往的游客互相招手致意，美妙惬意的心境都写在脸上，我的心醉矣！心中默默吟诵着：

清江画廊迷游人，烟雨蒙蒙山隐形。
云遮雾绕如梦幻，碧水荡漾似仙境。

清江画廊，由武落钟离山、仙人寨、倒影峡、天柱山等多个沿江景点串连而成。这儿曾是歌曲《山路十八弯》的原创基地，湖北歌手李琼将歌声唱红大江南北；2007 年 10 月，李谷一、李双江、谭晶、阿幼朵、毛宁、凤凰传奇、阿宝等二十多位中外歌星在这里高歌"山歌好比清江水"；世界著名钢琴家、钢琴圣手马克西姆在这里激情演奏世界名曲《海神曲》；中国工程院院士桑国卫等二十三位院士专家游览清江画廊；央视国际频道隆重播出长阳专题节目《中华情·巴土恋歌》；李鹏、朱镕基、贾庆林等党和国家领导人称赞清江是国内保护最好的河流之一，说"清江画廊可与桂林山水媲美"。

我们乘坐的船依次锚泊仙人寨、武落钟离山（又名佷山），游客们兴致勃勃地拾级而上，上仙人寨、登武落钟离山，居高临下俯看清江，眺望隔河岩电站。武落钟离山是土家族先民——巴人的发祥地，相传是巴人祖先廪君诞生地及掷剑称王处。这里巴人遗迹犹存，被视为湘、鄂、川、黔等地土家族人寻根祭祖的圣山，朝拜者络绎不绝。

武落钟离山作为清江画廊的核心景点，应属长阳旅游的标志性景观，是到长阳游客必游之景点！

此次长阳清江散文峰会采风，于大多数人而言，最具诱惑力的当属清江方山景区，真切体验回归自然，特别是玻璃栈道的惊险刺激。

景区今年九月才对外开放，且各大媒体不时披露一些神秘细节，再则不少游客已经捷足先登，在微信圈发图片谈感受，撩拨得人们心里痒痒的。

清江方山景区是集道家养生文化、自然山岳风光为一体。每天有千余人前来旅游观光，高峰曾达到 8000 余人次。采风期间，本人有幸体验了方山景区的惊险刺激和种种乐趣。

　　方山景区规划建设 60 平方公里，近期已经开发 20 平方公里，已经投资 1.5 亿元，其中绝壁栈道投资 8000 多万元，不仅长度堪称亚洲第一，而且成为一件融入大自然的艺术品，让人叹为观止。

　　绝壁栈道从 2013 年 10 月开始修建。300 多名栈道建设者靠肩挑背扛，将百余万吨水泥、钢筋运上绝壁悬崖。打眼钻洞、搭建支架模板都是用绳索悬吊在半空施工。在绝壁中施工作业，上不沾天，下不接地，为运送物资，他们总共搭了 99 架悬崖木梯。历经两年多时间，终于建成了 1.5 米宽，长达 8000 米的步游道，其中绝壁栈道 6300 米，建有玻璃栈道 230 米，可谓惊险刺激！属于国内最长的玻璃栈道。经过静载试验，栈道承载每平方米达到 1000 斤，超过国家标准五倍。景区建设起点高，都是按 5A 级景区标准一步到位，建成了一系列旅游硬件设施和配套设施。

　　方山地质景观奇特，感叹上帝鬼斧神工。千奇百怪的巨石如刀削斧劈高高耸立，有张家界之风韵。放眼望去，不时有瀑布飞溅，流水潺潺，老鹰盘旋，鸟语声声，植被芳香，空气清新，时而云遮雾绕，时而云霞飞舞，时而细雨霏霏，时而阳光灿烂，行走于此有如梦境，无论你带着何种心思前来，在这种美景伴随下，令人赏心悦目，倍感神清气爽，可以忘世尘之于外。

　　方山景区的最大特色应该属于国内最长的玻璃栈道，最让人揪心的当然要属于行走于玻璃栈道了，大有"不走玻璃栈道，等于没有到方山"之境！之前我曾信誓旦旦，岁数大了，又有高血压，争取不冒险，担心吓出病来，我的一位兄长就放弃了，可当到了玻璃栈道时，看到许多的妇孺亦慷慨上阵，那种男子汉气魄驱使下，还是以毅然决然的架势，毫不犹豫地换上鞋套，加盟到玻璃栈道体验队伍之列。开始心中发怵、腿脚发软，眼睛不敢下看，心都提到嗓子眼了，只是目光朝前，两腿很艰难地挪动着，待心里稍平静时，正好到了终点，为这次平生第一次体验玻璃栈道，还请同行为我留下一张神情高度紧张的照片，作为终身纪念。

方山景区，主要是行走于长长的绝壁栈道上瞭望风景，在栈道连接的拐角处，依山设有土家风味小吃、饮料，稍宽敞处还有民族歌舞表演和土家乐队伴奏，给游客加油鼓劲和极大的精神享受……景区监控中心设有103个监控探头，全程可关注游客的动态，遇有身体不适需求救者，可以随处触摸信号，得到及时救护。方山景区必将成为湖北旅游的新名片，特别适合以远离世尘、回归自然、放松休闲心态者旅游度假。

本人体验归来，对投资者的战略眼光钦佩无比，为决策者们高起点发展旅游的大手笔大加点赞！

方山景区设施尚在进一步完善之中，索道也正在架设，目前游览是需要体力和时间作支撑的，是一步一步走出来的，也正是由于它的原始性，慢慢游览，细细品味，才能亲身感受到方山景新景奇和险峻的魅力和特色：本人坚持以挑战自我的心态而不负此行，心中亦默默地吟诵着：

体验方山风光，历练毅志胆量。
奇异景观天赐，赞叹开发工匠！

我还要再来方山，体验四季不同的方山独特风光！
我的心似乎还悬挂在那透明的玻璃栈道上……
本人认为，清江旅游，潜力巨大，长阳旅游，宜昌之最，自然山水风光和人文景观兼备，实属不可多得！2015年，长阳接待游客达600多万人次，实现旅游总收入50多亿元，同比增长24.8%、26.7%，实现快速增长"十连冠"。

风情独特

长阳民风淳朴，土家风情浓郁，民俗多姿多彩，故事内涵丰富、炽热流畅的吹打乐、哭中有喜的哭嫁歌、散发泥土芳香的薅草锣鼓、风味独特的土家菜肴等，无不充满着浓郁的民族民俗风情。

梦幻土家，巴土天堂，历史悠久，文化璀璨，长阳被誉为中国民间艺术之乡。山歌、南曲、巴山舞是长阳"文化三宝"，还有哭嫁跳丧等众多的奇异风俗，成为古代巴人遗存在清江画廊的活化石。

长阳巴山舞曾获全国广场舞比赛"群星奖"金奖。本人清晰地记得，当年在宜昌市西陵剧场观看的大型土家婚俗歌舞剧《土里巴人》，以凤妹和虎哥爱情贯穿，展示了古拙而奇异的土家婚俗，礼赞生命，歌颂爱情，传承着丰厚的巴文化遗风，激发人民创造美好生活的热情。1994 年 10 月奉调进京为国庆 45 周年献礼演出，同年获文化部第四届文华大奖，继而获全国"五个一工程奖"。2006 年，土家族"撒叶儿嗬"入选国家首届非物质文化遗产保护项目，并在 2007 年十四届全国广场舞蹈比赛中荣膺群星奖。长阳山歌、南曲、长阳薅草锣鼓和都镇湾故事入选省级第一批非物质文化遗产保护名录。

巴山舞被誉为东方迪斯科，令人百看不厌。一问世便深受青睐。老年人奉为瑰宝，青年人视为爱物；像一阵风从土家山寨吹进县城，甚至涉足现代舞厅，大有与外来迪斯科、摇摆舞一争高下之势。《人民日报》海外版曾撰文指出："当众多的进口娱乐性舞蹈风靡一时之际，重山叠峰中的巴山舞却占据了那么多朴实的心灵，这种文化景观，带给人们许多思考，它开拓了一片独特的审美领域。"

哭嫁习俗，土家女子婚前要唱哭嫁歌，即在婚前半月至一月开始哭唱，其形式有一人哭、二人对哭、多人一起哭。哭唱的内容大多是哭爹妈的养育之恩，兄嫂、姊妹别离之情，骂媒人和对封建婚姻礼教的不满等；乡邻则以劝嫁为主，内容以贺新婚、夸新郎、互祝愿、道吉祥为主。与其说是哭，倒不如说是唱，伤感又抒情，充满了土家民族风情。

为亡人跳丧，在土家山寨，不论哪家死了老人，乡邻们都不顾劳累从各家赶来，为亡人跳一夜"撒尔嗬"。死者的家人早早准备好烟酒，腾出跳丧的场子，将亡人的棺材停放在堂屋正中，在棺材左前方放一个自制的大牛皮鼓。据介绍，随着门外".嗵嗵嗵"三声铳炮响起，一班班男女老少涌进堂屋，他们在棺材前的空地上互相邀约，踩着鼓点边歌边舞，头、手、肩、腰、臂、脚上下一齐协调动作，跳着变幻多姿的舞步。以欢乐的态度去对待老人的死亡，这是土家人的一个习惯，欢欢喜喜办丧事。

前些年，工作上每遇大的接待活动总是首选长阳，是因为长阳土家族风情特色文化是宜昌的一张名片！都要观看土家歌舞经典节目，外地同行流连忘返。那迎宾的长号仰天长响，然后是土家妹敬一杯纯正土家苞谷酒，酒酣耳热之际，在土家招亲表演中，多次被推举为"新郎"，结拜过多位"新娘"结识过多位"姨佬"，得到过多双绣花鞋垫呢，成为终生难忘的美好回忆……

风流人物

十九万年前，古"长阳人"在这里开启了中国长江的古文明；五千年前，古代巴人从这里开疆拓土建立古代巴国；两千年前，土家族在这里诞生。这儿的青山绿水和独特的文化传承，养育造就了一代代长阳人，一个40多万人的山区县，历史文化名人辈出，在宜昌乃至全省全国都不可多见。

从追随共产党闹革命、建立中国工农红军第六军的李勋将军、到合作医疗之父覃祥官，到农民诗人习久兰、著名歌唱家付祖光、王丹萍等等，在神秘的清江山水滋养下，以独特的眼光，将聪明智慧发挥到极致，使土家文化薪火相传，使长阳人在全国频频亮相，甚至登上国际舞台，让世人目光聚焦清江，聚焦长阳，聚焦土家族！

覃祥官作为合作医疗的创始人，得到党和人民给予的多种荣誉，1969 年参加国庆观礼，和毛主席一起登上天安门城楼，他还当选为第四届、第五届全国人大代表，多次出国访问，向世界人民介绍中国的合作医疗。如今在全国兴起的新型合作医疗，多是在总结覃祥官经验的基础上发展起来的，让农民看得起病。覃祥官功莫大焉！他的传奇人生永载史册，我幼小时就感受过的合作医疗……

人们记忆犹新的著名农民原生态歌手王爱民、王爱华用清江山歌《花咚咚的姐》征服了全国观众，夺得中央电视台青年歌手大奖赛原生态组金奖，继而与苗族姑娘组成的"土苗兄妹"组合在央视第 13 届青年歌手大奖赛原生态唱法中荣获金奖，并在 2009 年央视春节联欢晚会和 2010 年世博会上登台献艺。

被称为文坛"拼命三郎"、与癌症顽疾抗争十余年的著名作家陈哈林，为培养文学新人传承民族文化感动全国文坛，当选 2013 宜昌十大民选新闻人物。人们亲切地叫他为哈哥，哈哥把文学当医生，把诗歌当药物，日日夜夜写作不辍，在工作中治病，在治病中工作，在创造生命奇迹的同时，他在文学创作和土家文化的发展上也取得了令人惊叹的成就，不仅成为一个敢与死亡赛跑勇攀事业高峰的基层文艺工作者，也成为全国文联系统学习的一面旗帜，2013年被授予"全国文联系统先进个人"称号。在我们组织长阳清江散文峰会时，他抱病主持会议和采风启动仪式，在医院和活动之间奔波着忙碌着，深受与会人员的爱戴和敬仰！（十分遗憾的是，2017年3月26日病故，享年54岁，本人前往长阳参与了追思吊唁活动。）

还有那些走出去的长阳文化名人（本人概括为"长阳文化人现象"），都在不遗余力地宣传清江，讴歌长阳，将土家族文化传承到了极致。如当今活跃于宜昌文坛的核心掌门人市文联主席周立荣、市作协主席张泽勇、市散文学会会长温新阶等都是土生土长的长阳土家人，无不令人对土家族文化和巴人后代刮目相看！

长阳是神秘的，清江是多情的，土家人是聪慧的。八百里清江，尚有许多地方未曾涉足，亦有很多神秘的面纱未曾揭开，我会不断地去探寻清江、解读长阳，了解巴人的前世今生……

我沉醉在那些雅俗共赏朗朗上口的长阳山歌情景之中……

城墙漫步

西安，古称"长安""京兆"，是举世闻名的四大古都之一，是中国历史上建都时间最长、建都朝代最多、影响力最大的都城，是中华文化的代表区域之一。在《史记》中被誉为"金城千里，天府之国"，是中华民族的发祥之地，从古到今曾用名中，以"长安"最为长久和著名。长安，意为"长治久安"，是中华文明史及东方文明史上最负盛名的都城。

西安，又是一个神秘的地方，作为中国十三朝古都所在地，感到空气中处处氤氲着历史文化气息，自从孩提时代起，对西安就有着本能的向往。作为华夏炎黄子孙，一生中如果不踏上西安的土地，总会感到些许遗憾的。

3000多年的建城史，1100多年的建都史……辉煌的历史成就了西安今天的多姿神韵。而千百年来，深深扎根于这座城市的古城墙，比斗转星移的岁月更令人感动和感慨，也无疑成为这座帝王之都最富有象征意义的标志。

西安城墙是固化的历史，更是鲜活的人文，不仅仅是生活在这里的西安人有一种难以割舍的古城墙情结，中外游人来西安，大都要登临古城墙。

巍峨的西安城墙，是迄今世界上保存最完好的城墙。城墙是古时候用于防御的工事，城墙也见过一些，但真正有气势的还是西安城墙，气势恢宏，保存完好，是西安的地标性建筑。

因为参加在西安举办的一个文学笔会，住的地方在和平门附近，与城墙相邻，使我能多次与城墙亲密接触。

在初冬艳阳的照耀下，我多次独自在城墙内外漫步，有着穿越时空之感。感到自己像个天外来客，有着回到大唐时代的梦境之感，城墙似巨龙昂首蜿蜒，宽阔的护城河紧密相伴，一个个城门威严无比。

漫步在高高城墙护卫的古色古香的老城区，总感到市民的遗传基因有着与历朝历代帝王将相才子佳人剪不断的血脉，表情上似乎洋溢着皇城贵族特有高贵气质，某种意义上犹如重庆一样，这儿也是美女如云，让人联想到那些民族资本家及国民党官员的姨太太们留下的基因一般。

西安的文化根基深厚，地上地下的文物数不胜数，造就历代文人学者辈出，教育和科技资源仅次于北京上海，当今走红的著名作家贾平凹、路遥、李若冰、著名导演张艺谋、诗人雷抒雁等为代表的作家艺术家，都生活在西安一带，长期耳濡目染、潜移默化，他们获得的巨大成功，绝非偶然！

我登临城墙之上，似一个洞悉时间的巨人，环视一个个垛口、门楼、防御工事，仿佛回到了那个年代，历史烟云，风流往事，战马嘶鸣，历历在目，声声在耳！令人无限感叹矣！

众所周知，西安历史文化积淀十分深厚，我羡慕这儿的人们，这儿是随时都有可能发生令全世界震惊注目的地方，秦始皇墓的种种神秘传闻，是那样的吸引人们期待去发掘去探究。每天数以万计前往西安旅游的中外游客，都是这座历史文化名城的建设者和地方税收的贡献者，导游的口头禅"致富全靠秦始皇"，言简意赅，寓意深远矣！

城墙之外的秦始皇兵马俑，在中国乃至世界都极具影响力。

秦始皇兵马俑博物馆上是中国最大的古代军事博物馆。俑阵发掘对外开放后便轰动世界。1978 年，前法国总理希拉克参观后说："世界上有了七大奇迹，秦俑的发现，可以说是八大奇迹了。不看金字塔，不算到埃及；不看秦俑，不算到中国。"从此秦俑被誉为"世界第八大奇迹"。

城墙脚下的西安碑林，世界唯一的书法碑林博物馆，是中国汉字书法的源头，我作为苦苦追求几十年的书法实践者，观摩碑林如鱼得水，不仅因为我 17 年前随单位匆匆来过一次，而是这次没有随着导游走马观花，可以自由自在地尽情徜徉于书法博物馆里，与历代书法大师们对话，寻师问道，我对历代书法名家佩服得五体投地，我顶礼膜拜非常虔诚的瞻仰观摩……

西安几日，虽然是初冬时节，早上还有点轻雾，但天气格外的晴朗，似欢迎我的到访。

我怀揣手机，漫步在城墙内外，西安风土人情令我目不暇接，特别是那唱戏吼秦腔的，有的化妆，有的清唱，伴奏的多是老同志，我老远都听得到那独特的腔调，循声而去，见有围观站着的，自带小凳坐着的，秩序井然，围观票友乐呵呵的，唱到高潮，不乏阵阵喝彩声。一个侧面彰显出当今盛世、百姓安宁祥和，也折射出西安市民崇尚的高雅精神文化生活情趣。

在城墙脚下，这儿的人文风光也令我大开眼界，当时已经是下午两点多了，可风味小吃梆梆肉葫芦头餐馆依然门庭若市，室内根本容纳不下，见大街上食客爆满，热闹非凡，犹如我们这儿的大排档。还有回民一条街，摩肩接踵，各种风味小吃令我眼花缭乱。这种景观有点类似重庆的磁溪口，但远比磁溪口规模大、场面更加壮观！用风情万种形容，再恰当不过了。

也是城墙脚下，属于城外了，我从和平门护城河桥头眺望，阳光下的桥头广场处，四位头戴鲜艳红帽的男女民间理发师一字排开，身边放着椅子等行头，为过往市民理发场景，技法娴熟，服务热情，成为一道多年不见的独特风景。

在华清宫，历史故事，现实生活，虽然物是人非，人去房空，这儿的一草一木，一山一水，展示出超越时空的一幅幅历史风情长卷图画。从杨贵妃到蒋介石，中国历史在这儿储存着太多太多的故事……

漫步西安城墙，触摸着那一砖一石，仿佛它向今天的人们无声地诉说着曾经的辉煌与日渐衰败的过程！我的思绪在穿越时空隧道，思历朝历代王朝的更迭，华夏民族，龙之传人，根都在这儿！同时也是中华民族文化的发祥地。还有近代震惊中外的"西安事变"，促进国共两党联合抗日等等，瞬间，我感到了西安的历史厚重如山，地位高大无比！

回程途中，我静静地思索着，默默地吟诵着：

> 巍巍巨龙守长安，滔滔城池紧绕环。
> 历史烟云似浮现，穿越时空多感叹。
> 古都文明得承传，风情特色竞相展。
> 大唐遗韵今犹在，世人慕名来参观。

华山情结

上苍造物，鬼斧神工，中华大地，风光无限。上帝赐予人类的大好河山比比皆是，名山大川星罗棋布，三山五岳争奇斗艳。短暂的人生中，除职业旅行家之外，有幸都能造访者实乃凤毛麟角。

本人业余时间非常有限，只能就近走走看看，或者去某地参与某活动时，顺道扫描下当地风情而已。但我深深感到，短暂的人生中，能常在大自然的精华润泽日渐干枯的心扉，亦甚感欣慰。

这次有机会在西安停留几日，主要任务完成之后，近在咫尺的西岳华山美景不时在梦里梦外召唤着我，如舍此机会，再来将是一件不容易的事儿，其实，也是由于多年的华山之情结，才决意这次西安之行的。

华山在我的心中有三个心结，早在20世纪80年代第四军医大学学员在华山救遇险人员群体英勇壮举，全国家喻户晓；紧接着是根据金庸小说改编、风靡全国的香港电视剧《射雕英雄传》中的"华山论剑"，撩拨得我几度欲上华山；再是17年前宜昌西安有了直达火车，单位组织到西安旅游，即听说华山如何之险峻，由于受行程所限，我们没有安排华山项目，无奈与华山擦肩而过……何止一个"险"字了得？且隐含许多的"情"在其中。从此，登临华山的愿望一直深藏在心中。

据了解，华山气象万千，风光奇特，它南依秦岭，北瞰黄河，奇峰突起，巍峨壮丽，气势磅礴，以险拔峻秀称雄于世。一年四季都可以游览，但相比而言，初冬之际，比其他季节有着许多的不便。主要是昼短夜长和受雾霾影响，减少了有效游览时间，尤其是从西安到华阴县的道路条件，120公里距离，高速公路两小时足够，雾霾季节出于安全的考虑，高速公路封路频繁，导致本该登山观景的时间却耗在了路途。

行驶的路上虽然耽误了不少时间，导游为安抚游客，使尽浑身解数，如数家珍般的讲解，也使我们有登临华山之感。华山共有五大峰，东峰朝阳、西峰莲花、中峰玉女、南峰落雁、北峰云台。东、南、西三座奇峰，海拔均在2100米以上，中北二峰稍低。南峰最高为2160米，五峰耸立于群山之中，如同一朵盛开的莲花，实为一大奇观。

读万卷书，行万里路。现代科技的日益发达，免除了古人们靠两条腿攀登的痛苦，但也少了些登山的乐趣，少了些独到的见闻和感受，特别是古人登山留下的诗词意境也就无法体验了。

我是从西峰乘索道上去的，号称为亚洲第一索道呢！近半小时的索道，整个儿像在空中飞行，面对望不到尽头的不断攀升，心理承受着恐惧之感，特别是有点恐高的我，心都提到了嗓子眼了……看到来自内蒙古同伴的平静自如，加上扑面而来的奇特风光，悬着的心似乎慢慢平静下来，接着是透着玻璃不停地变幻着手机拍照、摄像，现场直播式的将这种奇特景观通过微信传递到朋友圈，微信的另一端也不时传来众亲们羡慕惊奇点赞留言。

索道的观光毕竟短暂，接下来是徒步攀登华山的险峻，还可以短暂体验下古人当年结伴诗友们攀登的情景。

登西峰的步伐是较快的，急迫见到华山真容的心情驱使，一路顺利，耳边不时想起导游的多次提示的登华山要领，走路不观景，观景不走路。寓意华山之险，如不小心，恐有失足成千古之恨。

华山让我又一次体验了古人所言，上山容易下山难（有些牵强）。其实上下都不容易呢！上山要用足气力攀登，下山要防滑控制身体平衡，总体比上山攀登要轻松些。在从西峰前往南峰的攀登过程，是对身体及意志的一种检验和挑战！

巍巍南峰为华山第一高峰，也是五岳之最高峰，远远仰视高耸苍穹般、云遮雾绕的南峰之顶，攀登时要历经皑皑白雪之途，非常吃力地向着顶端盘旋而上，可谓用尽吃奶之力，手还要紧紧拉住登山道上的索链，一步步向上攀登着。那儿有地质测量海拔标志，有著名作家金庸题写的"华山论剑"石牌，这些山下的宣传图片如磁石般吸引我，还有耳边亦不时回想起毛泽东著名诗句：世上无难事，只要肯登攀，无限风光在险峰，以及不到黄河心不死，不到长城非好汉，一时成为重要的精神动力！体会到在关键时刻，名言佳句的激励作用不可小视！

沿途所见，每个人都是汗流浃背，头发里都是热气腾腾，防寒外套都是多余的了，恨不得甩掉，由于奋力攀登着六七十度的台阶，不时要歇下喘几口粗气，当到了顶端，面对翻滚的云海奇观，见到路上的标志时，心中充满一种终于胜利者的心态，攀登的艰难都抛到九霄云外了。一览众山小，山高人为峰，站在最高处，可谓顶天立地了，面对气象万千如梦如幻的景观，心胸如天地之宽广，如大海之浩瀚，拍照、摄影，此时的心中，有如惊天地、泣鬼神之感，与天对话，祭拜天地，收发微信，真想撕一片白云带回去呢……

华山之顶，毫无纤尘，耀眼的太阳，透亮透亮，翻滚的云海，瞬息万变，巍峨的群峰，一望无际，刀削斧劈，接天连地，华山美景看不够，可一眨眼，太阳就躲到西峰那边去了，提示我们不能被眼前的美景所迷，恐耽误了下山返程时间。

返程也不轻松呢，沿着前往北峰索道的下山路程，以急行军的速度，一边赏景，一边下山，一边交流，一边拍摄，由于时间紧迫，加上徒步时间心中无数，感到两腿有些不听使唤了。

华山还是爱情山，相传"洞房"一词便源于华山。据说每年都有50万左右的夫妻结伴登华山，先到素有天下第一庙之称的西岳庙进香，祭拜华山神，然后上山挂一枚同心锁，祈福爱情生活美满。

华山还有一道瑰丽无比的红绸金锁景观，金锁上雕刻着祈求健康，祈福爱情忠贞的文字，感人至深，无处不在，耀眼夺目，显示出华山爱情山的圣洁。在金锁关，规模空前的金锁成为整个华山景区的金锁之最，令我大开眼界！

华山之行，心灵震撼，赏心悦目，边走边吟：

> 三山五岳胸中存，遗憾无暇逐登临。
> 情系华山十七载，乙未初冬追梦寻。
> 索道凌空似飞行，悬崖峭壁吾惊魂。
> 艳阳白雪相辉映，奇妙幻境绕峰顶。

用心而至，流连忘返。因季节之局限，我见到的华山景观恐不及五分之一，算是初步领略了华山神韵吧！华山险峻也只是初涉而已，充其量为匆匆扫描式游览。我只到了西峰、南峰及北峰下面的部分景区，还有更加险峻的、凌空架设的长空栈道，三面临空的鹞子翻身，以及在峭壁绝崖上凿出的千尺幢、百尺峡、老君犁沟等等奇妙景观还未曾涉足呢，还有华山日出及许多的华山人文景观未能一一观赏……

华山之行还是激情之行，这次到华山，一为赏景，二来散心，都是为一个"情"字，因情而来，带情而归。华山归来，好似从天上下凡人间呢！感受到乐不知返的滋味了。

奇潭寻踪

　　春回大地，万物复苏，沐浴春光，感受暖阳。春暖花开之时，人人翘首望周末，都期盼双休是个好天气。这不，我们这些久关水泥笼子的"读书人"，个个都像放飞的鸟儿，心早早地飞向那山川原野，去吐故纳新，去踏青赏花，去拥抱春天，融入大自然，寻找创作灵感，放飞新的梦想……

　　宜昌旅游景点星罗棋布，令世人刮目相看。屈指数数，周边的景点似乎都去过，三峡、清江、三国特色景点、世界文化名人屈原、古代四大美女王昭君等等，都是我向外界朋友推介且引以自豪的宜昌名片！唯有去年四月建成的三峡奇潭尚在策划何时前去领略。几位户外朋友曾介绍，上洋的三峡奇潭可了得，那可是从户外探险线路中开发的呢，惊险刺激！还有附近的神秘"天坑"可是宜昌一绝！如今的上洋变化之大，独得旅游资源之厚，集美丽乡村、三峡奇潭、十里樱花长廊和神秘"天坑"一体的消息不胫而走，引发国内外游客和探险队员们接踵而至，上洋声名大噪了。

　　仲春时节，一个春雨悄悄滋润后的日子，我怀揣种种猜想，与城区部分文友应邀参加"缤纷四季·乡约夷陵"上洋文学笔会，揭开了三峡奇潭神秘面纱。前往途中，大家兴高采烈欢声笑语，夷陵区作协主席黄荣久先生激情描绘着上洋村的变化和三峡奇潭景观，撩拨得我心里痒痒的，同时也有意无意留下悬念，旨在让我们亲身去体验。

三峡奇潭旅游景区是社会集资两亿多人民币开发，各种配套尚在进一步完善之中，暂时没有制作出多媒体宣传片及纸质画册，网上搜索到的资讯也有限。这样也好，可以不受先入为主的观点左右，正好用自己的眼光去审视，去品评。

这是一个硬件设施一流的旅游景区，游客需要乘坐敞篷观光车到达景区，沿途景观一览无余，令人兴奋，公路十八弯路景交融，三峡特色的民居成为一道风景，春联和大红灯笼显示出春天特有的景象，盛开的樱花最抢眼，如果时间允许，徒步前往景区会收获更多地情趣。

为什么取名三峡奇潭？奇潭奇在何处？脑海中思索着。我狭义理解应该是地理位置和景点特色所致，上洋位于著名的三峡之一的西陵峡腹地，地势由高至低，海拔在300—700米之间，水流落差大，地下水丰富，望不到底的深涧名为潭，潭与潭叠加令人称奇是也。

进入景区，游客如织。我们二十余人结伴向前，清新的空气如天然氧吧，馨香的植被沁人心脾，幽深的峡谷，潺潺的流水，飞行的溜索，林间鸟声阵阵，沿途山花烂漫，可谓鸟语花香！远远望去，恰似一幅大自然赐予的色彩斑斓的"峡谷春景全图"！面对此情此景，一颗被漫长冬季冰封的心解冻了！

手摇小旗的导游们耐心地向游客们宣讲着，人们瞬间置身在一个各地口音交汇、各种肤色相遇的游客行列，不到一年时间，这儿已经成为面向世界开放旅游景区了。

奇潭位于峡谷之间，呈倒"Y"形，入口开阔处约1000米，终点极狭处几乎相连，往返约十余里。如果中途不停留，需要2至3小时。

顺峡谷小道向前，游客摩肩接踵，怎么也望不到尽头，据说是由大大小小20多个潭串连着，可谓走过一潭又一潭，一潭放过一潭拦啊！游览途中，忽儿上情人桥，忽儿下仙潭，忽而是溪流淙淙，忽儿是飞悬的瀑布，水流潺潺似歌谣相伴，白练悬挂如屏幕在眼。

水的灵性在山涧表现得淋漓尽致，圣洁的山泉一旦溶入潭中，便碧绿如镜，妩媚之极，有的像九寨沟清澈见底，飞流直下的瀑布，潭中飞溅的水珠，晶莹如玉，引来游客们或远观，或近赏，或戏水，或赞叹、或结伴留影，或激情地吟唱，欢笑声惊叹声久久回荡在峡谷之中。

此刻的我，沉浸在无限的遐想世界里，却感到体力渐渐不支，汗流浃背，气喘吁吁，心中默默重温北宋文学家王安石《游褒禅山记》："非常之观，常在于险远，而人之所罕至焉，故非有志者不能至也……"暗暗鼓励自己，既然来了，就要穷尽其力，了解真谛，获得全貌，方不虚此行矣！

有些年事高且体弱的同行者渐渐地与我们拉开了距离，其实我的勇气更多地来自同行的刘教授，她还是前不久刚刚做过腹腔两处手术的人，我还是跟不上她轻盈地步伐，时而要等我一下，本意是陪同她，实质上成了她的累赘……

峡谷越来越窄，由入口时的两路合为一路了，人越来越少，景也越来越奇，两侧高耸的峡谷壁立千仞，仰望"一线天"式快要空中接吻，攀岩的人正在努力向上，这些鲜见的地质奇观叠加人文景观，也是鼓励有志探险者的一种奖赏吧！我与刘教授互为留影，成为同行中最先抵达终点的人。

奇潭之行，漫步溪谷，恍若百瀑聚会于眼前，山水杰作鬼斧神工，使人钟情于这远离世尘的潭涧仙境。

　　奇潭之终，人迹罕至，壁立千仞，怪石嶙峋，灌木丛丛，藤蔓缠绕，潭深莫测，去影无踪……三峡腹地多为喀斯特地貌，地下溶洞暗河纵横密布，不知满载一路深情的碧水何处复见天日？

　　奇潭寻踪，思绪绵绵。感叹户外探险者独具慧眼，成为开发独特景点的先行者，探索精神令人钦佩矣！

　　感叹上洋村有识之士的智慧胆识，引进市场主体开发旅游，提高上洋村的知名度和美誉度，以产业带动村民致富。村支书杨治清介绍，奇潭开园以来，已接待游客16万人次，综合收入近千万元。解决了当地百余村民就业，带动村民办农家乐60多家、农副产品店铺10余家、特色乡村民俗5家，村民年户平增收2万多元。

　　我为夷陵区大手笔高品位发展特色旅游的举措点赞！

深秋银杏醉煞人

大自然真是神奇，春夏秋冬，风光各异，炎热的夏天，太阳像一个巨大的火炉，又像炼金炉似的，很快将自然界的植物逐渐煅烧成金灿灿的世界。

这不，经过夏天的煅烧，人们在不经意间，大地各种植物已经熔炼成一片波浪翻滚的金色海洋。

时令提醒人们，又到了观赏银杏的最佳季节。她与西北生长的胡杨林一样，几乎在同一时段金灿灿地傲然屹立，这两个远古遗存的稀有物种，千里迢迢呼应着呢！

我与银杏的缘分不浅呢！我的家乡佛教圣地玉泉寺就有几棵唐朝时期的古银杏树，其树冠巍峨，树干要七八人才能合抱。小时候常去银杏树那儿玩耍。银杏树夏天遮天蔽日，树下特别清凉，摇着芭蕉扇，在银杏树下纳凉聊天，别有滋味；特别是秋天里，那原本青绿的叶子，伴随秋天的金色阳光，一天天由绿变黄，最后成为金灿灿的、金元宝一样的叶子，秋风掠过，光鲜耀眼，令人驻足观赏，啧啧称奇，成为前往玉泉寺游览观光者必赏之景。

但真正令我震撼的，当属安陆钱冲村的银杏！其绝佳而壮观的场景已深深镌刻于脑海。

到钱冲之前，通过朋友介绍，出发前曾想象着即将进入的银杏景观，越是接近景区，银杏越来越多，方圆十余里，真有扑面而来之势和铺天盖地之感！百闻不如一见，不身临其境还真个无法想象呢，世上真有如此集中的银杏群落，远眺似金龙下凡于原野奔腾，近观似熔进了熊熊燃烧着烈焰的炉膛。

钱冲古银杏群落，是华中地区生态旅游的一颗璀璨明珠。这个只有420户人家、不到2000人的小村却拥有千年以上古银杏48株，五百年以上银杏1468株，百年以上银杏4683株，定植银杏240万株，其数量之多、树龄之久为全国之最，被誉为"中华银杏第一村"。步入钱冲村，满眼金光灿灿，凡有银杏的村寨似万道霞光普照，在村舍及山林的映衬下，一树一景，移步换景，情景交融，蔚为壮观，令人叫绝！

千年银杏，十里钱冲。钱冲是银杏核心景区，古老的村庄与古老的银杏相伴相守，一派静谧的田园风光展示在世人面前。

村中和附近山上散落着几十棵千年古银杏树，形态各异，相映成趣，有的笔直如桦，直插云霄；有的张开似伞，荫及千余平方米。其中一棵"银杏王"历经三千多年风雨，仍然枝繁叶茂，巨冠参天，虬枝繁多。

四面八方的游客因银杏慕名而至，徜徉于银杏叶铺就的金色道路上，使原本寂静的乡村一时喧闹非凡，来这儿摄影的、写生的、拍婚纱照的比比皆是，处处欢声笑语，处处红红火火，这儿就是银杏的王国，这儿就是欢乐的海洋……我时而驻足静静地欣赏那随风起舞的银杏叶，似片片龙鳞腾空翻飞，又似一只只凤凰浴火，从未见过如此壮观的场景，令人兴奋无比！我手舞之足蹈之，随手快速将此情此景收入镜头并分享微信朋友圈……

置身银杏世界，有造访仙境之感，树上树下满目金黄，在阳光下金光闪闪，银杏谷千余棵银杏连成一片，遥相呼应，似金色的海洋，面对此情此景，世尘所有烦恼顿时抛到九霄云外，令人如醉如痴神清气爽遐想无限，美的心都醉了矣！

曾有人感叹："黄山归来不看山，九寨归来不看水，安陆归来不看树"之说，我十分赞叹智者们之精辟归纳，体察之细微，特色之鲜明，令人拍手叫绝。我们造访时，切身感受到，天高云淡，秋高气爽，金色阳光与金色银杏相得益彰，交相辉映，银杏叶绽放夺目金光。

在我的心中，银杏高贵而脱俗，不争春，不喜夏，不与其他奇花异草争宠，而是以伟岸君子般的气度，静默修炼，等待时机，独于深秋展示，与原野红叶相媲美，轰轰烈烈于寒冬之前，彻底御去毕生铅华，吸引芸芸众生纷至沓来，向世间展露出盛大壮观的年度压轴之美！

尤其令人驻足欣赏的是那些标志性、树龄千年之上的古银杏，被管理者用固定栅栏团团围住，谢绝游客入内攀爬，树上有身份标志牌，村民们尊为银杏之王和神树，树上枝杈间系着许许多多的祈福用红布条，金黄镶着鲜红，迎风招展，分外妖娆夺目。地上落下了厚厚的银杏叶，游客们从各个角度与之合影，还有几对惬意情侣仰卧于银杏叶之上，她们仰望银杏，心领神会，放飞希望，祈福未来，尽情地编织着金色的梦幻……

在银杏沐浴熔金之际，每当秋风吹拂，树冠轻轻摇曳，金灿灿的树叶，如金黄彩蝶纷飞起舞，将积蓄一生的风华，浓墨重彩地投向大地，虽然依依不舍，是秉承叶落归根之祖训？此时的银杏叶，诀别其相依一生的母体，毅然决然似凤凰涅槃，投向金色的熊熊火海，实现浴火重生，如此轰轰烈烈，鞠躬尽瘁，是为来年新生大喜大悲乎？

银杏作为远古的物种，被称为活化石，是大自然对人类的馈赠，不仅装扮着美丽的山川，还给人类治病健身，是大自然物种里不可多得的宝贝！

银杏全身是宝，材质优良，是制作上等家具乐器的选材，果和叶均可入药，治疗人类的多种疾病，《本草纲目》早有记载："熟食温肺、益气、定喘嗽、缩小便、止白浊；生食降痰、消毒杀虫"。现代科学证明：银杏种仁有抗大肠杆菌、白喉杆菌、葡萄球菌、结核杆菌、链球菌的作用。银杏叶有敛肺，平喘，活血化瘀，止痛之效。用于肺虚咳喘、冠心病、心绞痛、高血脂、抗凝固，提高记忆力等等。银杏不负人类，不枉此生，不求索取，自愿为人类奉献出全部的光和热。

在观赏美丽的银杏之际，我亦思绪万千，银杏带着远古气息，阅尽人间沧桑！历经千年风尘，令人敬畏矣！面对上苍的馈赠，人们开发银杏，保护银杏，利用银杏，打造银杏文化等等，是大有文章可做的！

千年银杏古木参天，银杏苗木漫山遍野。安陆银杏，名不虚传；银杏树，在我心中已升华为万千物种的至爱。

我推崇银杏的壮美品格！人生就要像银杏树那样，默守着那份天然的执着与孤傲，无论风霜雨雪，无论寒来暑往，不惧气候变幻，都要朝着既定的目标，来它个轰轰烈烈，来它个不醉不休，来它个谢幕绝唱！为世间留下念想……

礼赞乌斯太

内蒙古以其独特的风土人情和优美是故事传说，加上优美的塞外风景，成为我无限向往的地方之一。

20世纪60年代即闻名于世、家喻户晓的《草原英雄小姐妹》让人们记忆犹新。龙梅、玉荣两姐妹的英雄形象深深打动我幼小的心灵，龙梅和玉荣成为我少年时期的无限崇拜的偶像之一。

从那时起，就有到内蒙古大草原一睹天苍苍，野茫茫，风吹草低见牛羊……神奇美丽草原风光的强烈愿望，这个愿望一直伴随人生历程，且深深地珍藏在我的心中。

收到内蒙古作家协会副主席张继炼老师到阿拉善采风的邀请，心情异常兴奋，我对照地图设计线路，打点行装并昼夜兼程，向着儿时的梦想一路飞奔。

在乌斯太两天的采风活动令人无比震撼，通过耳闻目睹，实地查看，处处诠释着讲解员的精辟介绍，这是一个让人激情满怀之地，是一个聚集财富之地，是志士能人施展抱负的广阔舞台。

我们的行程时逢传统端午前夕，乌斯太以极大的热忱欢迎着我们，天高云淡，风和日丽，不冷不热，气候宜人。

置身神奇的乌斯太，可远眺蜿蜒起伏的贺兰山余脉，似向我诉说历朝历代战事的滚滚烽烟渐行渐远；观雄伟的中华母亲河滚滚流淌，她亦见证华夏文明的创始与传播；阿拉善是极具诱惑之地，这儿物华天宝人杰地灵，这儿是英雄辈出的地方，这儿是创造神奇的天堂!

我看到,广袤辽阔的乌斯太经济开发区,在蓝天白云的簇拥下,一座座现代化的工厂,景观式的学校,童话般的幼儿园,异域风格的建筑,高端的园林绿化,盛开的鲜花、宽敞的马路……是那么的多情妩媚,如诗如画,令人目不暇接,令人心潮澎湃,令人激情满怀。

在有限的时间里,面对一个全新的、充满生机活力的乌斯太经济开发区,我们的采风显然属于走马观花和浮光掠影,只能是鸟瞰式、扫描式的访问,为我们此行增加些感性认识。

开发区始建于 1997 年,是阿拉善盟最早建立的自治区级重点开发区。目前已建成区面积达到 50 平方公里,总人口有三万多人了,吸引各类企业 357 户。其中有上市公司一户,外商独资企业两户,中外合资企业三户,引进消化吸收世界领先技术 41 项……被列为自治区生态工业园示范点和循环经济工业示范园,属于内蒙古十强工业开发区等。2014 年实现地区生产总值达 206.57 亿元,为阿拉善盟的 45.29%,工业增加值 180.06 亿元,占 52.1%;固定资产投资达 126.40 亿元,也占阿拉善盟的 34.15%,公共财政预算收入 11.30 亿元。占阿拉善盟的 28.68%。这一组硬邦邦的数字,彰显出开发区的重要贡献和在全阿拉善盟的显赫地位,同时也无声地告诉人们,当年建开发区的决策之英明!

采风第一站是通过一段荒凉的戈壁行驶,只见车窗外两侧的电杆林立,不时有盐碱地冒出的迹象,车上陪同的阿拉善朋友们并没有对采风对象作任何介绍,有意让我们惊奇似的。

车辆驶入一个绿色植物装饰的围墙大门后,突然在树木掩隐出大转弯,一座欧式建筑群魔术式呈现在我们眼前,让人不敢相信自己的眼睛!

　　这儿非常宁静整洁，鲜花草坪相得益彰，门口的雕塑高雅大气，背面是橘红瓦黄粉墙的欧式建筑，明媚的阳光下格外鲜艳夺目，这就是由法国设计师设计的内蒙古金沙苑生态集团，位于世界公认的酿酒葡萄黄金生长带——北纬39度，坐落在黄河左岸，贺兰山北麓的乌兰布和沙漠境内。

　　这是以沙漠生态综合治理、农林牧业综合开发加工为主的产业化生态集团公司，注册资金7600万元。2005年以来，他们以土地流转、企业投资的形式，从事生态治沙产业，项目设计建设总规模22万亩，总投资约20多亿元，主要以现代高效葡萄种植、种草植树、葡萄酒酿造、葡萄酒销售、生态观光旅游作为项目建设的主要内容和载体。

　　他们在荒无人烟的沙漠中克服风大沙多、寒暑变化带来的各种困难，目前已经平整沙漠七万多亩，修筑作业道路120多公里，配套输变电线路110多公里，打成配套机电井63眼，种植葡萄20000多亩，栽植防护林10000多亩，建设节能日光温棚34亩，利用大型喷灌种植牧草15000亩，累计投入资金六亿多元。陈列室各种产品样品、获得的荣誉、未来的蓝图让人们羡慕不已。

　　据介绍，待海渤湾黄河水利枢纽工程建成后，将在北滩地区形成美丽的沙湖岛屿景观，公司将发展生态观光旅游，形成大漠探秘、葡萄园风情、葡萄酒庄、现代生态农牧业、高级度假酒店等融为一体的观光胜地。

　　我们好奇地参观现代化葡萄酒生产线，见到仓库里百余个50吨级不锈钢储酒罐，在地下十米处的恒温冷藏库品评新鲜的正宗法国美味葡萄酒，似乎已经触摸到集团更加美好的发展愿景！

　　开发区生活的人们幸福指数之高，是我做梦都没有想到的！这儿生活的人从小到老，没有后顾之忧，且尽享改革发展成果。

上幼儿园免保教费；对九年义务教育经济困难的寄宿生给予生活补助和免费乘车，对所有在校学生免费营养早餐；对老年人发放高龄津贴，对达到70、80、90岁以上的老年人，每人每月100元、500元、1000元额外补助。据介绍，2009年以来，已为377人次发放高龄津贴36万元。这在其他地方从没有听说过的呢！

市场竞争，归根到底是人才的竞争。乌斯太开发区在注重筑巢引凤吸引人才引进人才的同时，更加注重本地人才的选拔和培养。我们从方方面面感受到，开发区的发展后劲足，前景之美好！他们注重人才的培养，且从娃娃抓起，让在开发区工作的人们没有后顾之忧，使他们的子女也受到良好的教育，此举着实令人点赞。

在参观了中心幼儿园时，开始也不以为然，自己没有上过幼儿园，对幼儿园没有什么特别印象。当年我小孩在偌大长江流域的内地城市，上的是单位就近的工厂幼儿园，规模小、陈设也非常简陋，与这儿的环境比，充其量算个小孩寄存园，还是托熟人找关系接收的，还要自己缴学费生活费等等，因此不大关心幼儿园的建设。是乌斯太改变了我对幼儿园的印象，理解了学前教育的极端重要性，感受到什么是现代化幼儿园，幼儿园还可以这么办！

进入幼儿园就像进入了电影里迪士尼乐园一般，我为这儿工作的朋友们自豪，更为这儿的孩子们感到人生的莫大幸运。

幼儿园建于2010年4月，由阿拉善经济开发区管委会筹资建设的唯一公办幼儿园，由开发区社会事务管理局管理。占地面积21000平方米，建筑面积10900平方米，园内设施齐全，配套完善。现有12个教学班，在园幼儿330余名，教职工32名。

幼儿园秉承以"一切为了孩子，一切为了家长，创办孩子开心、家长放心、老师尽心的儿童乐园"之宗旨。我们在幼儿园看到，幼儿们井井有条地学习，有的在老师辅导下做各种手工，有的在室外花园漫步，教室里、走廊里、陈列室里，都是小朋友们的作品和展品，让人目不暇接。

那么与之配套的学校建设更是让人大开眼界了。张学仁校长引导我们参观整个校园，他如数家珍般介绍学校的发展情况：学校于2007年9月建成，占地5.2万平方米，建筑面积1.6万平方米，总投资4000余万元。有38个教学班，学生1398人，80%为外来务工子弟。教职工137人，专业教师113人，平均年龄33岁，是一个充满生机与活力的师资队伍，学校发展前景不可限量！

我更加关注学校的精神文化核心思想，传承龙凤精神，打造馨雅文化。一个学校有这么高雅的文化核心作支撑，这是之前闻所未闻的。

我们漫步校园，一边听校长介绍，一边参观每一处设施，为开发区领导们高瞻远瞩办教育的精神所打动。眼前现代化的设施，先进的教学理念，敬业的教师队伍，特别是徜徉在"龙凤雕塑"、"雷锋园"、"龙凤明星图片走廊"、"校训浮雕"、"唐诗宋词"文化墙、感恩园、现代体育健身设施等，置身无处不在的文化艺术氛围里，深感环境熏陶人，环境改造人，名师出高徒的儒家文化教育理念在这儿得到弘扬光大。学校的硬软件建设令我为之震撼！

学校每年还在学生毕业和新生入学典礼时举行家长参与的互动活动，让学生懂得感恩，让家长了解学校，对此我发自心底赞叹：这才是真正的素质教育啊！这才是培养高素质人才的明知之举！试想，如果没有夯实坚实的基础，怎能构建巍峨的高楼大厦？遗憾的是，当前不少地方片面强调升学率，将素质教育停留在口头上、文字里，却没有落到实处。

张校长面对我们的提问，他娓娓道出一些理念真谛，向我们诠释着追求进取、卓越的精神内涵。"馨雅文化"是统领学校文化建设的灵魂，是学校追求温馨和谐的人文氛围，馨香宜人的环境氛围，雅致规范的育人氛围的文化建设。校训：厚德健体、乐学尚美；厚德就是注重德育健全人格；健体就是关爱生命健体强身；乐学则是尊重知识，快乐学习；尚美就是崇尚美育，求真求善……通过进一步完善，努力把学校建成丰盈智慧的书香校园，孕育幸福的精神家园，畅想成长的发展乐园。我们为张校长的教育理念而击节鼓掌！百闻不如一见，我会极力推荐我的教育界朋友们，有机会一定要到这儿实地感受取经。

庆华集团职工别墅式住房小区，成片掩隐在街道两侧的观赏树林之中，大多三层一栋，黄墙红瓦，犹如围棋步阵错落有致，成为乌斯太市政建设中一道亮丽的风景。为了丰富人们的业余文化生活，开发区还请美国设计师设计了园林式中央公园。这儿湖水碧波荡漾，林荫道曲水流觞，各种鲜花点缀其中，演出舞台安装了亚洲最大的电子显示屏，整个公园设计一流，布局合理，构思独到，成为开发区文艺活动和人民群众日常休闲娱乐的首选场所。

乌斯太采风是短暂的，留下的印象是永恒的。面对开发区的业绩，我的心一路都是震撼的，情绪也是亢奋的，同时也在理性思考：这些年全国的开发区一哄而上，有的贪大求洋，不乏政绩工程，有的有名无实，有的唱"空城计"，有的债务链剪不断理还乱，有的圈地晒太阳，有的围墙里杂草丛生……那么乌斯太开发区有今天的非凡业绩实属不易，在建设期一定付出了我们难以知晓的艰辛，特别是以煤为产业的庆华集团，为了过环保这一关，他们付出了巨大的艰辛和努力。

时下，我们在化工产业林立的开发区采风，不见往日的滚滚浓烟，没有刺鼻难闻的异味，马路上无尘土，只有鲜花绽放，这是我没有想到的！

面对蒸蒸日上充满生机与活力的乌斯太经济开发区，我十分虔诚地送上我的礼赞：

在不久的将来，一个更加光辉灿烂的乌斯太将呈现在世人面前！

阳春追梦

初春的长江流域，人们还是厚厚的春装。天气时阴时晴，气温也不稳定，天气预报一会儿说平均气温高于常年，一会儿又说低于往年，说法左摇右摆，不时还夹杂着绵绵春雨，我就是在迎着斜风细雨踏上南下追梦之旅的。

收到王散木老师赴阳春东莞采风的邀请，高兴的心情无以言表，便上网搜索有关阳春、东莞的种种信息。"小桂林"、"水墨阳春"、"石林"、"喀斯特地貌"、中国优秀旅游城、中国散文学会东莞创作基地、"世界工厂"、"每天绽放新精彩"等等，这些字眼撩拨得人心里痒痒的。有一段时间没有参与类似活动了，心中那以文会友的期待已很久了，到这些如诗如画之地寻找创作灵感，与有着共同爱好的朋友交流，令人无限向往之。

为了追寻心中神圣的文学愿景，似在神的旨意下，我身负行装，像个独行侠，如追寻梦中情人般的执着浪漫与澎湃激情，朝着阳光灿烂的地方飞奔。

我精神抖擞，情绪高昂，神情专注于列车窗外的南国景观，对照网上查阅到的相关信息，实地验证着。当列车驶入广东肇庆境内，不时有山峦蜿蜒起伏，热带特有植物令我目不暇接，那酷似桂林阳朔的风光景观渐渐进入我的视野……

按照组委会的时间要求，日夜兼程，飞奔的列车一路南下，把我带到了南粤腹地，衣服一个劲地脱，很快便置身于一个阳光明媚、鸟语花香的幽静世界里，温度似一夜入夏，提前享受激情夏日，且不时有阵阵蝉声入耳……

追逐阳光，追寻梦境，去感受多情的土地和春天般的温暖。阳春是享有盛名的春都，不仅仅是上苍赐予的自然环境和字面意义上的理解，更是这里居住的110万各族人民和厚重的文化底蕴。虽然他们讲方言时，如听外语般不知所云，但其热情纯朴、待人真诚，让人宾至如归，打动着我的心，使我们尽情享受春天般的温暖。

阳春作为广东省人口规模第二的县级城市，无论从城市基础设施建设和市民综合素质，都具有国家级优秀旅游城市的外在形象和内在品质。我们下榻在东湖国际大酒店，临近的东湖广场上彩旗飘扬，高高耸立着中国优秀旅游城马踏飞燕标志，赫然醒目，引人遐思。

从我们下火车接站的第一印象开始，充分感受到阳春人的温馨和多情。据接站的工作人员介绍，这次笔会活动在阳春各界高度重视，文学艺术界总动员，文艺圈朋友齐上阵，纷纷参与到接待服务之中，各种筹备工作非常完美，报到时分发的资料、证牌、房间、膳食等等，无不让人感到温馨愉悦和周到细致。

在阳春的参观学习之中，组织、线路、讲解、合影等等细节，都令人称道。阳春第二中学的黄万里老师，个头不高，大眼睛、小平头，慈眉善目，身材敦实，着中式咖啡色套装，总是笑呵呵的，他是全程负责日常采风活动的随行向导。他那带着浓浓阳春方言的普通话和天生的高亮嗓门，配上恰到好处的幽默风趣，让大家一路开心愉快，给文友们留下极为深刻的印象。

阳春文艺活动繁荣，改变了我心中的一些印象。过去总狭义地认为，南方经济发达地区似乎只看重金钱，是金钱至上之地，看重物质享受，重视宗教领域，忽视精神层面特别是高雅艺术的追求……从阳春同行赠送给我们的内部刊物《凌霄》中编发的各类作品来看，其艺术水准之高，也出乎意料。《凌霄》既是展示阳春文学艺术领域成果的重要载体，也是本土作家艺术家展示聪明才智的重要平台。早在2009年，阳春市委市政府编著的摄影画册《阳春》，摄影和印刷水平之高，展示的风光之美之精之特，令人爱不释手，更是了解阳春美丽风景的珍贵资料和一扇窗口。

在与阳春本土的作家、诗人、画家、书法家、舞蹈家、摄影家、民间艺术家的短暂接触交流中获悉，阳春不少人已经进入了国家级会员等次，令我肃然起敬，这是阳春人的名片和骄傲。

特别富有戏剧性的是，阳春作家协会主席杨建国先生，祖籍湖北汉川，比我长两岁，我称他为老哥，称我为老乡。杨主席作为南下军转干部子女，生在广东长在广东，但亦有浓浓的老乡情结。欢迎晚宴时，他的座位正好与我相邻，是与我第一个交换名片的阳春同行，也是第一个单独合影的阳春文友。回家后查阅《阳春市重点作家散文选》时，眼睛突然一亮，早在四年前，我们同时获得过重庆举办的"首先杯"中国诗歌散文大赛中的散文三等奖，在选编出版的《首届"首先杯"中国征文散文作品精选》（2010年8月中国戏剧出版社）中，他的《三月眺漠江》与我的《梦幻童年》上下相连，编排目录作者中，他排列第九，我排在第十，其大作我早已拜读，可谓神交已久矣，一个侧面见证我们天赐的缘分！四年前我们的名字和作品就成为邻居了呢……遗憾的是他于2016年9月25日突发脑出血去世，令人惋惜矣……

个人有个嗜好，因为酷爱书法的缘故，特别关注各地书法艺术水准，外在形式上，每到一地总是关注春联的内容和形式。

阳春人的春联令我刮目相看，是一道亮丽的风景。春节过去快三个月了，无论是阳春市区，还是乡镇农村，路过之处，目之所及，春联装饰独领风骚，令我大开眼界。这儿无论楼上楼下，也不论有几层楼，凡是有门的地方就贴有春联，且大多是当地书法家们年前组织亲笔书写赠送。从形式上看，多为五字联、七字联，字体多为庄重美观的楷书或者行楷，横批多为二字的"鸿禧"或"鸿福"，很少见到我们北方的四字横批。令人称奇的是，所到之处的春联依然保存完好，清晰可见，更有一些讲究者，将春联经过装裱并用木框装饰悬挂，独具特色。因此，我沿途抓拍了大量的春联图片。

大红的春联成为一道夺目的独特景观，由此可以联想到南粤大地春节期间那浓浓的年味儿。对此，骨子里传统文化意识较浓的我曾在家乡报纸《三峡商报》刊发的《年后谈年》一文中谈到，春联是过年的主要标志之一，没有春联的春节，不是完整意义上的春节。只有亲笔手写的春联，才是传统意义上的春联，传统的节日当以传统的形式过，才具有传统节日的应有之义。那么时下不少地方正在将春联日渐淡化，或者图省事，贴上形式花里胡哨、内容千门一联的印刷品，我认为这是应付性春联……建议国家相关部门对春联内容及形式加以引导，或推广几种类似南粤大地的春联形式，供人们在欣赏春联的过程中，陶冶情操、得到美的享受，在内容上也要有启迪心智和有益教化，达到弘扬民族传统文化，岂不一箭双雕？

阳春之美，无论内涵和外延，都美得令人心醉。阳春民风淳朴，人杰地灵，旅游资源得天独厚，文化古迹众多，更以其风光绮丽、奇峰幽洞和绿水秀山的独特之美，吸引许多海内外造访者和文人墨客纷至沓来。据了解，他们2014年接待游客达到33万人次，且每年以10%速度递增。每年都有各类主题的采风笔会、研讨会在这儿举办，彰显出中国南粤优秀旅游城的独特魅力。在与我们采风活动几乎同步、有国内著名作家参加的广东省第 41 个世界地球日暨第二届"阳春杯"地学诗歌征文揭晓颁奖活动同时举行，我们应邀分享了这次盛会，欣赏风华正茂的同学们配乐朗诵获奖作品，感受到阳春文学艺术事业新人辈出、后继有人。

美丽的阳春，多情的土地——这是在阳春采风期间听到最多的经典话语，其中隐含着非常丰富的内涵。置身阳春的三个昼夜，无论是到国家地质公园的春湾石林、地下溶洞龙宫，还是去参观大型水泥厂，浏览乡村田园风光，高流古墟遗址，春都温泉……面对扑面而来、如诗如画的美景和热情好客的阳春同行，都激发着文友们的创作灵感，车内不时有文友吟诗作赋。一路激情，歌声飞扬，欢声笑语，其乐融融，置身这种氛围感染及熏陶下，本人也似有诗意，现选一首：

> 追寻梦境聚阳春，满目葱郁天地新。
> 文朋艺友写阳春，挥毫泼墨几多情。
> 水墨阳春小桂林，鸟语花香空气净。
> 百里画廊乐忘返，奇山秀水醉煞人。

在与阳春书画院与文友同道切磋书画技艺时，我饱蘸激情挥毫泼墨，留下了十余幅书法作品，在一幅幅作品被阳春同行收藏之时，心中亦盛满阳春人民的美好祝福……

无论什么季节到阳春，4000 多平方公里的阳春将呈现出与众不同的独特景观。阳春，是一个常看常新、充满生机与活力的神奇之地，有着摄影家拍不完的景观，作家诗人写不尽的素材，画家写生描绘无穷的题材……

在阳春的时间虽然有限，但却是如此的多情与浪漫，白天参观采风，晚上文学沙龙，安排紧凑，精彩纷呈，收获多多，取到真经，梦圆阳春……

我由衷地祝福阳春各族人民，如同春联所表达的愿景：顺景财广进，平安福常来；富贵人财旺，荣华家业兴；日照全家福，时来四海财……

相见时难别亦难，阳春美景看不完。再见了阳春，再见了朋友！他年春暖花开时，与君重逢聚阳春。

向往观音山

　　神州大地有许多的名山大川，是上帝造物者对人类的馈赠。纵览这些闻名天下的奇山秀水，有幸去过和未涉足的都还不少。

　　自古有黄山归来不看山，九寨归来不看水之说，从一个侧面说明黄山和九寨的奇山秀水天下闻名。面对大自然的千姿百态，也无论媒体如何宣传诱惑，本人还没有将某某山某某水列入近期非去不可的行程。但是，有座山在我心中地位无疑大大超越了自然形态的山水景观，这就是广东东莞的观音山，令我心向之，神往之。

　　这也是2014年4月南方之行擦肩而过的广东的东莞观音山，那是座神往已久的佛教圣山，人文价值厚重，尤其以在文学艺术界极负盛名而身价倍增。且不说观音山已经成功举办多期健康文化艺术节，各种文艺圣事赛事接踵而至，可谓好戏连台，精彩纷呈，高潮不断，让人欲罢不能，诱人跃跃欲试，至今还在为那年与观音山擦肩而过后悔呢！

　　那是应邀参加两岸作家艺术家走阳春看东莞采风活动的压轴戏，且因为我一时疏忽，对采风行程研究不仔细，在购买回程票时考虑欠周到，与参观观音山颁发聘书、采风闭幕活动等失之交臂，而遗憾至今……

　　其实，我与观音山神交已久矣！连续三届参与到观音山健康文化节里的书法艺术征稿，其作品均被组委会收藏；参与到由人民文学杂志社和广东观音山国家森林公园共同主办的、第二届"观音山杯·美丽中国"全国游记征文大奖赛、诗歌大赛等等，继而又被观音山文学社批准为一级会员。人虽然没有到，我的作品早已收藏于佛光普照的观音山圣殿了。

在我心中，观音山文学社是广大文艺爱好者汲取创作养分的摇篮。观音山也是岭南文化名山，热衷于公益文化事业，致力于弘扬中国优秀传统文化，不遗余力地支持当代文学艺术的繁荣、进步和发展。

观音山非同一般佛教庙宇和自然风光，观音山有着悠久的历史文化和厚重的人文资源，举办过多项重大的文化活动，包括健康文化节、诗歌节、文学征文大赛、启智行、公益文化论坛等，在全国形成了深远影响，得到了社会各界的认可和支持。无数文人墨客为观音山写下过传世文章，在观音山上留下过行吟足迹。

在全国文学社团中异军突起的观音山文学社，蕴含着无穷的文学创作活力。由国家 AAAA 风景区广东观音山国家森林公园主管，由全国部分中青年作家、诗人、评论家、编辑、记者、学者和文学爱好者共同发起成立的大型民间文学社团，是社长领导下的非营利性民间文学社团。文学社的宗旨是培养文学新人，增强作家与作家、作家与大众之间的交流和互动，通过举办文化艺术节、诗歌节、文学征文大赛、文学论坛、文艺培训、学术交流、作家采风等一系列文化公益活动，为会员在学习、创作、评论、编辑、出版等方面提供服务。通过整合文学资源，增强学术交流，引导会员对文学创作进行有益的探索和创新，提高会员整体创作水平，增强会员之间的友谊，提升岭南佛教名山观音山的知名度和美誉度。

观音山文学社高瞻远瞩、深谋远虑、独具慧眼，长期与国内众多知名报刊合作，为会员们提供施展文学才华的平台，同时为了激励广大作家的创作，实行双稿酬制，即在国内相关刊物发表观音山题材的文章，根据刊物等级和文章类别，即可得到文学社最高 5000 元最低 150 元的奖励，令有识之士称道！

在当前文学刊物不太景气或稿酬不高的境况下，观音山文学社的慷慨扶持文学作品的举措，无疑是一种功德无量之举。

在我心中，观音山文学社以其佛祖保佑的正能量，辅以强大的佛学禅意气场和大彻大悟的菩提情怀，吸引全国广大作家艺术家，激发创作热情，弘扬传统文化，展现人生价值、体会人生归属，日益受到各界的重视。

我相信，以观音山文学社社训：尚德、崇文、爱国、创新为旗帜的文学社团，必将成为推动中华民族纯文学健康发展的又一强大动力。

我为成为观音山文学社一名会员而由衷地高兴和自豪！

领略北方风沙

北方的风沙厉害，只是从电视里时常播出过的景象里去揣摩，但没有亲身感受过。

这次因公到北京的交通部培训学院，旨在完成上级下达的指令性业务培训任务。这儿曾经是12年前来过的地方。因为对此地有所了解，所以这次北方之行本有些不太情愿的成分。

通知上说是来北京培训，实际是徒有虚名，这儿离北京城很远且交通不便，倒是像被软禁几天。如果说收获，除了培训获得的知识，就是亲身体验了北方人这个时段的生存环境。

出了机场就直奔这郊区的郊区，沿途属于没有生机的枯黄一片，风沙大，尘土飞扬，特别是没有水，我们从春意盎然之地来到尚处于冬春交替的地方。我们到了属于河北省廊坊市下属的三河市，与12年前相比，除开发了一些商品房之外，市容市貌几乎没有什么变化，典型的北方集镇似街道，由于北方天然缺水，感到街上卫生环境欠佳，倒霉是我们还赶上了临春的气候变化，初步领略到风沙袭击，老天爷露出了狰狞面目，令我们这些习惯南方生活的人无所适从。

这儿空气干燥，水土不服，菜肴单一。还有衣服穿不整齐，头发随风飞舞，皮鞋没了看样……不时看到有人佩戴口罩匆匆行走，停在路边车辆上的厚厚尘土清晰可见，文明创建似乎离这儿很遥远，更有许多北方人的创举，街上杂乱，满地都是野广告。

我们那儿一阵子贴在电杆上，叫"牛皮癣"，我看这儿大多在地上，应该叫"脚鸡眼"，这就是离首都不远的地方，悬殊之大，大煞风景！可谓"灯下黑"矣！

几天来，面对北方的生活，这儿的天亮的特别早，昼夜温差较大，加上风沙，街上行人很少，我们不敢外出，一没有什么可以游览的。二唯恐沾满黄沙。三是此行加深了对北方四合院的认识，风沙之大，四合院应该可以抵挡一阵子，创造家庭小气候，功不可没。四是切身体验到当地人在这种环境中生活的种种不便，导致人的肤色容貌没有南方人水灵……

此行还有一个感受，与这儿的生态环境相比，就是加深了对自己家乡的热爱。

重庆印象

利用双休假日，随机关同事们一行，在十分有限的时间里，对美丽的山城重庆又一次浮光掠影匆匆一瞥，此行弥补上次散文《夜访重庆》中的诸多遗憾，在个人人生旅途中亦具有十分重要的意义！

重庆的夜景非常迷人，山城的特色，立体的展示，极富层次感，似与星空相连，不时流星划过天空，非常壮观，又像人间银河，满目流光溢彩，五彩斑斓，美轮美奂。梦幻般的景观，天上人间融为一体，给人以美的享受，令人遐想联翩……

回想那次因公夜晚空投重庆的匆匆造访，既欣慰又遗憾，欣慰是填补了未到重庆之空白，初步领略到山城重庆的神韵，遗憾是年关将至加上公务在身，白天没有时间去该去的地方走走看看，但还是从一个侧面给我留下十分美好而深刻的印象，留下再次探访的种种缘由！

重庆与宜昌一衣带水，在我心中的位置很重。重庆是中国直辖市中最年轻的、离我们最近的，万里长江母亲河哺育着我们联系着我们，重庆作为长江巨龙的龙头，与国际大都市上海市首尾呼应，成为引领中国经济快速发展的风向标。同时因为兴建长江三峡工程，因为我们共同的长江三峡，两地在经济文化乃至具体业务方面，都有着千丝万缕的联系。

重庆市在我心中又是一个非常神秘莫测的地方，令我向往多年。重庆不仅仅有 3000 多年的建市历史，同时又是古代巴蜀文化的中心区域，是通往大西南重要的军事要塞，其历史文化积淀非常之深厚，可谓物华天宝，人杰地灵，藏龙卧虎，更因为它在中国现代、当代乃至时下，无论在政治、军事、经济、社会变革等等方面，发生过许许多多世人感兴趣的故事，令人们津津乐道，令世界为之瞩目！令人们刮目相看！

小时候脑海中定格的重庆市非常概念化，属于"红色记忆"，储存的是长篇纪实小说《红岩》中的一些地名人名，如渣滓洞、白公馆、红岩、双枪老太婆、江姐、许云峰、华子良、《挺进报》、解放碑、重庆谈判等等，这次才得以在脑海输入新的标志性的当代人文景观。

这几天见到的重庆，在我心中方有一个整体新重庆的感受。我们的到访，重庆天气出奇的好，阳光明媚，风和日丽，春意盎然，在美女如云的解放碑步行漫步时，处处呈现一派盛世和谐的美景。无论是当地居民还是外地游客，每个人的脸上写满了悠闲惬意的神态，都是羡慕赞许的目光。每每经过时髦著称、装饰风格各异、风情万种的商铺前，又似进入世界服装博览会了。

食在重庆是另一特色。重庆餐馆酒店装饰华丽而考究，彰显着山城深厚的历史文化底蕴，我见到的和去过的餐馆，招牌都是名人题写，装潢考究，很少见到电脑排版的随意性的招牌，厅堂内一般都有很精致的经营理念，名人字画，假山喷泉，时令鲜花等等，店堂陈列古色古香，令食客可以悠闲的品评欣赏，还对食客们提高文化素养具有潜移默化的作用。

重庆美食格外诱人，川菜天下闻名，风味小吃举不胜举，地方特产目不暇接，具价廉物美，服务热情周到，生活工作在重庆应该是祖上的福分，让我等羡慕有加！

重庆市区高楼林立、鳞次栉比，各种风格的高楼大厦，如建筑博物馆，是个正在崛起的城市森林，其山城特色之鲜明，令人无比钦佩。各种风格的高楼错落有致，如雨后春笋，日新月异，数也数不清，到处是房建高塔，为正在建设中的大厦添砖加瓦……立交桥接着立交桥，立交桥套着立交桥，似一组组巨型盘旋交错延伸的琴弦，车辆在上面飞快地流动，犹如琴键在跳跃，弹奏出时代的最强音！

在有限的时间，在短短的隔着玻璃的观光中，结合日常的耳闻目睹，真切感受到这个城市具有强大的生机与活力！其发展前景不可限量！我们途经之处，主要街道车水马龙，大街小巷来往人群摩肩接踵，想想精明的重庆人，在不是很宽敞的地方，可谓寸土寸金，经营得如此科学而讲究，花坛树木绿地喷泉相得益彰，可见这个城市的规划建设与管理非常之精细。

不过凡事都是辩证的，在欣赏重庆美景美食美女的同时，似乎还有小小遗憾有待下次弥补了——我们与作为"雾都"重庆之景观失之交臂……只能去想象雾里看花的朦胧之美矣！

重庆二日，面对偌大的近千万人口的超级城市，我似"刘姥姥"进大观园，又遗憾没有时间穷尽重庆全貌，只能是来去匆匆挂一漏万。但我会有第三次乃至更多次访问游览重庆，不过每次将会有一个新的主题，会有更加精彩的发现。

别了，美丽的山城重庆！

再见，期待下次重逢……

知青故地行

2016 年 8 月 20 日，晴天丽日，艳阳耀眼，万里无云，热浪阵阵，是一个奇热无比的日子，又是一个激情满怀的日子，温度正契合当时的激情！

由于我在交通部门工作的缘故，大家要我负责当天的车辆组织。我随着大巴抵达指定地点时，有好几位已经提前到了，很快我们换上统一的标志服装，胸前印有我题写的"红光知青"红色行草字，格外醒目。负责此次活动的郭鲁、冯明彪忙前忙后，准备了防暑药品、矿泉水等等，大家都洋溢着无比兴奋的情绪。

这是很早就相约的 1975、1976 两届知青前往原当阳县长阪公社红光大队，这是离开 38 年后的第一次集体相聚，当然还有远在外地工作或临时有重要任务不能到场的，都以各种方式表达了缺席的遗憾之意，同时祝愿大家故地行愉快尽兴。

这次聚会，大家对我的参与寄予了特别的期望，前几次相聚已经知道我的书法艺术成果，首先是题写文化衫用的字，再是一致要求我送一件折扇书法作品，我虽然觉得有些困难，这么大范围免费相送尚无先例，但还是应承下来了，因为近 30 把宣纸折扇要通过网购，特别是还要按照不同对象的性格写上不同内容、不同书体，才使收藏更有价值。

随着聚会时间的临近，本人工作上也有些忙碌，加上其他社会活动的牵连，在创作后期只能请假加班才完成，差点不能满足部分人的愿望。当每个人拿着我精心创作的折扇书法时的开心，我感到了几十年前的"知青"友谊的珍贵，再累也是值得的。

到目的地后，大家按照当年的建制，各自回到原生产队，找房东、找"小芳"，找过去的痕迹……其实都时过境迁，经过这么多年的发展变化，当年的印记荡然无存了，很多人也到另外世界去了，有的只是心灵中的情结罢了。知青点早已拆除，学校也合并他处去了，记忆中的模样都不复存在。

对于我们当阳的几个知青战友而言，应该说是比较幸运的，其实这些年来，我们到第二故乡走动并没有间断，只是没有相约一起，这儿的变化我们也是清楚的，我们很快找到了当年为我们做饭的艾妈及其一家子，一起合影留念，找到了当年的房东附近的朋友彭怀刚一家，得知他们的一些近况，也不乏激动之情。我们也都年岁不小了，再不来恐怕许多的人都见不到了也……我边走边想，随即成打油诗一首：

同室战友天之缘，四十余年心相连。
荆宜高速一线牵，诗琴书文情趣添。

到这儿心情应该是复杂的，可以算作人生的重要转折点，是喜是悲都不重要了，但重要的是，人生只有一次，人生不可能重复。离开这儿的这么多年，在人类历史上只是短暂的一瞬，但是个人的成长肯定都与这儿曾经的经历息息相关。

回首这几十年，踏上这儿浸透心血和汗水的土地，脑海里的往事如同电影般回放。弹指一挥间，我们不再年轻，我们即将告别工作舞台，我们负荷依旧沉重，上有老人要送终，下有子女乃至孙辈们要抚养，当年战友们一口锅里吃饭，一个寝室里睡觉，一起田间里劳作，一样的接受贫下中农的"再教育"，可如今的人生结局却大相径庭……

从近年来聚会时互通情况看来，有的当了老板，有的很有经济头脑，日子过得非常殷实，但也有的工作不如人意，有的家庭经过重组，有的已经丧偶，有的远嫁海外，有的单位不景气……

如今我们中的多数人已经退养在家，大多数都是三代同堂了，还有我等为数不多的几人还工作岗位上打拼，那么再过一二年都是一样的社会人了。随之所有的是非功过，成败得失似乎都不重要了，历史已经翻过新的一页。

缘于我们在一口锅里吃过饭，一起在农田劳作的战友情，回城之后大家忙事业、忙家庭、忙下一代……稍稍闲下来的战友们，开始梳理自己的一生，回忆在农村的特殊经历，这些曾经的知青友情又将我们紧紧连在一起，成为我们共同回忆的话题之一。

正应人老恋旧情，年轻时大家顺应时代的大潮，为工作为生存而忙忙碌碌，几乎没有类似的聚会过，但这次大规模相聚，虽然没有到齐，大家心里非常在意，遗憾是有个别战友相聚不到半年，竟成了永诀。

最为扼腕痛惜的是我的室友冯明胜先生，可谓命运坎坷。招工时怎么弄成了集体性质的指标，当年国营集体泾渭分明，他几经周折后调到宜都，地市合并前又调回宜昌市交通集体企业大通公司，后来又折腾出去……在我们前几年聚会时，他应聘在纪委从事看守"双规"人员的差事，也属于临时性的，还是三班倒，非常枯燥。后来听说由于清理临时用工，他又从事社会养老职业。他自己事业不顺，导致家庭也不和，离婚多年，一直独居生活，女儿也不在身边。2017年刚过春节，接到他因病去世的信息，令人十分惊愕与惋惜……这是我们知青战友中的第一个，我们听到不幸消息之后，于大年初九，相约送行……大家不时拿着当时聚会的照片，贴在微信群里，默默地怀念这次珍贵的相聚。大家也十分想念没有参与到相聚行列的战友们。这次相聚成为绝版之聚了！

相聚除了一起交流情感回忆曾经的友情之外，也是传递各种信息的最佳方式。我们的知青点，是当阳与宜昌联合的点，知青战友们宜昌知青居多，他们有着得天独厚的人脉资源，有的参军后复原安置了较好的工作，有的当年招工的单位条件相对优越。但是时事难料，自身素养较高的获得了较好的发展，但多数在计划经济向市场经济转型中受到冲击，多数同志过着普通而平凡的生活。但是，无论过去如何，今天怎样，大家看重的是过去那段共同生活的纯真友情。

2016年8月20日，成为红光知青们不忘战友情，又续新友情的重要日子。相聚的时间是短暂的，聚餐过程是情感交流的高潮，大家依依不舍，每到一处都有合影照片，互留通联方式，互加微信和QQ号，相约明年再相会，微信群也成为大家相互交流的重要平台。

相聚的瞬间定格在当年战斗过的地方，激情之中，我心中早已默默地吟咏着打油诗作：

一

岁月催人老，往事忘不了。

友情似佳酿，越陈越是宝。

今日喜重逢，处处闻欢笑。

祈福好景长，年年有今朝。

二

不论贫与富，勿言得与失。

平安即是福，健康当重视。

命运乃天意，凡人变不了。

日久见真情，揖首问个好。

三

别离卅八年，弹指似挥间。

嗟叹如梦幻，山川换容颜。

酸麻苦辣甜，人生五味全。

得失当笑谈，快乐享余年。

其实，这几年知青年度相聚，加上这次大规模故地行活动，本人心中一直隐隐作痛，因为还有几位当年的好友一直没有联系上，有的也因种种原因没有参与活动，30多年过去了，你们过得好吗？心中且一直深藏着当年的那份情谊……

西坝漫步

丙申年初冬之际，有缘与文友们结伴西坝走走看看，沿着小岛深入街巷、触摸斑驳的墙壁，察看尘封衰败的老宅，进入阴暗潮湿的会馆遗址，见到居家随意停放街巷的老式自行车、小三轮车、和多年未见的取暖器具，真有穿越时空、恍如隔世之感。眺望江北的繁华，别看只有一水之隔，如隔着两个不同的世界。

生活在这里的人们，亦有世外桃源之感，与外界隔绝的环境造就出独特的心态和观念，形成西坝居民特有的慢节奏生活模式，他们独享一份宁静、闲适、怡然，守着岛屿，与世无争，日出而起，日落而息，头枕江水，伴随涛声，于桨声灯影里进入梦乡……

边走边看边思，压根儿就没有想到，近在咫尺的西坝竟然如此神秘诱人！想起了许多似曾相识的场景物件，思绪里诸多的情愫快速交织着，无不令人感叹曾经的岁月，时间是最残酷无情的，将历史上那些叱咤风云的人物和事件毫不留情地、几乎无痕地淹灭在岁月的长河之中。

我是来西坝补课的，是虔诚的也是虚心的，包括人文课、地理课和历史课。西坝归来，亦查阅一些相关史料，脑海里填补许多关于西坝的空白，令人思绪起伏难平。

这不仅是我的错，也是时代的错。西坝的发展一度被遗忘被边缘，我心里一直这样思忖着：西坝是上苍赐予的风水宝地，在长江航运史上举足轻重，待时机成熟之际，就应该像上海的浦东那样规划建设，隔水眺望，风情无限，独具特色，美轮美奂。西坝的未来，理应作为宜昌的标志性景观，非大手笔大气魄不可，决不可轻举妄动！

隔山容易隔水难，为了工作，为了生存，封闭已久的西坝原始居民大多外迁，留在岛上的大多是工厂工人和外来的移民和渔民，依靠葛洲坝工程兴建的三江桥连接外面的世界，当年的人们大多依靠轮渡出门。

西坝，作为西陵峡门户第一江心岛，只有 1.87 平方公里，可谓弹丸之地，它与万里长江第一坝葛洲坝紧紧相连唇齿相依，就像三峡工程的坝址中堡岛一样，因为长江航运，特别是因为水利枢纽工程而为世人知晓。

水至此而夷，山至此而陵。宜昌西接长江三峡，溯流直达巴蜀，东连两湖鱼米之乡，顺江畅达宁沪，自古便是鄂西川东的物资集散地和交通枢纽，"上控巴蜀，下引荆襄"，素有"三峡门户"之称。是著名长江三峡的入口处，千帆竞发，百舸争流，航运地位十分重要。

西坝的兴衰，某种程度也是长江航运兴衰的缩影，历史上的西坝与长江航运共依存共荣辱，西坝作为时间老人，既是长江航运历史的见证者！也是兵荒马乱的受害者！

西坝"古称'西塞坝'，'西塞洲'水落可陆行径达"，"古夷陵位于楚之西，且洲在城西，冬至可陆行上坝，谓之西坝"。相传，洪荒时期，岛上初有百十户人家，以捕鱼垦荒谋生，遇长江发洪水时常是汪洋数月，百姓收获则瞬息一空。只要洪水退去，人们又重新开垦，往复如此而不放弃。

现代化的长江水利枢纽工程加之日益发达的陆上运输，使传统的航运业日渐衰落，使西坝渐渐成为一座被时光遗忘的小岛。尽管它距离城区仅有四公里，穿过三江桥不要十分钟，但这里的生活节奏明显比城区慢了一个节拍。侍花弄草的西坝人、墙影斑驳的伏波宫、门楣繁复的皂角树巷 6 号，以及在街头遛狗的老人，恍惚间还以为是重溯时光，回到了 20 世纪 80 年代。

这一带多是建于 20 世纪七八十年代的红砖房，随处可见基脚一线或是一侧墙壁上镶嵌的老青砖，分不清谁是谁的补丁。一栋民居楼前立着一堵青砖墙，与居民楼大概只有半米远，感觉在里面转个身都难，走进发现里面住着很多户，有的房门前还砌有水池。我们深入到一户类似"四合院"参观，偌大的院子里住着两位老人，小孩们都外出了，房屋里有鲜花假山和奇石之类，显得很空旷。老人们住习惯了。谈起西坝即将发生的改变，老人们在搬迁的情感上显得有些复杂。

我们前往著名的庙嘴，之前也不知庙嘴的来历，现在的至喜大桥原名为"庙嘴大桥"，后来易名"至喜大桥"，寻访后方知其含义。

寻觅此处，似乎没有一点建过庙的痕迹，何为庙嘴之说？原来西坝从明朝开始建庙宇，寺庙建于西坝南端两江合流五龙衔水之"交口"，俗称"龙口"处，取名"黄陵庙"，因都供奉有大禹和助其治水的"神灵"而与西陵峡中黄陵庙遥相呼应。后来周边又相继建起了金公寺、栖霞寺、太和庵、五通庙等连片寺庙，形成西坝庙群。相传，西坝黄陵庙香火鼎盛时期，沿长江上下近千公里香客来到西坝进香、还愿，求佛之众络绎不绝，各地来的人根本挤不进庙内，便在外河街临江边皂角树林上"挂彩带""红绸"以了却心愿。不少坝民和外来的虔诚香客为了围绕庙群生存、生活，毁林建房和进行商贸交易，逐步形成新的闹市。清朝末年，朝廷腐败，国力日益衰减，加之长江水灾患难频繁，庙宇逐渐失修坍塌，此后百余年，空留"庙嘴"之名……

20世纪80年代初期，由于葛洲坝工程船闸通航的需要，一座高峻挺拔的"航运综合楼"在庙嘴拔地而起，成为船舶进出葛洲坝船闸的标志性建筑和指挥系统之一。试想，如果这些庙宇还在，这儿是多么的有气势，有气场，有人气，心中不乏几分酸楚。

边走边想，思绪纷飞，默默低头于江边乱石滩上寻找着远古的痕迹，捡了一枚红白相间的彩石揣在手中，作为第一次登岛庙嘴的纪念。这儿可是当年无数次从九码头、大公桥乘坐"东方红"和"屈原号"客轮进出三峡时经过的地方，特别是进出船闸时激情眺望的地方，今天终于登陆庙嘴宝地，了却一桩多年的心愿矣。

屈指算来，本人到长江之滨的宜昌市工作快40年了，美丽的沿江大道是我向外界推荐的一张名片，曾经居住和工作于镇江阁附近四年有余，夏日里也到江边戏水，面对长江帆船写生画速写，不时眺望江心中的神秘西坝，目睹当年三江的渡船，载着菜农载着居民南来北往，遥望渔船渔民捕鱼的辛劳，也多次带领宾朋前往西坝江边享受鲜活长江鱼的美味……

茶余饭后，朋友们聚在一起神侃聊天之时，曾抱怨宜昌城市建设中的种种缺憾，集中起来，无非是文物古迹的保护不够，城市缺少个性特色，缺少看点，当年的江边景观荡然无存，没有荆州、襄阳、岳阳，以及江南众多城市耐看耐品，特别是有那么多的古建筑古文物供人参观游览凭吊……

宜昌有个西坝，是外界不为人知的小沙洲，但在时间的长河中沉淀着许多可歌可泣的故事。主要是发掘不够，宣传不够，保护不够。当身临其境揭开尘封的面纱，我仿佛看到那里战乱年代的刀光剑影，仿佛听到那里洪灾肆虐的呻吟与悲鸣……

街巷里的有些古建筑遗迹尚存，从相关资料获悉，自西坝开埠以来，下（南）西坝甲街很快就成为了各路商贾云集、会馆、码头聚集的繁华之地，甲街的店铺经营是富商们所独有。而人们赶集、"做道场"和商品贸易交换活动只能在甲街周边进行。一些小商小贩开始建棚搭铺，便于自己长期做些小本生意，于是新的商贾街市开始兴盛起来，逐渐成为了马路交易的买卖场所巷道。初期搭建的棚子通过加固变成了房子，交易的巷道成为了正式道路。于是这条新街道因"商业的新兴"故称新兴街。直到 20 世纪 70 年代前，新兴街上依然是邮局、百货商店、饭店、旅社等国有企事业一应俱全。

憧憬未来的西坝，规划已经绘就，蓝图正在展开，世人关注的宜昌国际大剧院已经签约，场地拆迁基本完成，西坝将建成集休闲娱乐、文化演出、观光旅游等功能于一体的滨水游憩区和城市记忆公园，提升西坝岛文化品位，打造成为以美丽江心岛为景观特色的国际文化休闲岛……获悉这些构想，令人兴奋至极！令人击掌叫好！

江山代有才人出，各领风骚数百年。我的脑海里闪烁着这儿即将发生的巨变影像，这儿的人们将用智慧和勤劳建设一个举世瞩目的新西坝！为时下兴起的长江夜游增添更加耀眼夺目的光彩！

眺望巍巍葛洲坝工程，仰望飞跨的至喜大桥，远观夷陵长江大桥和素有东方金字塔的"磨基山"及两岸林立的高楼大厦，江面船舶航行穿梭，桥上车流滚滚向前，展示出城市的生机与活力，宜昌的山山水水娇娆多情！

目送缓缓东去的江水，细听似流淌着欢快的抒情乐曲，江面结伴冬泳的人们不畏严寒劈波斩浪，还不时向岸边挥手致意，我朝健儿们投去钦佩的目光。

离开西坝时，我的心是依依不舍的，仿佛从另外一个星球归来，我的脑海里亦默默吟诵着：惜别老西坝，深情入文中。展示未来时，世人必称颂……

长江啊！长江！千年流，万年淌，这儿是成就英雄豪杰的地方，这儿将再造长江新景观，展示新辉煌，这儿将崛起一个世人瞩目的新西坝！

多情的土地

阳春三月，应邀与一班舞文弄墨之人，沐浴和煦的春光，伴随徐徐春风，行走在草埠湖农场的田间地头。

这儿是江汉平原的腹地，四季分明，土地肥沃，呈现我面前的一片生机勃勃的景象，心潮澎湃，吐故纳新，兴高采烈，欢呼雀跃，夺人眼球的是成片金灿灿的油菜花和杨柳翠竹及绿油油的麦苗，村舍也掩映在绽放的桃花林里，色彩斑斓的像油画调色板；此时如果从空中俯视，犹如一大片超级五彩地毯！湖堤垂柳依依随风起舞，水波粼粼的湖面，白鹭、野鸭戏水，不时掠过水面飞向湛蓝的天空，湖面荡起阵阵涟漪和晶莹的水花，久违的蛙声似欢迎远方的客人，激情唱着歌儿，我的心中荡漾起对大自然的无比感叹之情。

脚下是一片多情的土地！是一片融入万余名知青汗水泪水以及情和爱浇灌的神圣之地！是他们几代人用勤劳智慧的双手，造就出一片神奇秀美的诗画田园！大家迫不及待地融入这诗情画意的田园美景之中，在阵阵欢声笑语里，定格一个个美好的瞬间。

本人离开故乡快40年了，屈指一算，还是草埠湖归属宜昌市辖为管理区时期，曾因工匆匆到过几次，但对如此神秘多情的草埠湖农场的历史知之甚少，这次深入草埠湖的所见所闻，方觉惭愧和汗颜。

其实草埠湖农场早储存在我儿时的记忆里，在交通不便的岁月，只感到草埠湖离我很远很远。记得"文革"时期全国停课闹革命期间，母亲将被迫离开从教的县城关第一小学，她就特别想去草埠湖任教，但苦于那儿举目无亲，终未成行。从此我心中便有了一个模糊的草埠湖。

从当阳市作协副主席、草埠湖镇人大副主席、诗人刘德权先生一路介绍和相关资料里获悉，草埠湖以其不凡的发展历程，成就了不同凡响的辉煌业绩。在新中国成立初期，由荒无人烟的一片湖区，魔术般变幻成国家著名的粮仓。以其铁的事实，充分验证了知识就是生产力的著名论断。无论是 20 世纪 50 年代的万名知青，还是优秀的复转军人及后来招进的国营农场职工，他们听从时代的召唤，以满腔的热血投身到祖国建设最需要的地方，他们的共同点是有知识，有见识，不怕困难，敢闯敢试，没有世俗宗族观念，少有小农经济意识，没有拉帮结派的社会根基，提倡五湖四海，唯才是举，使草埠湖一直处于良性发展轨道。

开发草埠湖的元老们在这儿创业扎根、成家立业，默默地奉献青春和智慧，他们骨子里那崇尚科学追求知识的良好基因，使他们的子女人才辈出，许多成为国家方方面面的栋梁，其中有不少接过父辈们的事业，继往开来，使草埠湖农场有了更加辉煌的今天。

走进草埠湖，似进入现代农业机械的博物馆，那些从未见过的农业机械令我无比震撼，我们小时候叫拖拉机为"铁牛"！是难得一见的稀罕物，第一次看到这么多的拖拉机及其他大型农机在库房整装待发，不由想起央视于每年麦收时期播放的、中原大地滚滚向前的机械化收割场景，咱们这儿早就实现了。因此，从这儿可以感受到中国农业发展的方向，感受到现代农业跳动的脉搏，感受到了机械化国营农场的强劲生命力。特别是那一望无际的农田，现代化的排灌设施，农场职工的生活工作环境等等，都令我耳目一新！敬佩之情油然而生！大家纷纷登上拖拉机拍照留念，我也是第一次有了与拖拉机的亲密接触和珍贵合影。

草埠湖出色的业绩在全省56家农场里位居前列，在当阳市的地位非同小可，可以说是现代农业的风向标，是当地农业发展的"领头羊"。扭成一股绳，人多力量大，众人拾柴火焰高，在这儿得到充分验证。他们积极扶持家庭农场、坚持走合作共赢的路子，成为一种先进的农业发展模式。通过几年的不断探索，全镇有了家庭农场76家，农机、水产、粮食加工等专业合作社45家，流转土地两万余亩，购置大中型收割机118台，大中型机械300多台（套）；实现农作物的耕整、播种、植保、收割全程机械化，有力促进了家庭农场和专业合作社"种养加"经营向规模发展。机械化生产依托于农业结构的不断优化，他们创建了农业部万亩小麦、玉米种植示范基地两个，粮食总产实现"十三连增"，以九万亩耕地，生产出当阳全市14%的粮食，为当阳粮食大县做出了重要贡献。培育的"金菱水产"和"绿满园"蔬菜，被湖北省农业厅认定为"有机食品"，"观亮湖"大米被评为绿色食品。

站在拖拉机上为我们介绍情况的武汉籍老知青的儿子邢汉生，今年43岁，敦实的身材、一米六几的个头，大学毕业后当了六年的会计，2001年起被推举为楚湖村党支部书记，他有胆有识，经验丰富，带领大伙走共同富裕之路，当之无愧地成为草埠湖第二代新型农场职工的优秀代表之一。

采访中得知他带领六名村干部走出去开展市场调研，大胆组织农民进行产业结构调整，立足高起点、高效益，改传统的一家一户的种植经营模式，探索出"统一品种、统一种植、统一肥料、统一管理、统一收获"的"五统一"全程机械化生产模式，于

2010年12月成立了当阳市褚家湖粮食专业合作社，注册资本150万元，社员七人。通过几年的发展，综合效益日益明显，实力不断壮大，2016年注册资本已达6000万元，社员已达198户，还有1000多农户有加入合作社的意愿，带动周边村镇20多万亩小麦、玉米的一体化发展，合作社被评为省级示范社。

本人有过三年的知青经历，对一般农活并不陌生，但当年都是极其原始的劳作方式，每遇"双抢"时，体力真吃不消，收割小麦时太阳晒，穿短袖吧，麦粒打在身上奇痒，还有灰尘令鼻孔里都是黑乎乎的，吐出来的都是灰蒙蒙的东西，脱粒时灰尘更大，多半是白天抢收，晚上抢脱粒，挑灯夜战。一个小型脱粒机，弄得不好还有伤手臂事件发生……那么收割稻谷方面环节更复杂了，先是将谷子割倒捆牢，再挑回集体稻场，人工和牛拉着石碾反复碾压，中途要翻晒几次，然后除去稻草，再将谷子经扬尘晒干后堆放仓库……总之，我最怕这"双抢"农活了！后来农村实行联产承包责任制，分田到户后，以家庭为一个生产单位，集体稻场没有了，因此家家户户都要准备一个小型晒谷场，真够麻烦的，弄得不好，就有被雨淋使粮食变质导致跌价的事儿发生，每遇此事，农户只能跺跺脚，叹叹气，自认倒霉算了。

据草埠湖的朋友介绍，他们虽然早就实现机械化收割，但也吃过收粮时节遭遇阴雨的苦头。季节不等人，农事不等人，眼看麦收时节临近，可天老爷有时也不近人情，下起了雨或者即将下雨，那可苦了农场的职工们，心急如焚呢！刻骨铭心的2011年5月麦收季节，时逢阴雨绵绵，一半小麦霉烂变质，到手的收成大打折扣，人们心疼不已。他们痛定思痛，为了改变这种靠天老爷决定收成的局面，合作社筹资2000万元，建成三套粮食烘干设备，日加工能力达到1500吨，成为全省最大的粮食烘干基地，投产以来共加工收储小麦 10 万吨、玉米 15 万吨，实现销售收入 5.5 亿元，利税 3000 万元。服务半径扩大到荆州、荆门、襄阳等地。由于烘干的粮食质量好，中储粮、正大饲料、稻花香、海大等多家公司纷纷上门合作，合作社收粮价格比流动商贩每斤要高出三至五分，粮农每年可增收 1200 万元。现场看到高高耸立的庞然大物，由衷地钦佩草埠湖的决策者们高瞻远瞩，使粮食生产实现增产又增收，再也没有后顾之忧了。

还有近年来令各级官员头痛的焚烧秸秆之事，不少地方屡禁不止，治标不治本。可这事在草埠湖早就得到根本治理了，他们积极推广秸秆综合利用，帮助农民变废为宝。2016 年合作社又投入 500 多万元购进生物质成型设备三套，可为企业提供五万吨清洁卫生的生物燃料，产品供不应求，每年可实现销售收入 3500 万元。

常言道，大河有水小河满。集体经济的发展壮大，农场职工享受到实实在在的利益，职工没有后顾之忧，工作期间年收入可达 6—10 万元，退休后也有退休工资，与城镇职工相比并不逊色。且家家都有自留地，新农村建设亮点纷呈，花卉果树布局巧妙，生态环境洁净优雅，空气清新无污染，菜蔬天然绿色，是一个特别适宜养老休闲的天然疗养之地。

邢书记对合作社充满信心，激情介绍美好的发展前景，利用农场的优势，大力发展养殖业，建成年产十万头养猪场，配套有机肥厂、沼气发电厂、发展循环经济；依托有机肥建设十万亩国家级有机粮生产基地，为绿色有机养殖提供粮源……

采访中，邢书记形象地描绘着未来的景象：时下乡村旅游火热，每逢双休和节假日，四面八方的游客慕名而来，有的驾驶拖拉机奔驰在田间地头，有的结伴观赏田园风光，有的进入农场博物馆，讲解员绘声绘色地给下一代讲述农场的过去、今天和未来……

夕阳西下，原野的景致开始模糊起来，回味一天的所见所闻，思绪难以平复，匆匆而行，意犹未尽，欲感受诗意草埠湖之真谛，拟选择晴朗夏日的夜晚，相约伴侣，重访草埠湖或小住几日，漫步广袤静谧的月色里，在洒满清晖的湖边，仰望一轮弯弯的月亮，一个在天上，一个在水中，交相辉映着；看一颗颗流星划过天空，赏宇宙里的繁星与原野飞舞的萤火虫，眺望万家灯火，听虫子窃窃私语，解读蛙声吟咏，静听天籁之音，与大地对话，畅想天上人间，这儿不就是诗意的人间乐园么？

草埠湖之行，令人陶醉其中、令人忘却自我、令人流连忘返……

漂流畅想

炎炎夏日何处去，与君选择九畹溪，女人一路尖叫，男人一路欢笑，是这儿情景的真实写照。

这是一处令人激情畅游之地，更是一处敞开胸襟之地。在那神奇秀美碧绿如玉的溪流河段里，五彩的皮筏漂流艇欢快地随着溪流旋转向前，一路义无反顾地向前奔流着，波峰浪谷里不时飞出阵阵欢笑声、尖叫声，脉脉含情，如坠爱河，夹杂两岸安保、水手、商贩和观众的喝彩声，此起彼伏交相辉映，就像大自然的巨型琴弦弹奏出的激情而高昂的漂流畅想曲，令人如痴如醉，久久地回荡在幽深的峡谷之中……

今年是九畹溪开漂20周年。笔者第一次感受其漂流乐趣的时间是2003年的7月，从那时起，九畹溪的特殊神韵就记忆在脑海深处。

时隔14年，弹指一挥间，有缘重游九畹溪。在同一景区，不同的水位，不同的时段，不同的心境，感受不同的情趣，这不仅仅是时间的流逝，而是这儿的建设、环境、观念，以及各种人文景观都发生了翻天覆地的变化，展现我面前的是一个全新的九畹溪！

这次重游九畹溪之际，脑海里无不浮想联翩，在自愿体验漂流的时候，我没有顾虑地与在场年轻人一样，满怀信心地加盟到激情漂流的行列。

这是一次忘情的漂流，又是一次忘我的激情体验，忘记了自己的年龄，忘记了自己的身份，也忘记了自己的性别。在换上漂流服装、佩戴安全帽、穿上救生衣和防护膝的瞬间，面对漂流起点那色彩艳丽的橘红色漂流专用皮筏，我的心随之荡漾起来，可谓欢呼雀跃一般，仿佛回到天真无邪的孩提时代。

当我与美女漂友田老师登上漂流筏的一刹那，我们同舟共济的意识格外强烈，我们是一个整体，我们生死与共。在现场工作人员的助力下，我们随着水流缓缓而去。开始一段还比较平缓，我便高声唱起了《纤夫的爱》里妹妹坐船头，哥哥岸上走和电影歌曲《闪闪的红星》里小小竹排江中游的歌曲……此时此地此景此情，一种吐故纳新、投身大自然怀抱的愉悦心境彰显得淋漓尽致。

随着激流险滩和峡谷的到来，只有全神贯注地控制着漂流艇的航向，不时有突如其来的巨浪打过来，一时让人透不过气，全身早已湿透了，皮筏内积水严重，为了速度的需要，必须紧急排水。两岸的水手们为我们呐喊助威加油，见到不少漂友临时上岸，品尝当地风味小吃，补充能量。因种种原因没有参与到漂流的同行文友们，也专程来到浅滩处等候，为我们的大胆壮举拍摄漂流照片……

全程的漂流紧张而刺激，高潮迭起，由开始时的心虚到比较坦然的应对，到保持身体的平衡，似乎有了一些漂流心得了，可全然不知道更加险峻的课题在前面等待着我的到来。

就在离终点不到1000米时，是设计者有意考验我们的胆量吧？全程6.8公里的水位相对落差达百余米，在两个多小时的漂程中，激流和险滩交替着，经历过迂回向前，和突然迭入深谷的巨大撞击，但都是有惊无险。就在最后一个落差约五米多的激流中，由于我与漂友的自身重量悬殊，旋流中重心一处的我被水流本能地推到了前面，在飞流直下的落差里，瞬间将后面的人抛出，皮筏顿时倒扣我的身上，我浑身一惊，上不见天，深不见底，无所适从，突然有到了龙宫的感觉，紧急中呛了几口冷水，在岸边水手的协助下，得以上岸与漂友团聚，惊魂未定的我问岸上的水手，这儿就是翻船较多的地段……

一路惊险，一路刺激，一路激情，一路畅想，其实，我对皮筏的倾覆并不懊恼，相反却暗暗庆幸着，此行中，所有该尝到的乐趣与惊险刺激似乎都体验到了。

车从盘山公路行至一处拔地而起酷似鸥鹏展翅的圣天观附近，从这儿过去就是九畹溪漂流的起始点，全长13.2公里的漂流河道分上下两段，上段6.8公里的惊险刺激漂流，急滩飞舟，碧水迂回，两岸绝壁林立，船在水中漂，人在画中游；下段6.4公里为静水的休闲观光漂流，水深70—80米，碧波悠悠，可尽情观赏两岸绝美风光，亦可吟咏心中无穷遐想。

据三峡平湖旅游公司周经理介绍，他是第一次开漂的参与者，时间上溯至1997年，在神农溪和丹水漂流的启示下，尝试了如今已享誉盛名的九畹溪漂流，其公司发展壮大过程可谓可圈可点，令人钦佩至极。

景区被国家体育总局水上运动管理中心确定为中国漂流训练基地。是国家漂流行业标准起草单位，也是首家以漂流为主题国家AAAA级旅游景区。多次成功举办了全国和国际漂流大赛，荣获省、市、县多项荣誉和奖励。通过十多年的经营，在湖北省同行业中处于领先地位，形成了强大的品牌效应。成为湖北省行业标准《国家漂流景区安全服务规范》起草单位之一。

景区的经济效益和社会效益都是巨大的，已经为300多万人次带来欢乐，单人最多到这儿漂流达到37次，年人单次最多漂流竟有九次，数据的背后是九畹溪特色漂流的强大诱惑，是幕后人员的辛勤工作赢得了游客的普遍看好。20年来，景区的村民纷纷加盟到为旅客漂流的各项服务之列，在服务游客的同时，也获得了自身的丰厚回报。这些从进入景区一幢幢具有峡江地域特色的村民房舍、村民衣着、道路条件、村容村貌等等都一目了然。

漂流下段的中阳坪村书记向长胜乐呵呵地告诉笔者，他们村20年前穷得叮当响，远近闻名，有的家里买盐都要赊账。而现在，家家户户有新房有存款，村委会将旅游服务作为村里的重要支柱产业，使农副产品不愁销路，他们80%的村民都参与到旅游服务之中，现在没有外出打工的，在探索服务上做了大量工作，有专职监督员、安全员，多年没有接到游客投诉，村里治安良好，邻里和睦，家庭幸福，多年没有离婚的……临近的槐树坪村更有优势，是我们当天居住的地方，也是漂流的起点，道路整洁，华灯初上，农家乐、乡村旅馆、小吃超市比比皆是，到处呈现红红火火的兴旺景象。闻之、见之、访之、思之，无不为当地的慧眼发展高品质的旅游事业而点赞。

再次感受九畹溪漂流，得以较多地关注其历史渊源，九畹溪有着厚重的历史文化内涵，其名称来自世界四大文化名人屈原，《离骚》中"余既滋兰之九畹兮，又树蕙之百亩"即指此地。当今以感受屈原诗意的九畹溪，感受楚文化的遗韵而著称于世。

漂流归来，回味时亦不乏人生感慨，整个漂流心境愉悦，波澜壮阔，有惊有险，恰似人生的一种历练之缩影。有风平浪静之坦途，有激流险滩要闯关，有波峰浪谷要跨越，每个阶段都有各自不同的风景，凡是要通过的，则不畏艰险必须通过，这就是不可逾越的人生航程，只要心中有信心有目标有坚忍不拔的毅力，就一定会到达成功的彼岸。乃此行之所悟矣！

　　兴之所至，亦作七绝《九畹溪观景》一首：

　　　　　　雄鹰展翅向苍穹，猿猴岩边朝下览。
　　　　　　激流飞溅波涛涌，五彩皮筏似连环。

清江探源纪行

向王天子一支角，吹出一条清江河。神秘秀美的八百里清江是土家族人民的母亲河，是巴文化的发祥地，两岸的历史遗迹、人文景观和奇异风光吸引着无数中外文人墨客们寻访采风。历经千年，生生不息。八百里清江流淌的是美妙的诗文，是远古的传说，是无数的风光写生画卷，山谷中回响着民歌和民乐……

丁酉年初秋之际，宜昌市散文学会以"寻访清江源，聆听龙船调"为主题，深入鄂西美丽的重镇利川市采风交流，所见所闻所思所感，颠覆了笔者过去对于利川肤浅的认知，利川的历史文化和秀美山川令我惊讶感叹，令我思绪绵绵。

清江溯源

在鄂西南边陲与重庆市接壤的崇山峻岭中，有一座全省海拔最高的城市——利川，也是中国民歌的海洋。利川又是恩施土家族苗族自治州的一个重镇，是八百里清江的发源地。

八百里清江美如画，清江的源头在哪里？望着多情地清江河，人们都会追根溯源，我的脑海里一直在想这样一个问题。

清江因水清而得名，古时称为"夷水""盐水"，《水经》中记载："水色清，照十丈，分沙石。蜀人见澄清，因名清江也。"清江是长江在湖北境内的两大支流之一，那八百里如画的清江河，是养育清江流域人民的母亲河。几千年来，哺育着土家、苗族等少数民族儿女。

那么，她的源头在何处呢？我们怀揣急切寻访清江源头的心情，可谓顶礼膜拜了。那天，全然不顾天气炎热加上时间紧张，在利川作协朋友的带领下，驱车至清江发源地汪营镇寻找源头，沿途也有标志指引，峰回路转，汽车在几个弯道过后，在巍巍的齐岳山脚下，远远看见一块突兀的大石峰上刻着"清江源"三个鲜红大字，保护母亲河的大型公益广告牌高高耸立，栅栏保护下的绿树丛中涌出一股雪白的瀑流，似深山中镶嵌的一块白玉。我顿时兴高采烈激动无比，大家争相喝了几口源头的清江水，我带着鲜红的采风标志横幅，与几位同行作家跃到滚滚如玉珠飞溅的源头，温新阶会长率领我们将横幅拉起来，在场手机和相机里定格了永恒的瞬间，我们每个人脸上洋溢着幸福和自豪，此时此刻不亚于登山运动员登上珠峰时插上鲜艳国旗的心境……

在神秘的清江源头，我的思绪快速跳跃着，清江流域有着富饶的自然资源，有勤劳勇敢的土苗儿女，有唱响全球的世界优秀民歌《龙船调》等灿烂多姿的民间民俗文化，有享誉天下的植物活化石——谋道水杉王，还有鬼斧神工的大自然杰作——腾龙洞，有水布垭、隔河岩、高坝洲水电站，强大的磁力引诱着我们，走进迷人的清江源，去感受它的壮美、神奇、富有和迷人的风采。这儿流出的是一股神水、圣水和甘露，也就是从这儿出发，似一条玉带、蜿蜒流淌，养育生灵，造福人民，到我们宜都市的陆城河口注入滚滚长江……

自古以来，利川这个地方都是山高林立，民风淳朴，巴蜀楚文化相互交融，形成了清江流域丰富多彩的民间文化，利川民歌便是巴楚文化中一朵艳丽的奇葩。"妹娃要过河，是哪个来推我嘛"，这首闻名世界的龙船调就是发源于利川，只要踏上利川的土地，无论春夏秋冬，无论何时何地，你总能听到那悠扬婉转的土腔土调从空中飘来，令人心驰神往。

土家人能歌善舞。在我市的长阳和五峰，成立土家族自治县以来，曾多次耳闻目睹那激情欢快的场景，在热情好客的利川朋友安排下，在极具民族特色的美食城"耍乐堂"，在享受利川风味美食之后，又欣赏了一场地方经典歌舞大餐，聆听龙船调，看民俗表演，惊险刺激，高潮不断，引来满堂喝彩，彰显出利川作为中国优秀旅游城市的丰富内涵，也见证着这儿的传统民族文化不断得到发扬和光大。

感受清凉

利川巍巍群山环抱、森林资源十分富足，有着发展原生态旅游的绝佳条件，夏无酷暑，冬无严寒，既适应各种珍稀植物生长繁衍，也给人们休闲度假、避暑歇凉提供了良好的港湾。苏马荡大花谷、60公社应运而生，以及土家风情的吊脚楼古民居，利川人民正在以全新的姿态迎接四海宾朋。

时下闻名于世的消暑盛地苏马荡，位于利川市谋道镇药材村，原本是该村的一个不见经传的小地方，"苏马荡"在土家族语言中含义是"老虎喝水的地方"。这里森林密布，气候宜人，景观富集，风情浓郁。

我们慕名造访了著名的苏马荡林海云天度假区，短短几年工夫，这儿崛起了一片风格各异的小户型商品房3000余套，随着市场需求，正在加紧建设中，满足越来越多人们的需求，这儿以清凉世界著称，名声不胫而走，原本一个林场，不足三万人的谋道镇，高峰时聚集了20万人之多，足见其巨大的诱惑力。

我们漫步于整洁而繁华的小镇，惊叹这儿的繁华和人气，远胜于一般的县城，从大街上川流不息人群中的口音辨析，多是来自重庆和武汉区域的，有学生、老师、退休干部等等，到处停放着各式家用轿车，把这原本偏远的小镇换了人间似的。街上超市、土特产、咖啡馆以及娱乐场所比比皆是，装饰各异的房舍商铺，恍如置身异国他乡的风情。边走边思索，脑海即兴而成《街头见闻》一首：

> 苏马荡里真诱人，盛夏时节如仲春。
>
> 四面八方慕名至，摩肩接踵赛县城。

华灯初上，喧闹隐隐退去，我们几位相约，漫步街头巷尾，体验着夜晚的静谧。这儿海拔 1500 米，没有工业污染，空中绝无尘埃，夜晚的天空透亮，星星月亮一路陪伴我的脚步，微风亲吻我的肌肤，树木随风摇曳，送来阵阵植被特有的清香，到处是绽放的鲜花，有如回到仲春般，令人着魔，恍如梦中，令人神清气爽，令人乐不思蜀……

时代唤醒沉睡的山水，眼前的景观令我思索着，现代化的交通为利川的快速发展插上了腾飞的翅膀，利川人民超前思维，大手笔开发建设，值得大书特书，笔者当为其点赞！

建筑瑰宝

利川历史悠久，物华天宝，人杰地灵，特殊的地理位置，独特的多民族和谐杂居传统，巴渝楚文化相互碰撞相互借鉴又相互渗透，造就这儿的历史文化多元素积淀极其深厚，特别是闻名中外的古建筑群大水井，规模宏大，中西合璧，且保存完好，堪称世上一绝，令人惊讶之极。

大水井坐落于世界优秀民歌《龙船调》的发源地——利川市柏杨坝镇。整个建筑群由李亮清庄园、李氏宗祠、李盖武庄园三部分组成，它像一首由土家唢呐、木笛、叶笛、锣鼓加西洋长号奏出的三部曲，演绎着一个家族的荣与辱，兴与衰，凝固了一个民族的建筑文化史。

这里是电视剧《大水井》《血誓》的拍摄地。大水井向你讲述的是一部"李氏春秋"，展现的是一座"庄园大观"。大水井古建筑群是清代乾隆四十一年（公元 1777 年），李氏高祖李廷龙、李廷凤从湖南岳阳逃荒到大水井，被当地的黄氏老人收留并取得信任，最终继承了黄氏的家产后来开始建造的，历经清中后期、民国 3 个时期不断的维修和扩建，形成了李氏庄园、李氏宗祠和高仰台李盖武住宅，建筑群共占地两万余平方米，建筑总面积 1.2 万平方米，共有 24 个天井，200 余间房屋。建筑时间由明末直至 1949 年，先后长达 300 余年。整个建筑北望齐岳大山，南靠寒池高岭，东揽尖刀古观，西控九龙雄关；高大的城墙与瓷嵌交相辉映，西式的柱廊与吊脚楼并肩媲美，雄奇的山峰与神秘的幽谷上下呼应，传奇的故事与如画的现实传承交融。

大水井古建筑群是川鄂边境上的一颗不可多得的绝版建筑明珠，解放后收归人民所有。"文革"中虽曾遭到严重破坏，但其主体建筑保存完好。2001 年国务院公布为全国重点文物保护单位。其精湛的建筑工艺、浓郁的民族特色和充满传奇色彩的历史，无一不深深吸引着游人。

清江溯源激情之行，挥毫泼墨足迹留痕。在美丽的利川，时逢处暑前夕，闰六月的秋老虎再次登场，暑热阵阵，威猛异常，在利川体验到盛夏的同时，更感受到利川同道们的盛情。本人有夏日折扇不离手的习惯，不经意泄露了我的书法艺术，特别细心的利川市作协田赤主席且悄悄准备了笔墨纸砚，安排了现场书法交流花絮，在这种盛情之下，我恳求由温会长拟定内容，我现场写下了"龙腾大水井，凤栖柏杨邑"条幅，和"牵手利川，以文会友，倾情柏杨，因诗结缘"横幅，并由每位作家签名留念，极大地丰富采风交流内容，成为两地作家友谊的象征。

具有百万人口的利川市，作为旅游目的地的中国优秀旅游城市，旅游资源极其丰富，从资料上获悉，仅网上能查找的旅游项目即达 30 多处，利川旅游前景无限广阔！

寻访清江源，聆听龙船调。美丽神秘和多情的利川，需要我进一步去解读，利川是一个文艺创作的宝库和源泉，挖掘不尽，取之不尽，抒写不尽。

是为记。

梦里水乡

泛舟江南波连波，头枕水乡梦连梦。

我心中多年悄悄珍藏着一个情结，特别为之向往，也常常走进我的梦乡。

那就是江南富庶的鱼米之乡，白墙黛瓦，石板巷道，丝竹小曲，吴侬软语，烟雨江南，水乡江南，油纸花伞，风情江南，小桥流水乌蓬船，还有才子佳人，诗词歌赋及评弹……做梦都想到这儿体验体验，上有天堂，下有苏杭，举世公认，名不虚传！

回望短暂的人生，年轻时要在职场上打拼，把本该享受的公休假也都主动放弃了。明年的这个时候就要告别工作岗位，披着人生的晚霞，转入另外一种人生，不经意间，顿感韶华远去，这时才鼓起勇气请了公休。第一次实现没有被安排的、拿着行李即走的旅行方式，也是30多年来又一次与夫人度蜜月般的轻松之旅。

其实这是心中谋划已久的，行迹选定江南方向，是因为女儿已在上海落户，我们朝着既定的方向，边走边视情况而调整着，也没有参加什么几日游的旅行团。属于网上订购车票，网上选定下榻房间，也没有像许多朋友一样开车自驾游，感到那是一个很累很操心的旅游运动项目，影响放松自己的心境，留待以后真正退休了，时间上更加宽裕了，再开着车与朋友们相约慢慢地边玩边行吧。

这次选定旅行方向受著名作家王剑冰老师美文《绝版的周庄》意境的感染和影响，看看周庄的愿景也由来已久了，我的心已经无法抗拒周庄强大的磁场，本能的使我的行程一步步向周庄方位移动着。

当前交通快捷方便，作为交通人，旅行中不乏自豪感。第一驿站便是苏州，这是离周庄最近的城市，且苏州是30多年前一家人来过的地方，有故地重游的感觉。

女儿从上海赶到苏州与我们相会，陪同我们游览，这儿是女儿蹒跚学步的时候，我们曾经来过的地方，这次选择苏州团圆，意义可不一般。

时过境迁，当年抱在怀里的丫头，今天成为我们的导游，推荐我们的游览景点，首推近几年才兴起的苏州博物馆，馆有藏品四万余件，以出土文物、明清书画和古代工艺品为馆藏特色，包揽了众多"吴地遗珍"，是一座最能体现吴地文化的藏馆，在国内外影响之大，以女儿海外经历多年的眼光，的确令人大开眼界了。

苏州的园林景观名扬天下。一些著名景点如虎丘、拙政园、寒山寺等过去曾去过，取道苏州且是为了心中的周庄，周庄才是我此行的寄托。

周庄，我来了！我是踏浪而来，是为寻梦而来，也是为圆梦而来。

我们网上订购了苏州前往周庄的随团旅行车，也早早定了下榻周庄的水上客栈，经过一个多小时的行驶，周庄那特有的景象渐渐地出现在我的眼前，这些景致在影视片、在画报、在种种宣传网站上无数次见到过，但是百闻不如一见啊！实地造访的新奇感，置身其中的归属感，用自己的双眼去欣赏，用自己的脚步去丈量，情感是大不一样的。

白天的周庄是喧闹的，时值暑假末期，游人摩肩接踵，人头攒动，熙熙攘攘，加上遇到秋老虎高温来袭，整个周庄有水泄不通的感受，各路导游的讲解与商贩的吆喝声相互混杂，与我想品味周庄的初衷大相径庭，与其是来观景，不如是来看人了！

我庆幸晚上夜宿周庄的决策正确！在欣赏到大型歌舞情景剧之后，游客潮渐渐退去，方还一个宁静真实的周庄，如时间倒回到一个明清时期模样的周庄，当年沈万山生活模样的周庄，渐次呈现在我的眼前。

夜深了，我与夫人沿着一条条巷道，用脚步去丈量了周庄。街上零零星星有些如我一样夜宿周庄的游客，体验喧闹退去后的静谧周庄。

路灯在树影婆娑里淡淡跳跃着，水道里波浪被一闪闪的灯光洒满了清晖和幻景，眼里呈现出两个周庄，陆上的周庄和倒影里的周庄……

一家家店主慢慢地关上商铺一块块门板，我还捕捉到劳累一天的店主们轻松地在门口歇息的镜头，呈现我眼前的是一个具有浓浓地诗情画意。

夜真的很深了，游兴未减，才向预定的房东家走去。房东紧靠水边，有夜宿船头之感，我的头真个儿枕在水上周庄了，夜深人静，唯有丝丝的流水声伴随做着我的美梦……

清晨，夹杂早起的鸟儿们清脆的鸣叫，太阳露出了笑脸，沿河道漫步时，房东附近几个 70 岁左右的阿婆们有的在水边清洗衣物，有的在刺小刁子鱼，有的在街边卖新鲜的河虾……见到早起的店主们将门板又一扇扇开启，听到了水边人家将木窗推开发出吱呀吱呀的特别声响，身着兰花衣衫的船娘们摇着船儿来到码头，水在晨风里荡起阵阵涟漪……处处都是淡淡地写意水墨画，这就是富有诗情画意的梦里水乡！从白天的喧闹，到夜晚的静谧，到新的一天的周而复始，我庆幸见到了一个完整的梦里周庄！

摇啊摇，摇到外婆桥。这儿有好多迷人的传说，船娘娓娓讲解中不时唱起着江南小调，诗情画意乡愁叠加，无不令人感慨万端……这就是水上江南，我的心可寄存这儿……

早上的静谧带给我意外的惊喜，白天如织的游客里，泛舟周庄的愿望落空，早餐过后，我们实现了泛舟周庄的愿望。乘上乌蓬船，年轻漂亮的船娘轻盈地摇着船儿，一边讲解周庄的故事，一边唱起当地地歌谣，在一条条水巷里行进着，我们忘情地听着，笑着，不时将美景收入我的镜头，当我手执折扇，站立船头，引来路人纷纷拍照，心里也荡漾起惬意的波浪……

短短一周的江南旅行，五次泛舟水上，唯有周庄情景独特，初领神韵，令人心境俱佳。

进入周庄是几个团合乘的一艘游船，烟波浩渺的江南风光，京杭大运河、江浙沪交界地的神秘与繁华尽收眼底，令人长见识开眼界。

泛舟苏州古运河，一座座风格各异的桥，两岸别致的风情加上许多美丽传说，身着旗袍的导游的讲解和苏州评弹唱词，加上娓娓动听的苏州方言，也令我留下美好的印象。

上有天堂，下有苏杭。时下笔者几乎是没有出国旅游观光的机会，那么面对国内近在咫尺的苏杭景点一定要去领略，否则枉来世上走一遭。

第一次涉足杭州，却没有逛逛城市风情，为了著名的西湖而来，去年举世著名的 G20 峰会杭州西湖的水上表演，对笔者产生了巨大的吸引力，西湖一定要看看。

杭州西湖名气大，也是水上乘船荡漾于西湖，导游绘声绘色地讲解了家喻户晓的《白蛇传》《梁山伯与祝英台》和《苏小小》。白蛇传中的"断桥相会""白娘子被压雷峰塔"等情节。下午游览市郊的西溪湿地，乘坐的游船穿行于一条条充满野趣的水道，似有回归大自然的意趣，在西溪湿地突然下起了小雨，平添那种烟雨江南之意境。

置身江南，给自己疲惫的心稍作修整，泛舟逐浪，整个身心得到了滋润，心里荡漾着对岁月的无尽之感慨，不由回想起那悠悠岁月。

四十多年的工作岗位，一路忙忙碌碌，近十年来，业余文艺活动领域时而也有外出交流机会，但都是来去匆匆。还是当年与夫人新婚燕尔时旅行，顺江而下，体会当年时兴的"庐山恋"，从此再也没有机会一起外出旅游了。1984年初春，因公出差上海，与夫人带着蹒跚学步的女儿，也带着一颗好奇的心，顺道去了苏州，当年囊中羞涩，到哪儿只能是挂挂眼科，加上交通也不发达，吃住行都不方便……定格为历史记忆。

中国改革开放三十多年，焕发出强劲的活力，无论走到哪儿，满目都是鳞次栉比的高楼大厦，象征着经济的繁荣，但似乎吸引不了我的眼球，因为似曾相识的画面，有审美疲劳之感。唯有上海外滩的风光，才是中国最具风情、中西合璧、妖娆无比，数百年不褪色，成为世界性建筑博物馆。外滩的夜色是世界上最美的夜景，黄浦江两岸古老和现代强烈对比，都是世界顶级建筑，是一个时代建筑风格的展览馆，永远不会过时！

徜徉于江南名城名镇，眼下的现代建筑无论多么豪华气派，我还是钟情于古色古香、江南园林特色的老民居和明清遗韵的传统建筑，特别是我刚刚拜谒过鄂西利川的大水井建筑，联想起眼下的江南明清建筑，感到祖先的精品意识，技艺的精湛和工匠的伟大，令我佩服得五体投地，自我感到是否成为一个古董了……

人类历史文明进程，祖先留给我们这么多的物质文化遗产，现在许多的著名景点吃的都是祖先留给我们的遗产饭，势必带给今天人们许许多多的思索。我们如何继承和保护？我们又能留给后人们留下什么呢？

一路旅行，一路思索。与其说苏杭旅游，倒不如说是趁机接受传统文化的熏陶和洗礼，接受祖先们对现实中我时而浮躁心绪的调理，我多么想回到那个时代，一个没有污染、天蓝水清白云绕的时代。

泛舟江南水乡，亦是追梦圆梦……

我仿佛知道：春天是领略江南神韵的最佳时节，泊舟烟雨江南，体验春江水暖，观看雏鸭戏水，欣赏油菜花开、深深的雨巷，还有那迷人的油纸伞……

我期待着重游江南，此时的我，似乎又回到了梦中……

露营遗梦

真的像做梦一样，我依稀记得，昨晚被山野的清风、草木的馨香和植被的芬芳灌得酩酊大醉，然后又被伴我行走的星星月影掳走了，似在循声追慕天籁之音的途中迷路……

我居然在山间原野上，绿树环绕的房车里梦游了一夜，是大半个人生里与大自然最亲近的一夜，是听着各种虫子们窃窃私语的一夜，是被星星月亮包围的一夜，是诸多神灵给我托梦的一夜。我记得，在一串接着一串的美梦中，隐隐在早起的鸟儿们歌声里醒来的，在沐浴第一缕阳光和浓浓晨雾中起床……

我依稀记得，是三峡露营地的房车让我醉了，实在是不想起床，也不想离去，这儿似乎有许多儿时的伙伴们，有着与我同住一辆房车上下铺的文友，还有许多与我做同一个梦的邻居们，我是多么想闭着眼睛继续我的美梦……

梦醒时分，才想起我与房车的结缘。

于我而言，眼前童话般的房车储存于大脑也只是近几年的事儿，且多是从影视片里看看外貌而已。作为目前火热的户外高端宿营设施，真令人羡慕不已。它可以转战南北，可以像候鸟一样飞来飞去，这原本发达资本主义国家的奢侈品，这么快就普及到我们国家，标志着国民生活水平的快速提升，作为一种新型旅游时尚，迅速在全国兴起，大大出乎人们的意料，我的思维真的落伍了。

　　我也曾多次梦中幻想过，希望有那么一天，自己也拥有一辆可以行驶于各地的房车，载着一家老小，学着徐霞客一样游历祖国的名山大川，一路走一路写，不用登记旅馆，不需要暴露身份，也不用乘车乘机样被反复安检，走到哪儿，哪儿就是宿营地，想走即走，想停就停，自由自在，优哉游哉！现在看来只是个梦想而已……

　　事情也就是这么的巧，前一个月在远安金家湾乡村旅游景区也曾见到过几辆房车，我感到很新奇，总感到于我还是很遥远的奢望，也没有近车身细看。时隔刚刚一个月，却与朋友相约来到三峡国际房车露营地采风，亲身体验了房车露营的种种乐趣，真个像梦境一样，令人产生无限之遐想……

　　置身露营区域，只见满目青山，郁郁葱葱，游客来来往往，虫子声飞鸟声不绝于耳，天空中时而祥云朵朵，时而彩虹相迎，置身大自然时的身心无比的舒爽。

　　久居闹市的人渴望与大自然亲近，可以吐故纳新，可以尽情地与天地对话。在能工巧匠们的适当点缀修整下，眼前的自然景观更加风姿绰约，更显妩媚迷人。

　　居高临下放眼望，有些杂草灌木被清理或修剪，使原有的奇石树木更惹人注目，以千姿百态的天然特性迎接我们的造访。这儿负责工程建设开发的程总是从事营销旅游项目的专家，他对这个项目特别看好，向我们传递着这儿的建设理念和未来的美好前景。

　　投资 2.38 亿元、占地 430 亩的三峡国际房车露营地，是按照国内一流、国际领先的 5A 级标准建设，融精品房车、野奢木屋、生态露营等项目为一体：遵循自然生态原则，借势造景。下沉式篝火广场、梯田花海、山巅无边界泳池、丛林飞跃、儿童乐园、热气球观光、悬崖咖啡等多功能为一体的、全国首家临江山地型房车露营地。其特色是各类项目皆隐于林野山间，动静皆宜，雅俗共赏，令人乐不知返。

露营地自试营业以来，慕名而来者络绎不绝，暑期则异常火爆，成为宜昌旅游的新亮点。营地已建设32个房车营位、18间木屋、19个帐篷营位，常常供不应求，此举将极大地提升宜昌旅游品质，也填补许多地时常旅游项目，令旅游专家和游客们赞赏有加。

景区负责接待的吴先生带领我们参观了已建成和部分在建项目，令我大开眼界！第一次看到那些由木板、茅草构筑的木屋，依山而建，风格各异。木屋借石为坎，借树为景，借木为阶，极具野趣；山风穿廊而过，推门即见美景，屋与山相融，人与景共存，原始古朴的露营地极富浪漫情怀。每看一处，都令人心中痒痒的，暗暗地盘算着，待下次与家人或邀朋呼友来逐一体验，一定会产生更加奇妙的梦境……

参观加体验，不乏感慨，即兴存诗《营地即景》一首：

满目青翠祥云绕，木屋房车互映照。
空中气球观奇景，林间处处蝉声叫。

露营遗梦乐不知返，忘我忘情亦真亦幻。无奈时间有限，我悻悻地告别了孕育我奇梦幻境的房车，挥挥手作个暂别吧，当我想做梦的时候，一定会来重温旧梦……

我似乎还在梦中。

旅途散记

时代的进步，让普通人们感受最大、受益最多的非电脑、通信和交通莫属。

我学会使用电脑快二十年了，没有哪一天曾经离开过。家里买电脑是 1998 年，当年购买电脑有点超前，说是为女儿也是为自己。单位开始配电脑是 2000 年，当年机关对电脑有研究的几位同事都曾经是我的老师，手把手辅导过，多次解答过我的咨询。他们甚至认为，我在机关是较早运用电脑办公的中层干部之一。从自己学会打字排版处理文稿之后，当年机关办公室的打字员就再也没有打印我的文稿了。

2003 年，时任局办公室主任，工作需要配备了东芝笔记本电脑，购了移动公司的移动上网密钥，实现了移动办公的梦想。从此，带电脑出差旅行已经成为习惯，认为既可以消磨时间，又可以一路走一路写，随时记录心情，还可以随时处理相关稿件，权当工作在移动的办公室。

西南之行

第一次乘坐动车去成都，此行是带着随笔《重拾画笔记》创作任务而行。又是第一次白天动车上的长途旅行，还是第一次参与全国诗词采风活动。三个第一次叠加，一定会有很多的未知在等待着我。

　　成都，是一个非常令人向往的地方，是全国著名历史文化名城，历代许多著名诗人作家艺术家都生活在这里，或在此留下足迹痕迹，还有"少不入川"的古训昭示着人们，这是一个享受生活的地方，美女如云，美食多多，风景优美，适宜居住的地方，是一个享受品味慢生活的著名城市。

　　十年前，曾经有幸到过成都并作短暂停留，那是随着省交通报年度赴外地采风活动时去过九寨沟、杜甫草堂等处，跟着旅行社，纯属走马观花而已，没有时间体验成都的慢生活。恐怕要等到退休后来住几天，才能实地体验体验领悟真谛了，但是九寨沟人满为患，没有什么特别的感受，倒是游览五彩池有些情感在推动我，回来后写了篇小文《梦游五彩池》，发表在《湖北交通报》，算是对上次造访成都的一个纪念。

　　绵绵思绪里，车已停过第一站建始，下站将是恩施了，窗外隧道桥梁相联，显示着修建这条铁路的艰辛。其实在四年前机关全体去重庆接受警示教育时从这条铁路走过，但那时乘坐的是慢车，是一路摇过去，一路躺过去。这次不一样，一是比重庆远，二是比上次快，三是没有同路熟人。

　　宜昌上车人很多，也见到过熟悉面孔，车厢内宜昌口音比比皆是，只因时间宝贵，无暇与他人搭讪而已。

　　这趟动车还不错，在湖北境内最多 150 公里 / 时速，到了重庆界，最高可达 196 公里。尤为赞赏的是，座位下面还有为手机充电的装置，可我的充电设备都放在箱子里面，不便取用。我的充电宝应该足够对付到目的地……恩施站就要到了。我的购票运气还不错，04 车厢 4f 座，靠着窗子，光线很好，下着小雨，面对稍纵即逝的风光，拍不了照片，邻座美女也在这时消失在绵绵细雨之中……

中午到了，车厢里满满的快餐面味道，临行时夫人也为我准备了中午充饥之食物，快餐面、卤猪肚加水果。列车进入遂宁之前，窗外已是一片艳阳，在这儿又见到久违的蓝天白云了。

旅游与减肥

读万卷书，行万里路，是古人们总结的人生经历，也是我崇尚的人生追求。这次西南之行，收获多多，感慨多多，终生不会忘却。

为了看看峨眉山、乐山，几天来，着实吃了不少苦头，饮食不合口味，打乱了生活规律。

首先是起早床，凌晨四时多就要起来，被旅行社负责接散客的从不同的酒店一一拉到某地集中，守时者还好，遇到不守时者，害的大家跟着受罪。

再是饮食时间上超常规，听到一些新的饮食名词，首先是早午餐，即在乐山之下，参观完天工开物之后即吃饭，上午9点20分吃早午餐，乐山景区没有供这么庞大游客午餐的场所（黑压压人群，每天达3—4万游客），那么，意味着晚餐会更晚，我们的晚餐是19点30分，时隔十余小时呢，真是饥肠辘辘的；还有"路早餐"，就是凌晨4时多，从宾馆领一份早餐，路途去吃；然后是早晚餐，即是晚餐提前吃……基本都领受了，身体无法适应，往往是忍饥挨饿了……不减肥才怪呢。

当了几天普通游客，感受到芸芸众生的酸甜苦辣，随着年龄的增加，今后尽可能要回避这种形式的旅游了，有些跟不上年轻人的脚步了，五湖四海的人也不好沟通。但是这次也有意外收获，来自兰州的一对年轻夫妇，都是公务员，我们年龄上虽然有代沟，但总有些共同的话题，聊聊风土人情，工作环境等等，小两口一个在民政部门，一个在房管部门，可以说是当今许多青年人中的成功者，因此，我们都可以找到交流的话题。可能因西部人的直率，我们互留了微信，都期待下次重逢呢！昨天我发的微信，他们点赞留言，但在结束旅行下车取行李时，由于现场秩序混乱，没有来得及道别，成为小小遗憾。

这次成都之行，主要是交朋友和见世面，几天里，几乎没有自由时间，白天观光，晚上讲座加论坛，成都周边的著名景点基本上留下了我的足迹，都江堰、杜甫草堂、武侯祠、宽窄巷子和锦里。尚有西南少数著名景点如道教青城山、甘孜藏族风情等等，留待以后有机会造访了。

滑竿风景

这次上峨眉山看看，除了名山古刹和香火旺盛的气势外，令我印象深刻的就是滑竿，成为我眼中一道独特的人文风景。在景区好像到处可见，他们统一深蓝色着装，统一印制的标号，一个个生龙活虎象穿行于景区，给年老体弱者带来极大的方便，使整个景区充满着强劲的活力。他们劳作一天，收入应该不菲的。

我特别观察了他们的服务休息区，那儿张榜公布的有物价部门的文件，收费有明码标价，每个人有工号，都是身强力壮有多年经营经验的人，管理相对于其他景区规范有序。

试想，景区如果没有他们的辛勤劳动，对那些有特殊要求的旅客将是一件非常困难的旅行，他们的辛苦换来了景区的安宁与祥和，功不可没！

本想试乘体验一下，的确有些不好意思而作罢……

四川归来，由于匆匆忙忙浮光掠影，除了旅行日记，没有写出整篇的游记作品，就在微信里发了峨眉山的滑竿讯息。是因为视觉上给我有些冲击，其他景区也不时见过，但没有峨眉山的整体效果，似一道特别的人文风景，让人过目不忘。

火车卧铺

成都的西站真是大，令人难以置信。候车大厅相当于宜昌东站的十来个，更新奇的是旅客候车按照线路方向分区，旅客剪票上车不用出站，不用拖着行李跑，直接在候车大厅下去即是火车的停靠点，也就是说，候车大厅建在火车运行的轨道之上，真是方便！开眼界了。

一年没有乘坐火车快车了，为了节省一夜住宿和减少时间需要，我选择了从峨眉山下来后直奔火车站，真个归心似箭了，连夜往回赶，这是一趟成都到杭州的 k530 次快车。再说白天七个多小时的动车亦很不舒适的，这趟火车毕竟有个小床，几天劳顿奔波，腰酸背痛、腿脚麻木、浑身不适，躺下总比坐着好受点。加上运气还可以，买的票是下铺。车厢很多同行者抱怨买不到下铺，经询问是昨天才买的，这也难怪了。

现在的火车设施改进不少，一个车厢有两个地方可以为手机充电，还有车上 wifi，是我之前没有想到的。可是我的对面没有充电设施，好在昨晚在候车时已经储存了一些，再说电脑上也有电可以转入取用。

安顿下来，下铺对面有一年轻美女，仔细一瞧，是一个身怀六甲的年轻孕妇，看样子怀孕约六月了，非常不容易，四川人，远嫁湖北荆门，与老公是打工相识的。我问起现在情况，怎么没有人陪同？天府之国物产丰富，怎么远嫁湖北了？她介绍说，此行是回娘家探亲的，现在后悔没有用了……我想起一句，一个女人要自强不息，但"干得好不如嫁得好"的确有些精辟！

此时已经抵达恩施车站，窗外秋雨潇潇，出门时下雨天，回来也是雨啊，下站即是我的目的地——宜昌市，我放飞的心也该收回来了……

交通助力武汉飞

武汉市，是一个无人不知的大城市。但对于 20 世纪五六十年代出生鄂西偏僻乡村的人而言，能亲眼见见大武汉，曾经是儿时的梦想之一。这个梦直做到 80 年代初，选择去武汉度新婚蜜月才有机会圆梦，其兴奋程度类似于今天人们出国观光了。可想当年武汉在我心中的位置！

我年轻时工作在交通运输企业，相对于其他行业，应该有随车到武汉的先决条件，可缘于路途遥远加上囊中羞涩，一直未能成行。因此，只能羡慕到过武汉的人，听他们回来眉飞色舞的见闻而已。单位未婚女性则以到武汉置办结婚用品为荣，我当年结婚的几件玻璃工艺品就是夫人从武汉所购买的呢！

过去人们到武汉，多是去长江大桥和黄鹤楼看看，再是看看武汉关，留影纪念，证明曾经来过。我的相册至今保存着这些渐渐发黄的照片！当年从武汉买个印有武汉长江大桥、黄鹤楼或武汉关标志的提包，不知要炫耀风光多久。

邓公南行后，神州大地似一夜春风劲吹，各行各业似雨后春笋快速发展，沉睡多年的武汉踏着时代节拍，实现飞速发展，城市建设日新月异，摩天大楼鳞次栉比，地标志不断更新！我们去武汉的机会渐渐多起来，似穿越时空隧道，出行时间越来越短了。弹指一挥间，前后感受到五种到武汉的方式，从一个侧面见证了祖国的快速发展。

乘火车

当年的蒸汽机车吐着浓浓的白烟，吃力地拖着十几节绿皮车厢，一路鸣笛，逢站必停，开足马力也要 11 个多小时，要从宜昌绕至襄阳经长江埠至武汉。具有戏剧性的是，2008 年初南方罕见雪灾，导致高速公路封路，轮船早已退出客运舞台，使我又一次乘火车去武汉开会，不过这次不要这么长时间了，也不是原来的蒸汽机车了，火车从京山通过，时间缩短一半以上，会议时间确定，大雪下个不停，乘火车出行成为唯一的选择，还是一票难求呢！

乘轮船

20 世纪 80 年代，如果没有买到火车票，就只能选择乘船了，在船上还可以节约一天的住宿费用，也节省白天的时间。乘船是最古老原始的方式，宜昌至武汉需要近 20 小时，头天下午上船，经过一夜漫长的航行，次日上午才能抵达武汉。记忆中，只有一次集体乘船去武汉，那是因公去展览馆参观科技档案展览。武汉有个远房亲戚，住在江边，临近江汉公园，离著名的武汉关很近。那时的武汉关可谓热闹非凡，到处人头攒动、熙熙攘攘非常繁华，沿江各类码头一个挨着一个，有轮渡码头，有长航码头，有地方的，有客运的，有货运的等等，还有停泊"东方红"客轮的大码头，前往上海、重庆的旅客都要在这儿转乘轮船。我第一次去武汉，就是为了在此乘船去九江庐山度蜜月呢！

乘客车

沿老汉宜公路，一路颠簸摇晃，也需要七八个小时，还要路途顺利。早早起床上路，中途在潜江境内路边集镇下车吃饭，那

么当天到武汉只能办理住宿了，第二天才能办事。当年这种方式
成为日常去武汉办事的首选。那些年月，中途路边店生意红火着
呢，脑海中收藏着一些特色菜肴，如"蒋代忠"瓦罐鸡汤、"一撮
毛"柴鱼等等，他们在替旅客服务的同时，也赚了个盆满钵满，
房子一次次翻修，可见如今都发迹了！

驱车高速

汉宜高速公路全程通车后，只要四小时左右，高速公路的快
速延伸，使人们出行发生了划时代的变化，去武汉再不用中途找
餐馆吃饭了，使当天往返变为现实。

城际动车

武汉至宜昌城际动车的开通，为武汉与宜昌之间人们的快速
交流如虎添翼。宜昌武汉间只有两小时的距离了。不断延伸的钢
轨将宜昌武汉紧密相连，乳白色的动车风驰电掣，似蛟龙飞奔在
荆楚大地，一天几十趟穿梭往返，犹如公共汽车一样快捷方便。
宜昌人去武汉游玩购物，探亲访友，武汉人来三峡旅游观光，实
现当日往返，其乐无穷。在宜昌城，恐怕再也找不到类似我当年
20多岁还没有去过武汉的青年人了。

我五去武汉的方式，见证了武汉30年多年之巨变。武汉作为
九州通衢之要塞，水陆空交通四通八达，又是高精尖技术汇集之
地，高等学府林立，中外商贾云集，信息流、资金流、人才流等
异常活跃，武汉成为一座雄居中南、放眼世界、充满生机与活力
的超级特大城市。同时，武汉又是湖北省会所在地，是全省政治
经济文化的中心，武汉引领全省融入全国改革大潮、跻身经济快
速腾飞的滚滚洪流之中……

　　人间银河，流光溢彩，江浮大城，风情无限！这是我 2012 年 10 月应邀参加中国长江与美国密西西比河航运发展论坛时，与中外嘉宾乘船夜游武汉时发自心底的感叹！

　　武汉交通特别发达，长江汉江交汇，得水之独厚，集装箱港口分布两江，湖泊星罗棋布，空中大通道连接世界各地，铁路大动脉纵横贯通，九州通衢，使武汉这座内陆城市极富生机与活力，因为现代交通的助力，武汉的前景无限广阔！

结缘小台

夜宿小台，如置身世外桃源，又似在梦幻中。

小台佳酿惹人醉矣，朦朦胧胧里，在阵阵鸡鸣犬吠鸟叫和小溪潺潺的流水声中醒来，我依稀记得我们的约定：昨天我在小台等你，今日将从小台出发……

结缘小台，是偶然也是必然，但之前的确是连做梦都未曾想过的，很多事情就是这么的不可思议，常常收获于不经意之间，让人缺乏心理准备。

小台是"小台农庄"的简称，常人看来是一个非常普通的"路边店"。我与小台的结缘可谓有一番经历呢。

小台是我从宜昌市散文学会的 2014 年选本《宜昌散文》中获悉的新名词，这是我市著名作家，也是我的文学引路人韩永强老师的美文。文章以散文笔法，讲述的是兴山通往神农架途中、南阳镇郊的一个路边餐馆的崛起之路。从餐饮、服务、菜肴特色、住宿及服务理念以及获得的荣誉等娓娓道来，特别是作为湖北省唯一受到国家旅游局授牌的金牌农家乐和湖北省五星级农家乐，这就令人刮目相看了，何时能够造访已在暗暗谋划之中。

无巧不成书。2016 年元月，正值三九严寒，兴山那闻名于世的水上公路在各大媒体推介，我虽因工作关系实地看过，但都是浮光掠影。2015 年国庆长假，高速公路免通行费，我也带家人专程游览，并在博客和微信及 QQ 中发过信息，加速了朋友们游览兴山水上公路的欲望。

那么多近在咫尺的朋友都想去实地看看，作为东道主，如何引导朋友在游览水上公路之行，去哪儿吃饭成为纠结了，刚刚拜读过的韩老师《我在小台等你》似在召唤我，用地方特色尤其是全国全省有名的农家餐饮特色招待朋友，岂不是最佳选择吗？

我随身带着《散文宜昌》，对照手机里收藏的宜昌全市品牌农家乐地址，按文按图索骥而行，实现慕名造访小台农庄的愿望。

通过宜巴高速界岭段时白雪皑皑，令人担心着前面的行车安全，可到了兴山，却是另一番景观，山峦起伏，溪水流淌，天空放晴，冬日暖阳，一路经过几个季节，令人心情格外舒畅。

漫长的冬季，是旅游餐馆的淡季，当我们找到小台农庄时，早已过了午餐时间。见天空还飞着雪花，门口非常冷清，乍看不是我们慕名就餐的地方，下车后环视四周，花草树木的搭配，匠心独运的房舍，宽敞的停车带，乃至卫生间的档次，无声地告诉着农庄经营的品位和往日的喧哗场景。

我们是冲着特色佳肴"红尾巴鱼"而来的，经询问，"红尾巴鱼"不是这个季节的，当年的腊肉也尚在严格的制作工艺之中，诚实好客的掌柜彭经理边热情接待，边详细解释着。我们一行被诚实守信的经营理念打动了，趁餐馆为我们独家准备餐饮之时，我对照文中介绍，楼上楼下店前店后一一考察验证，将其收入镜头之中。

彭掌柜介绍神农架下大雪了，我们也见到有车侧滑至边沟呢，我们围着热气腾腾的火炉交流着各种信息，品尝着特意安排的时令土特产和自制"小台酒"，口味纯正，回味无穷，都说是不可多得的佳酿，临行时还买了几坛"小台酒"回家慢慢品尝，餐饮价廉物美，服务热情周到，慕名而来，满意而归……

　　我与彭掌柜交流信息，交换名片，将随身带来的《宜昌散文》给他们看，他们说见过了，并将《我在小台等你》制作成多媒体宣传片，受到社会各界的广泛好评……

　　听了介绍，也引发我的思绪，一篇传世名文其价值是无法用金钱来估量的，是无价之宝！古往今来，因名文成就名城名景的举不胜举，历史上不是有范仲淹《岳阳楼记》、王勃《滕王阁序》、欧阳修《醉翁亭记》等等范例么？

　　我环视大厅的书画陈设和根雕奇石及花卉摆设，查看国家省市颁发的金灿灿的牌匾，并为小台新年跃上新台阶、在创新文化理念上多做文章方面出谋献策，彭掌柜见我兴致不减，说今天老板不在这里，我会及时给老板介绍通报的，欢迎我们重访小台。

　　透过名片上的信息，我们很快建立了微信联系，我将微信发出后的反响及时转告彭掌柜，小台姐姐也主动与我联系了，表达了欢迎重访小台的心意，我的朋友们纷纷询问小台情况，相约春暖花开之时，结伴重访小台。

　　回到宜昌后，及时将小台之行的来龙去脉通报韩老师。韩老师高兴之余，策划了这次的小台文化沙龙……为了表达心意，我精心创作了一幅小楷书法作品欧阳修《醉翁亭记》，寓意小台农庄未来成为文化名人在此雅集聚会，吟诗书画、饮酒品茗不醉不休的精神文化客栈！

　　我思忖着：小台着实不小啊！像孙悟空变戏法似的，一跃成为湖北省的金牌农家乐，成为湖北省在全国乡村旅游农家乐序列的一张名片，成为到神农架必经之地的一处特色人文景观。小台的经营理念成为许多农家乐经营的教材和典范，小台农庄庄主"小台姐姐"经常受邀外出讲课介绍经验，作为小台农庄文化沙龙一员，为之庆幸和自豪！

　　这次小台沙龙相聚，预示着韩老师的《我在小台等你》将逐步演化成"我从小台出发"！经过他们进一步精心打造，这儿势必成为旅游观光集散地、文化沙龙雅集场所、旅游健身娱乐信息发布平台，他们还将借社会力量和各种人脉资源，使小台农庄形成内涵外延名副其实"小台文化"地标性代名词，收入未来典籍之中，会让更多的人慕名而至。

　　小台充满信心，我亦充满期待。

　　小台农庄不同凡响，小台农庄前途无量！

蓝莓情结

我怎么也没有想到，那年周六晚上接到党校同学、多年挚友道海兄的电话，约我星期天出去百里荒溜达一下，我问是哪些朋友，结果报的几个名字都很陌生，我有些纳闷，我潜意识认为，女儿刚刚出国留学，心中有些失落感，尚没有学习创作的激情，一道出去散散心未尝不可。

道海兄是宜昌市资深农业专家，在现代特色农业方面很有研究，讲起新型农业开发如数家珍般，因此今天一同前往的都是在开发农业产业化方面的杰出成功人士，有声名远播的三峡苕酥创始人望经理，开车的小伙子更是让我肃然起敬，他就是视开发引进蓝莓种植为毕生追求的留洋学子扬子果园经理罗伟。

俗话说，物以类聚，同行的都非等闲之辈，第一次见面，大家都很含蓄的，逐渐涉及一些感兴趣的话题。罗伟边开车边介绍我们都未见过的高档水果蓝莓，讲到他的传奇经历，我不时插话寻根问底，所见所闻，无不让人惊叹不已。

留法硕士罗伟四年前谢绝法国公司的高薪聘用，放弃在上海大都市的白领工作，也不要三峡总公司的金饭碗，自愿来到夷陵区省级贫困村龙泉镇柏家坪村创办扬子生态果园，主要从事试种栽培洋水果，并将洋水果直销到上海等沿海发达城市家庭。

一个"海归"学子到偏远山村发展现代农业，此前闻所未闻。亦令人不可思议！令人肃然起敬。

34 岁的罗伟是宜昌城区人，出身于高级知识分子家庭，他聪颖过人且非常有个性，对钟情的事业有着执着的追求，不达目的誓不罢休！他不是盲目的，了解他的朋友都解囊相助，因为他有着深厚的知识学养垫底，有对市场的认真考察，因此对未来前景充满信心。

他于 2005 年从法国高等商学院硕士毕业，回国后先到上海一家外企从事采购工作。从大城市的人们富裕而向往绿色生活，山区生态良好却经济贫困的反差中，决定将高端水果生态化种植与配送作为创业项目。在参观国内十多个高端果园、比选 30 多种水果后，罗伟选择了国内少有的欧洲浆果。2005 年底他引进德国 100 多株蓝莓苗、欧洲樱桃苗，在海拔 900 米处的龙泉镇柏家坪村试种。数位专家现场考察后认为，这里气温较低、生态良好、有机肥充足，适合浆果生长。试种成功，罗伟 2006 年底辞去上海的工作并放弃国外工作的机会，回到宜昌专心发展生态果园。他从大连、烟台买回种苗，与三峡大学合作，村民出地、出肥、出劳力，罗伟带领村民到大连、西安、郑州高端果园学习，聘请技术员指导村民施农家肥，进行生态种植。他借鉴国外水果直销模式，制作了精美的水果年卡，按水果成熟季节每月为客户配送一份水果套装，一年 2400 多元，快递上门。除宜昌原产的蓝莓、猕猴桃外，产自南美、日本等地的当季高端水果也以最快的速度直达到客户家中。2009 年，果园蓝莓售价达到每公斤 60 元，果品进入工商总行、交行总行等企业采购目录，果园也组建了有五位硕士、一位博士的创业团队。果园规模虽小，但罗伟相信，宜昌良好的生态是后发优势所在，果园果品、观光采摘游市场会越来越好。他希望获得更多的政策、资金支持，建成有影响的精品浆果果园。

2010年，扬子果园已累计投入200多万元，网络柏家坪村数十家农户，成立专业合作社，共种植蓝莓、樱桃等500亩。2009年，果园为1000多个城市家庭提供了蓝莓等水果配送服务，并已吸引客人前来观光、采摘。据罗伟介绍，蓝莓的营养价值非常丰富奇特：蓝莓的果胶含量很高，能有效降低胆固醇，防止动脉粥样硬化，促进心血管健康；蓝莓含花青贰色素，具有活化视网膜功效，可以强化视力，防止眼球疲劳；蓝莓富含维生素C，有增强心脏功能，预防癌症和心脏病的功效，能防止脑神经衰老、增进脑力；对一般的伤风感冒，咽喉疼痛以及腹泻也有一定改善作用。美国《每日健康新闻》报道，最近的研究又为超级水果再添美誉，多吃蓝莓或喝蓝莓汁有助预防结肠癌的发生。他还用形象地比喻说，蓝莓在欧洲发达国家是飞行员、狙击手和长期从事电脑人员的必备水果，对保护视力效果奇特！

我们有幸享用了他们用蓝莓泡制的酒、品尝了蓝莓果汁饮料及采摘不久的蓝莓鲜果，我兴奋地戏说，不虚此行，我们开洋荤啦！

通过一天的交流和实地考察，我亦被罗伟先生的执着与追求感染着，被他坚定的信心和不懈追求的精神所打动，通过查阅相关资料证实，由此也充分相信，蓝莓作为高附加值的特种水果，随着人们经济生活水平的提高，其前景不可限量！罗伟的事业随着蓝莓的规模化种植及附属产品的不断开发，亦将迎来春天！在罗伟先生的精心培育和打造下，一个以蓝莓为平台的新型营养饮品产业将在神州大地崛起，人们将拭目以待！

时隔一年之后，正是蓝莓成熟之际，我们再次与道海兄一起回访罗伟的蓝莓园，头顶城区36度的高温，驱车前往海拔1200多米的柏家坪，故地重游倍感亲切，随着距离的接近，从天气角度而言，可谓上下两重天，盘山公路向云端盘旋延伸着，在海拔的上升中，感到阵阵凉意袭来，我们索性打开车窗，似进入天然氧吧，大口呼吸着清新空气，顿时吐故纳新一般……

亲自到蓝莓园采摘，品尝鲜蓝莓，是此行的主要目的。慕名而来的游客络绎不绝，令这儿欢声笑语，特别是几个学龄前儿童穿梭其中、蹦蹦跳跳，使这儿充满生机与活力。在罗总的安排下，我们也加盟到专程观光的游客中，前往蓝莓园，在采摘品尝的过程中，面对世外桃园般的风光，有远离世尘的全身心放松，体验到难以言传的快乐，感到无比的愉悦和惬意。

丁酉年初夏，是一个风和日丽的日子，又一次异地与蓝莓亲密接触的机会不期而遇。这次是驱车老家当阳庙前镇的一个蓝莓基地，在当地很有影响，加上广告效应，我们受邀到蓝莓园实地采摘，然后将 60 元一斤的新鲜蓝莓捎给家人品尝……

三次蓝莓之缘，三次不同的感受，都是因为蓝莓。

绵绵情思

母亲的手机

母亲去世后，在清理遗物时，我特意保留了母亲的手机。虽然是一款非常普通的摩托罗拉手机，因为曾与母亲朝夕相伴，存储了许多母亲的气息，还因为我第一次接听母亲电话时的尴尬，而自责至今。

我清楚地记得，2008 年 12 月末的一个早晨，那天是休息日。冬日的阳光令人温暖舒适，起来的不算早也不算晚，大约九点钟吧，慢悠悠地出去过早，就吃早点途中手机突然响了，查看是陌生号码，但从号码段猜想，应该是宜昌市范围的，不像是人们认为的经常遭遇到的那种响一声就挂断的号码。

对电话和信息的敏感缘于长期的职业习惯。从办公室主任岗位轮岗大半年了，事实上业余还兼任这个角色，因为很多单位并不清楚我的岗位变动情况，特别是上级机关，我们不可能去做个岗位变更广告，只能是顺其自然。先前，我依据市委办公室的通讯录，主持编辑过本系统通讯录（从此再没有编过），不可能因为少数几人的轮岗而重新编辑散发，责任心很强的我，总担心误事，因此经常义务当传声筒。

我例行公事的问是哪位？有什么事？电话的那一端大声说，哪位啊!? 我是你妈! 啊!? 是母亲的手机号码？我方恍然大悟啊! 并连声解释着……

我知道母亲有一个手机，但平时只打父亲的手机，也没有去过问母亲的手机号码（以为就是老人们常用的小灵通呢）。老俩退休多年，当年都是 70 多岁的人了，担心他们行动不便，视力也不大好，拨打电话看号码时很吃力，还是父亲视力稍好一些，因此我手机里就没有存储母亲手机号码。

母亲来电话问我，今天已是腊月初二了，休息时间怎么没回去定团年饭。我解释说，岁末年初单位有很多事儿，特别是快到春运了，要准备开动员大会，过几天回来再定也不迟的……母亲这才放心。

父亲在家里不管这些家长里短的，一辈子都很超脱，大事都是母亲当家作主。我是家中长子，长期以来，只要是我认定的和操办的事儿母亲才放心呢！

打电话定团年饭是缘于母亲年纪一年比一年大了，不能亲自操办一家人的团年饭了，特别是去年做团年饭时，母亲在剁骨头时差点将手指剁掉，缝了七针……寒冬腊月的，给母亲日常生活带来许多不便。由于母亲身患糖尿病，伤口难以愈合，长达一个多月才基本愈合，留下了一道深深的印痕。每当想起此事，心里都好难受……我们说：明年过年您不用亲自弄了，我们都去餐馆团年……。

母亲是 2013 年 10 月 24 日清晨突发心脏病去世的，我们都没有任何思想准备，也没有在病床前侍奉，更加重了对母亲养育我们感恩回报方面的愧疚。

见物思人，在清理母亲遗物时，看到母亲珍藏的一摞摞奖证和影像资料，脑海中回放母亲三尺讲台书写人生的片断……

—

母亲姓赵，名际秀，于 20 世纪 30 年代出生于湖北荆门与当阳交界的一个小山村，这儿属于丘陵地带，远离城镇，交通闭塞，至今还是原始的农耕方式，可想当年家境乃十分贫困。

母亲姊妹五个，在缺医少药的旧社会，她刚满周岁便失去了生母。无奈被没有小孩、在集镇做小生意营生的小姨收养，但母亲的人生由此发生了转折，从此受到较好的抚养和教育，有别于她的几个姊妹的命运，母亲有幸成为新中国培养的一代知识分子，也正应了知识改变命运之理，从此在家乡从事了一辈子的基础教育工作，直到光荣退休。

我隐隐记得，20世纪六七十年代的政治挂帅时期，也是母亲风华正茂的年代。母亲这代人当年都很激进，时代将她们推到"大跃进""四清""三反""五反""社教"及"文革"等等强大的运动洪流之中，她们经受了许多今天人们无法想象的苦和累，甚至是艰辛屈辱。

母亲宽宏大量，逆来顺受。"文革"期间，在全国停课闹革命时期，所在县革委会炮制的教师"不在城里吃闲饭"遣返原籍"政策"，将母亲等一批教师从县城关第一小学发配至远离城镇的丈夫原籍从教。

那是1969年初夏，学校请来两辆马车，装上母亲简单的行囊，年近花甲的爹爹肩挑两个装在箩框里的、刚满周岁的双胞胎妹妹，像战争年代逃难似的，永远地离开了贴满大字报的县城关第一小学，回到离县城20余公里的祖籍所在地学校安顿，其情景甚是凄凉！

一夜之间，母亲由一个城关小学教师变为与民办代课教师混合的乡村学校任教。也正因为此厄运的降临，子女们的教育和前途命运等等发生了不可逆转的改变！

20世纪70年代，乡村条件艰苦，不通公路也没有电，更没有自来水，属于穷乡僻壤，只有沮河漳河两条蜿蜒流淌的河流将村庄包围着，村庄像个孤岛似的无人问津，几乎与外界隔绝。在全国农业学大寨年头，农村学校农忙假特多，母亲不熟悉农事，吃了很多苦头，常常遭人白眼；特别是生活的不便，居住条件和卫生条件之差，令人难以想象。

此外，母亲还要经受心灵上的折磨，那时公办教师和民办教师之间有一道无形的隔膜，母亲小心翼翼地生活和工作，还是常常被人误解，遭到冷遇，受尽屈辱。可母亲并未因此消沉，反而以坚韧的毅力和博大的胸怀默默承受着！

令我刻骨铭心的是母亲生妹妹时痛苦的呻吟声！母亲的医疗待遇与当地农村妇女一样，托付给当地的赤脚医生。母亲18岁与我父亲结婚，19岁就生了我，祖辈们在多子多福传统思想的影响下，32岁那年，又怀上了我的小妹，这是第六个孩子了，然而这个孩子就是在乡下以最原始的方式接生的。当年我也刚刚13岁，还不懂得什么，由于父亲不在身边，母亲临产前夕，教我如何去请接生婆，我当然是稀里糊涂地应承着。

1971年深秋某日的下半夜，母亲突然发作了，叫我赶快去几里之外请接生婆，我一路惊恐着、摸黑敲打接生婆家的门，然后又陪婆婆烧一锅开水，对器械消毒，按照当地风俗，我又将厚厚一摞产后血纸提到较远的路上倒掉，用于路人踩踏……现在想起是多么的不可思议，这些就活生生发生在我母亲的身上。待母亲疼痛稍稍缓解后，又一字一句教我如何去给几十里外的外婆及亲戚报喜……后来母亲常对小妹说，你这条命多亏你大哥啊！

为了改变居住环境，母亲带领十多岁的我，暑假里学着村民们的做法，头顶烈日自制土砖，一起和泥巴，用模具做砖坯，日积月累，一块一块砖的脱模晒干，还亲手砌墙，逐步拆换祖辈旧居原高粱壁透风漏光的窘境，母子俩全身汗淋淋，成为典型的泥巴腿子。为了居住的视觉美观些，每年过年前，母亲带我在土墙壁和芦席顶棚上糊满报纸……母亲不惧困难、坚毅的性格在我儿时心中打下了深深的烙印！影响着我的一生！

母亲性格很要强，工作特别敬业，以其不凡的教学成果，牢牢站稳一生所钟爱的三尺讲台。母亲于 20 世纪 60 年代初即选送到宜昌地区师范学校培训过，因此教学经验很丰富，学生们都很敬畏，学校领导经常安排老师听母亲讲授公开课。

母亲几十年的教学生涯，可谓桃李满天下。母亲教过的学生自己也记不清有多少，有宜昌市副市级领导、县级领导，有搞科研的，还有教师、军人、私营业主、工人农民，但更多是普通劳动者。我在日常的工作交往中，经常遇到自称是我母亲学生的领导和朋友……

我离开母亲去外地工作后，每当休假探望父母时，常常翻阅父母年轻时候的照片，回味自己儿时的记忆，也是弥补少年时期在母亲身边时间太短暂的缺憾吧。

从照片中及零碎的记忆里搜寻：母亲年轻时模样很俊俏，一米六几的身材，浓眉大眼，一头如瀑齐腰的黑发，梳着一对长长的粗辫，衣着打扮也比较入时的，彰显出那个年代乡村女教师的特有气质。

二

夕阳无限好，晚霞红胜火。母亲晚年生活还是比较丰富的，虽患有许多老年常见病，与我父亲相濡以沫形影不离，双双出入文化宫老年合唱团，家里常常是一人弹一人唱，在享受音乐、享受快乐中，享受人生。

父母丰富的业余文化活动，吸引众多的老年朋友加盟，我们家也成为合唱团训练基地，一时传为美谈，当地电视台还做专访节目采访报道过呢！

探望父母时，我都要欣赏查看父母在老年合唱团的演出剧照或集体活动资料，母亲在一旁乐呵呵介绍着……记得"文革"期间样板戏盛行之时，母亲所在的学校排练《红灯记》时，她扮演的是主角李奶奶，我还是出场的小宪兵之一呢（遗憾当年学校没有任何摄影设备，没有留下剧照和影像），是唯一一次与母亲同台演出……母亲在学校里除教语文数学外，还兼任音乐教师，弹奏当时学校唯一的脚踏式风琴……

人们用蜡烛精神形容教师职业太形象了！母亲一生扑在基础教育事业上，似一根蜡烛，燃烧自己，照亮别人，教书育人，传播知识，默默奉献。我虽然无缘接过母亲的教鞭，但长期耳濡目染激发我对知识的不懈追求，母亲为人师表、高尚人格的熏陶亦使我终身受益……

常言道：儿多母苦。我当知青的那些年，是我们家最艰难的日子，几位祖辈年事已高，且有病在身，计划经济，物质匮乏，工资低，上有老下有小，每月开销捉襟见肘。母亲总是想尽办法改善儿女们的生活，将每月一人一斤的肉食供应分批使用，托人买肥肉，买骨头熬汤，熬猪油等等，还做成玉米面掺猪油渣，亲自做辣酱、腌辣椒和咸菜，让我带到乡下度菜荒。

半个多世纪以来，母亲含辛茹苦把儿女们一个个拉扯成人，继而又为儿女们的学习、工作和组建小家庭操心劳神，即便是儿女们每年过生日，母亲也总是一一挂在心上，一个个提前预约，要求回到她的身边，母亲亲自弄一碗鸡蛋给孩儿们过生日，回忆当年儿女们出生的前前后后，如果因其他事情一时回不到身边，也总会接到母亲打来的生日问候电话……

母爱深似海，母子心连心！那天是个大晴天，早上刚进办公室，身体突然一阵反常，几十个喷嚏打个不停，心里也不舒服，相隔不到十分钟，接到80公里之外表姐夫的紧急来电，母亲不行了，赶快回来……

晴天霹雳！我惊呆了，一时手足无措，但本能的责任令我务必清醒，我是长子，父亲年事已高，电话里得知他被突如其来的变故吓倒，神志稀里糊涂，瞬间将有好多的事务需要我去安排，我强忍悲痛并以最快速度赶回家中，处理母亲的后事，那一幕真是令人撕心裂肺……

母亲是在音乐中突发心肌梗死猝死的。那天是合唱团集中活动日，清晨起床，母亲手拿着练习歌谱，倒在了卫生间，再也没有醒来……

面对母亲突然离去的残酷现实，最遗憾自己不是医生，缺乏监护母亲病情方面的知识，由于忙于工作，也没有及时敦促和陪护母亲定期去医院检查，母亲本来还可以多陪伴我们几年，悔之晚矣！子欲养而亲不在，内疚自责与惭愧交织于心……

触摸着母亲遗留的手机，感到母亲的余温尚存，回想着母亲健在的岁月。那时逢年过节家人团聚，听母亲说说她眼中的新鲜事儿，陪母亲拉拉家常和去乡下走走看看，是多么的幸福和温馨……如今一去不复返了。

母亲离开我们远行了，每次回到曾经熟悉的家中，人去楼空，心里空荡荡的，家里的凝聚力也差多了，我切身体会到：有母亲的家才是真正意义上的家啊……

家庭"共产主义"

大凡 20 世纪五六十年代出生的人，性格方面都喜欢热闹，人与人之间也比较融洽，不像现在"80 后""90 后"多是独苗苗，不乏小皇帝小公主的心态，且多以自我为中心。

当年普遍多子女，兄弟姊妹三五个甚至更多，姊妹之间相隔也就是一两岁或三岁之间的，每个家庭都有着浓浓的家庭氛围。一起生活，一起长大，事有人帮，学有人助，玩也有伴，睡觉挤一床，疯打疯闹，梦话连篇，其乐融融，生活虽然清苦些，但精神层面并不觉得失落。

从 20 世纪 70 年代末开始，国家大力度推行计划生育，导致这种家庭热闹的局面渐行渐远。在我的经历中，当年出生的早已长大成人，一个个男婚女嫁，七大姑八大姨凑热闹的场面还是随处可见，以家族为中心的热闹场面延续了很久很久。

本人远离故土，客居工作之地，只身而来到成家立业，一晃快 40 年了。与夫人当年属于一个单位的双职工，她又是当地人，自打谈恋爱到成家，我即融入到一个城市干部家庭。夫人属于干部子女（当年单位同事都说我属于"高攀"），夫人家有三姊妹，排行老大，另有妹和弟，城内至亲也不少，这就形成了日常相聚的圈子。每逢节假日，家里欢声笑语，热闹非凡，我们纷纷带着宝贝女儿回家相聚，不算宽敞的单元房，各人负责各人孩子的管理，饭后杯盘狼藉，小小的居室里到处是人。

那时还没有实行双休，计划经济向市场经济过渡阶段，社会处于大转型，各种供应票证正逐步取消，生活物质也不是很丰富，我们年轻人的工资很低，还指望着星期天去丈母娘家改善生活，用当年时髦的说法：我们是吃共产主义来了……

每到星期天，我们奔着享受家庭共产主义而来，有着吃共产主义条件的人属于幸福一族！然而为了每周这一天聚会，其实最操劳、最辛苦的是年过半百的岳父。由于岳母患高血压多年，工作也比较辛苦，因此家庭日常琐事大都由岳父主持。即便当年一个行政17级干部，经济状况只能说够维持正常生活而已，没有现在来客时动辄上餐馆的条件。

那些年，家庭聚会都是早早去市场买菜回来，然后大家动手，一派热闹场景，餐后轮流陪两老搓搓麻将，有时还可以赢点零花钱呢，其实大家心知肚明，输也好赢也罢，两老旨在享受天伦之乐，岳父岳母都高兴的乐呵呵的，此情此景，令人终身难以忘怀……

岳父在整个家族德高望重，是家族中当之无愧的"领袖"。他十分重视人才培养。当年我是这个家族里学历最低的一员，他并没因此嫌弃，而是鼓励我自学成才，在那刚刚重视文凭的时候，我积极加盟到浩浩荡荡的自学考试行列，每当考试合格一门，他都非常高兴，亲自拿出珍藏的好酒，以示庆贺。几年拼搏下来，随着我顺利取得文凭，继而选拔到国家机关工作，他更是从心底里为我高兴，认为我所学的汉语言文学专业和从事的办公室文秘到办公室主任岗位，与他当年的工作性质相近，视我为他事业的继承人。在庆祝岳父七十大寿时，他特意要求我以小楷书法形式写了他喜欢的一首诗，郑重装裱悬挂家中，对我的书法艺术成绩，颇为赞赏；2004年6月，获悉我结合工作撰写的报告文学《大江东去唱翻坝》获得第十四届中国新闻奖报纸副刊年赛银奖时，对我的文笔也是热情鼓励和赞赏。在我女儿高考金榜题名时，岳父高兴地为女儿写诗题字："面壁十年勤磨炼，高考三日苦熬煎。跻身一流高学府，立志再攀新峰巅"庆贺，这首诗是迄今唯一见到的岳父珍贵题字手迹，已经成为家庭文物珍藏……

2005 年 6 月，在获悉我女儿保送上海同济大学硕士研究生时，岳父已经在武汉医院的病床上了，却依然高兴得不得了，认为这是家族序列里第一个获得保送土木工程最高学府深造的，他感到无比欣慰……

岳父生于农历癸酉年五月（公历 1933 年 6 月），从小受到良好教育，性格温和儒雅，属于新中国成立初期本土少有的知识分子之一。曾选派到湖北省革命大学学习，长期在领导身边从事秘书工作，当年曾是地委办公室有名的"笔杆子"，工作经验丰富，"文革"前就是县级干部。岳父待人和蔼可亲，考虑问题非常周密细致。

岳父晚年与农牧业打交道，从农委办公室主任到畜牧局主持工作，直到光荣退休。在 20 世纪 60 年代生活极度困难的岁月，由于长期营养不良，加之工作负荷重，不幸染上了终身病痛，在诊断出肝癌晚期后，仍然以极大的勇气与病魔进行了一年多的抗争，2005 年 9 月 29 日，岳父怀着对亲人们依依不舍之情和许多未了心愿，永远地离开了我们……我们家庭"共产主义"从此画上了句号。

岳父姓袁，名登湖，宜都红花套人。岳父离开我们十年了，十年来，我们一直处于无尽的思念之中，在岳父十年忌日之际，写此千余字短文并藏头（登湖千古，天一追思）拙诗《七律·追思》，是为祭。

登高远眺江流东，湖光山色收眼中。
千秋功名任评说，古琴弹奏吾吟诵。
天下戏剧曲有终，一朝别离心头空。
追念常至长青园，思绪绵绵泪蒙蒙。

岳父袁登湖先生永远活在我的心中！

陪伴父母旅游

2014 年的重阳节期间，我回到了父亲的身边，姊妹们相聚一起，心中都十分怀念去年的这个时候。

每逢佳节倍思亲，2014 年的国庆长假，我们全家都在思念母亲健在的日子中度过，去年的今天，我们兄弟姊妹开着自己的车，热热闹闹地陪着父母正在清江旅游途中，清江画廊的美景，令父母心里乐开了花。

然而，今年与母亲却阴阳两隔……沟起对母亲深深的思念之情。

今天兄弟姊妹团聚陪伴父亲过重阳节，我们家族都在为纪念母亲辞世周年做准备，因此，我们无限怀念母亲健在的岁月，无限怀念陪父母一起旅游的幸福时光……母亲从乡镇小学教师岗位退休 20 年了，在三尺讲台上，教书育人，默默奉献，甘于清贫，无怨无悔。回想母亲一生，为儿女操心劳神，扪心自问，尚未尽反哺之恩，心里愧疚不安矣！

父母退休初期，恰是儿女们成家立业干事业的阶段，身体好时，还要经常穿梭于各儿女之间，帮助料理一下应急之事。儿女们则忙忙碌碌的，特别是还有下一代要哺养，疏于对父母的孝敬，因此没有很多闲暇去陪父母走走看看，忠孝真的不能两全乎？

回想过去的岁月，我们陪父母的日子的确非常有限，即便在国家实行双休制特别是五一、十一长假后，也有过几次陪同父母到周边走走的幸福时光，那种家人团圆的天伦之乐永远铭记在心中。

十余年里，我们就近去过鸣凤山、玉泉寺、关陵、三峡大坝、三峡大瀑布、车溪等等。再就是到弟弟工作的城市黄石，到过东方山、大冶铜矿遗址。

为了父母能够领略祖国的名山大川，早在十年前，由我们兄弟倡导支助下，为父母报名参加了旅行社组织的夕阳红百名老人下江南长江旅游观光团，这是父母第一次，也是唯一一次到省外旅游，乘船从三峡门户宜昌顺江而下到上海，上海游览后，陆路火车返回家乡，一路饱览长江流域风景名胜，成为两老终生难忘的美好旅途。

最近一次是2013年国庆长假，我们兄弟姊妹都有了自己的车，带着年迈的父母，驱车到远离家乡百余公里的清江画廊畅游，父母都是第一次踏上土家山寨的土地，面对碧波荡漾的清江风光，品尝正宗的土家族特色佳肴，父母高兴得像小孩。父亲随身带着摄像机，将所见美景收入镜头，母亲在儿媳和妹妹的搀扶簇拥下，笑逐颜开，在游艇上与陪同的女儿和儿媳们一一合影留念，我则抓拍到一些父母游玩的快乐瞬间……

万万没有想到，母亲就在22天后突发心肌梗死永远离开了我们……令儿孙们悲痛欲绝。我的相机里留下的照片成为母亲在人间最后的形象……

父母都没有乘坐过飞机呢，原设想待我退休后陪父母去海南、去北京看看的，可母亲享受不了了，成为我永远的心痛……

以此短文祭奠母亲辞世周年，祈祷母亲九泉之下安息。

母亲周年祭

2014年10月3日（农历甲午年九月初十），乃慈母驾鹤辞世周年之祭，不孝儿女子孙于墓前洒泪拜祭曰：

天地茫茫，原野苍苍，松柏肃立，菊花绽放，青烟袅袅，唤母声声；无奈阴阳殊途、隔世相阻，唯有不尽哀伤：借缕缕青烟，随声声鞭炮，伴习习秋风，融绵绵秋雨，而寄之达之。慈母在天之灵、九泉之下必知儿孙哀思之心。

母亲姓赵名际秀，当阳脚东人氏，生于1939年7月10日（农历己卯年五月廿四）。幼时家境贫寒，食不果腹，缺医少药，幼年丧母，险些夭折，后过继小姨收养，方有童年温饱，有幸完成初中学业，投身当地教育事业，与吾父喜结伉俪，已半个多世纪矣。

您，忍辱负重，胸怀宽广。正值风华正茂之年，政治运动接踵而至，事业扬帆启航之际，又遭"文革"灭顶之灾。风云突变，祸从天降，从城市发配乡村，承受不白之冤，满耳流言蜚语，受尽种种屈辱，理想化为泡影，精神几近崩溃。面对巨大挫折，克服重重困难，以博大胸怀，泰然处之，无论逆境顺境，然传道授业宗旨痴心不改，牢牢站稳三尺讲台，为传播基础教育事业，竭尽毕生精力。

您，甘当人梯，为人师表。沮漳两岸留下深深的足迹，无数教室中回响着激昂的声音，无数学生脑海里镌刻您美好的形象。您教书育人，勇于担当，因材施教，受人敬仰。不少浪子在您的细心调教下，燃起重新做人之希望；您燃烧自己，光照他人，甘当人梯，为人师表，造就无数学生成为国家之栋梁。那一本本、一张张、一枚枚熠熠生辉的奖证、奖状、奖章，是社会和人民对您默默奉献的礼赞和嘉奖！

您，一生节俭，任劳任怨。晚年操持家务，精打细算，勤俭持家，粗茶淡饭，节衣缩食，对物质生活没有任何奢望！您心系子女前程，牵挂儿孙幸福；儿女羽翼丰满，远走高飞，您与吾父形影不离，相濡以沫。您本应尽享天伦，颐养天年，无奈多年操累，积劳成疾，糖尿病、高血压、冠心病等重症缠身，默默承受疾病折磨，带着种种未了心愿，突然撒手人寰……

慈祥善良之母亲。365 个日日夜夜，您音容笑貌，时时浮现于面前；365 个日日夜夜，您亲切话语，声声回响于耳边；365 个日日夜夜，您养育之恩，幕幕萦绕儿之心头。您离去那么突然，那么仓促，那么无助，令孩儿们撕肝裂胆、痛不欲生！儿等还在异地岗位履职，尚未在膝下侍奉尽孝。您生养六个子女，走时却孤独一人……子欲养而亲不在，儿等无法面对残酷现实，自责、惭愧、悔恨、遗憾交织于心。

敬爱母亲，慈祥妈妈。您给予儿等生命，您哺育儿等成长，您为儿女奉献了毕生，您走得干净干脆、义无反顾，甚至不给儿等反哺养育之恩和尽孝之机会，您给儿孙们留下了巨大精神财富和无尽之思念！

慈母一去杳无音，怜儿千声呼不回。您平凡而伟大之一生，在儿女心中恩重如山，与日月同辉，与天地共存！

儿等会继承您的秉性，擦干眼泪，悲痛中奋起，有您在天之灵保佑，必以佳绩频传告慰，让您含笑九泉！

呜呼慈母，三尺讲台书写春秋，燃烧自己光照他人。

哀哉慈母，一生清苦奉献终身，含辛茹苦哺养子女。

敬爱母亲，慈祥妈妈，您安息吧！

表哥走了

我有四个表哥，一个一个都走了……

6月3日夜晚，我的二表哥曹文富突发心脏病并发脑梗死而离开了我们。

他是我四个表哥中接触时间最长、关系最为融洽、对我影响也是最大的一位表哥，退休才五年，他的突然离去，我心中十分悲痛，昨夜迷迷糊糊地过了一夜，脑海中回放的是与表哥几十年的点点滴滴。

表哥是我童年时期的偶像，1952年出生，17岁参军入伍，是我们亲戚里第一个参军的佼佼者。表哥形象英俊，为人忠厚，勤恳上进，在部队加入了中国共产党，20世纪70年代初复员并安置在县城某建筑公司从事技术管理工作，为当地的建筑企业施工技术管理默默地奉献了一生，退休后还被社会聘请服务，直到病魔缠身才离开他心爱的工作岗位。

我们的兄弟情谊非同寻常，表哥是我第一个写信的对象，记得刚上初中，按照教学大纲，要求学生学会写书信，给谁写呢？正好表哥参军入伍了，我很快弄到表哥部队的番号，第一封信就写给远在四川省渡口市当兵的表哥。给表哥写信是非常神圣的事，每收到一封表哥的回信，要高兴很久很久，当年写信索要表哥穿军装的照片，将表哥一颗红星头上戴，革命红旗挂两边的照片随身携带，成为那个时期的偶像。后来又写信找表哥要《新华字典》，表哥都满足了我，与表哥通信的岁月，成为我们极其珍贵的记忆。

这些年来，特别是父母从乡镇迁到县城居住之后，我们互动更为频繁，双方家里的大事小事，都要互通，过年过节，都要互动，平时我回到老家，也是常常聚在一起聊天，一起举杯，一起娱乐……

今年3月26日，我回老家扫墓期间，我们还在一起吃饭，有说有笑。虽然与表哥有段时间没有见面了，但通过各种渠道打听，表哥处于身体修养之中，比较正常。这次相会也证明了旁人的介绍，感到表哥的精神气色都不错。我知道表哥近年心脏有些问题，还住院治疗过，近年来听医嘱，将多年的烟酒牌都戒了……可这次相见只隔两个月零八天，如今却阴阳两隔。

得到讯息的第一时间，我给表弟微信留言中即刻挽联道：

悲声难挽流云住，哭音相随野鹤飞。

兄弟情谊载史册，音容笑貌梦中追。

再就是对我童年颇有影响的大表哥曹文华，就是刚刚去世表哥的哥哥，于六年前因患肝癌去世，享年只有62岁。

近年，随着自己年龄的增长，老是想起过去的事儿，思念离去的亲人；特别是在写回忆性文章时，表哥们的形象一次次跳出，因为文华表哥是带我第一次乘坐火车的人！第一个让我感受到乡下捕鱼快乐的人！

大表哥出生于1949年，与共和国同龄。属于出生偏僻农村、什么苦都受过的一代，他身上也打下深深地时代烙印。我的少年时期常常顽皮地尾随他的后面形影不离……

　　表哥像呵护自己小弟般，曾给予我无微不至的关怀。在春天的插秧时期，他常常带我在水田沟渠里捉鱼套鱼，享受捕鱼时的快乐，享受到原汁原味绿色食品的美味，印象极为深刻。

　　20世纪70年代初期，倘遇暑假，我会像候鸟一样，定时飞到表哥工作生活的地方，与他玩耍。记得那年刚通火车不久的一个星期天，在我的要求下，他抽空带我乘坐火车一同回乡下省亲，那时都是逢站必停的慢车，我们从当阳车站上车，约20分钟后到育溪站下车，时间虽然短暂，但也可以感受乘坐火车的新奇。因为是人民大会战时兴建的、焦枝铁路通车不久的事儿，那可是我人生中第一次乘坐火车呢，因此在我脑海打下深深地烙印，曾兴奋好久好久，回到故乡后与小伙伴们分享炫耀呢。

　　再与大表哥亲近的时段是我待业做临时工期间，也在父亲工作的单位，我们有机会经常在一起……

　　回忆表哥成长的那个年龄段，他与众多的农村孩子一样，没有什么文化，少有见识，目光短浅，他在作为外派民工参与兴建本县化工企业时，由于我父亲的介绍，有幸被留下当工人。但由于表哥综合素质的局限，只能从事比较简单的工作，他感到被人瞧不起前途暗淡……终因受不了工厂严格规范的纪律约束，他辞职回乡务农，与表嫂一起过着一个中国传统农民式的生活……

　　我到宜昌工作后，学习、家庭、生活、工作、育儿等等一直没有什么空闲时间，与表哥相聚的时间非常有限。记得最后见到表哥是他去世前几年的正月，我们在给舅妈拜年时相遇……见到他呈现出肝病特有的黑黑泛黄的面容时，心里一阵酸楚……我心中暗暗地自责，无论从哪个方面，我都没有能力帮助他……

　　我知道，表哥的身体一直不佳，时常通过亲友打听表哥的情况，知道他在贫瘠的土地上谋生，家境也不富裕，厄运也多次找到他。

大表哥时运不济,命运多舛。他的第一个小孩不幸夭折,表哥精神受到沉重打击。表哥一家生活清苦,他心里郁积,脸朝黄土背朝天,积劳成疾埋下病根,刚刚50多岁时,即患上人们害怕的肝病,在农村,表哥疾病得不到及时有效地医治,看看停停,治标不治本,发展到肝癌晚期,虽然经过手术,但已无力回天……

在他去世的"五七"之际,我驱车随父母到了表哥安息的地方,在烈日炎炎下,我与他的至亲一起,面对表哥的新坟,面对表哥的遗像,我独自默默地思念表哥健在的日子,追忆与表哥相聚的那些岁月……

我们为他解脱人间苦难诵经超度,愿他在天国中弥补人间的苦难罢了……

我心中也常常为表哥假设,表哥如果当年坚持下来不辞职,我想一定不会是眼下的这种结局!这难道就是命运的安排吗?

一言以蔽之:大表哥的悲剧是时代的悲剧!是当今许多农民的一个缩影!

还有一位慎姓表哥和一位李姓表哥,慎哥也是癌症去世,享年不到60岁,令人痛心;李表哥命运更加悲苦,只比我大几个月,记得我小时候的一个暑假期间,我去他家玩,我们共同挑着南瓜去十多里外的育溪街上卖,卖完南瓜后茶水都舍不得喝一杯,原路返回家吃中午饭,令大人们好生怜惜,成为永恒的记忆。

表哥30年前病逝时不到30岁,缘于当地缺医少药,因一常见病治疗不及时而丢了性命,嫂夫人无奈带着亲生骨肉改嫁他人,安家异乡……

行笔至此,心中除了遗憾就是悲痛。假如表哥们都健在,每个人都是儿孙绕膝，家人团聚，享受天伦，其乐融融，我们老表之间也可以时常聚聚乐乐，推杯换盏，畅叙手足之情，回味曾经的岁月，颐养天年，这样的晚年生活该是多么的丰富有趣，多么的有滋有味，时下我唯有叹息和独自怀念……

当年曾经呵护我童年的几位兄长，如今都到没有人间苦难的天堂了……

我亲爱的四位表哥：你们的突然离去，我都没有在第一时间得到讯息，也没有赶回来送上一程，但愿你们在遥远的天堂看到我的纪念文章，谅解表弟没有亲自送你们远行的愧疚……九泉之下安息吧！

每年的清明节，我会如期来看你们的。

一篇短文，是为祭！

追思文坛名人

丙申年秋和丁酉年春，接连参加了我市著名作家刘不朽和陈哈林的追思悼念活动，深刻体会了著名诗人臧克家于鲁迅诞辰100周年纪念会所写的《有的人》诗中的开篇："有些人活着，他已经死了，有些人死了，他还活着……"

2016年8月21日，宜昌文艺界失去了一位元老级的、曾在全国全省产生重要影响的作家、诗人——刘不朽。他走完了丰富而灿烂的人生，走完了他60年的文学生涯，平静地告别了人世，宜昌文艺界乃至全省和全国的一些人士、新闻媒体都给予了关注，或刊发消息或发表纪念文章，在宜昌可谓街谈巷议，只要有点岁数或对文化有点关注的人，无不谈起对刘不朽的敬仰和怀念之情。

刘不朽，新中国成立前参加革命工作，作为新中国宜昌文学的拓荒者，为繁荣宜昌文学做出了划时代的贡献。曾任宜昌地区群众艺术馆馆长、《屈风》文学刊物主编，宜昌地区文艺创作室主任，宜昌地区文联副主席、主席、党组成员、《西楚文学》主编，宜昌市文联主席、党组书记及《三峡文学》主编，宜昌市作家协会主席。湖北省作家协会理事、副主席，湖北省文联第四、五届执行委员。从1958年开始发表作品，1980年加入中国作家协会。出版有短诗集《山寨水乡集》《歌满山乡》《三峡风景线》《三峡之恋》《山之韵》、长诗《金翅鸟》等十余部，离休后从事三峡文化研究，著有《三峡探奥》等著作。

8月24日上午，宜昌文艺界同仁怀着十分悲痛的心情，送别宜昌文坛泰斗、新中国荆楚文坛的旗手刘不朽老师……这是本人第一次自发参与到悼念文化名人的活动之列，我看到，吊唁大厅内济济一堂，宜昌文艺界老中青有些建树或有点影响的、在宜昌市内居住的、能够走得动的，都来送别这位宜昌文学前辈。

刘主席平易近人，德艺双馨，桃李满天下，为宜昌文艺创作培养了大批人才，当今活跃在省市文坛的中坚力量，大多受到过刘主席栽培……

本人是受过刘不朽老师格外关心的文艺青年之一。记得是20世纪80年代末和90年代初，刘不朽老师时任宜昌地区文联主席，1987年7月，在宜昌地区首届书法竞赛活动中，本人小楷作品《前赤壁赋》荣获一等奖，文联借势筹建宜昌地区书画协会，本人参与筹建并被推举为副秘书长。此外在90年代初期，本人当年所在单位非常重视通讯宣传工作，由本人执笔的、反映当阳航运公司经理黄常铭的报告文学《他，从沮漳河畔走来》，发表在刘主席主编的《西楚文学》，为了单位奖励依据的需要，应我要求，刘主席当面亲笔为我出具证明，珍贵文物般收藏至今。之后也多次得到刘主席的关心呵护。特别是在刘主席80吉庆之际，本人受宜昌市文联办公室之邀，荣幸地参与寿宴并与刘主席合影。

没有想到的是，三年前的相聚，竟成诀别……更为遗憾的是，刘主席病重和弥留之际，没有得到信息前往医院探视……

几天来，本人一直关注着本地媒体和网上怀念刘主席的诗文，追思与刘主席之间的点点滴滴，特别是远在北京的符号老师还将所撰写的祭文发我，要求代向刘主席一拜，读罢思绪万千，亦用四言追思，以表缅怀之情。

荆楚文坛悲恸声，缅怀宗师诵美名。

全国著名诗坛星，不朽诗文世代吟。

刘不朽主席诗文不朽！精神不朽！

2017年的3月下旬，人们再一次把对文化名人的追思情怀移至美丽的清江之畔，哀悼英年早逝的文学名人陈哈林。我们驱车前往时看到，医院太平间外面，到处是前来吊唁的人群，传诵着这位视文学为生命，与死神赛跑的拼命三郎，其场面令我无比震撼。

陈哈林的事迹早有所闻，见到陈哈林先生是2016年10月底，宜昌散文学会在清江召开的宜昌散文年会暨清江笔会期间，他抱病主持大会并热情服务的形象深深打动了在场的每一位与会人员，他自感生命即将走向尽头，他把最好的一面展示给了大家，他的音容笑貌永远定格在大家的心中……

陈哈林于1963年2月出生于长阳与五峰交界处的汪洋庄。当过中学英语教员直至长阳土家族自治县文联主席，为长阳文艺繁荣做出了突出贡献。他勤奋笔耕，出版散文集《石板街的记忆》《汪洋庄》《冒气的故土》等多部著作。2013年6月，陈哈林被国家人社部、全国文联表彰为"全国文联系统先进个人"，人民网发表了以《与死亡赛跑的文艺人》为题的长篇通讯，详细报道了陈哈林的先进事迹。2014年《三峡晚报》推选其为年度十大新闻人物之一。

陈哈林是2001年查出患有腹膜后脂肪瘤的，那时，他才38岁，医生从他腹腔里取出一个重约7斤的肿瘤。2012年，腹膜后脂肪瘤在他身体里原地复生，重达3.5斤，他又躺进了手术间。十多年来，他以顽强的毅力同病魔抗争，以乐观的心情笑对人生，以"拼命三郎"的精神面对工作，被誉为"文坛坚强哥"。

陈哈林去世的消息一传开，即刷爆微信朋友圈，全国和省市有关媒体、各界人士特别是文艺界朋友纷纷发表消息，对心中的"哈哥"离世表达惋惜和哀悼之情。大家一致认为，陈哈林为长阳少数民族文学打下了坚实的基础，长阳文艺的兴盛繁荣，陈哈林功不可没。

从两位作家得到广大人民群众无限敬仰，无数老百姓自发前往悼念或撰文纪念的事实，我深深感到，这首先是作家们的人格魅力，再是作家生前对社会做出的突出贡献，三是老百姓心中自有一杆秤，是崇尚真善美的……

人们的真挚情感不需要动员和号召，来自于基层接地气的雅俗共赏的作品大家都喜欢。

我敬仰的著名诗人刘不朽老师、宜昌散文学会副会长陈哈林虽然永远离开了我们，但是他们的人格魅力和不朽的诗文却在大江南北传诵，他们的作品将流芳百世，他们的形象永远活在我的心中！

三悲三叹送战友（外一篇）

哀乐低回，哀思绵绵，泣不成声，声声惋惜。那天上午，我与机关全体同志聚集在宜昌市殡仪馆万福厅，为一位在交通系统工作30多年的同志默默送行。

那年的清明节将是我们机关同志们终生不会忘却的日子，我们的同事洪玉同志因交通事故离开了大家，这天正好是一年一度的清明节。那么明年的清明节将是她的周年祭日……她与我在同一个科室工作，还有一年就退休了，万万没有想到，她就因飞来的横祸而这样走完了人生之路。

作为相识20年的同事，特别是作为在一个科室共事五年的战友，因此倍感悲痛。

那天是假日，晚餐之际，接到讯息，如晴天辟雷，当即终止一切活动，与有关领导及机关同事在第一时间驱车50余公里，赶赴事故发生地的医院，与她的亲属们一起静静等候在手术台上抢救的她，然后听主治医生介绍伤势和手术情况，然而，终因伤势过重，没有生还可能……

一周来，机关沉浸在失去同事的悲痛之中，大家都参与了一系列慰问安抚家属、张罗丧事等等具体事务。一遍遍追忆有她共事的点点滴滴之中。凡是熟悉她的人都知道，她是一个心地善良，助人为乐，关心同志，热心公益，团结同志，善于交友的人，我们体验到了眼睛一闭就能想起她的程度，她把笑声和欢乐永远地留在了人们心中……

一周来，我们没有工作时间与非工作时间之分，一切围绕着安抚家属情绪，吊唁逝者展开，除非常紧急的工作必须处理外，一直在为其妥善处理后事忙碌着。

通过身边这血淋淋的惨痛教训，我们的身心都受到了极大震撼！也留下许许多多的沉重思索，简言为三悲哀和三感叹！

一悲哀是车祸猛于虎！对机动车驾驶员的安全意识教育刻不容缓，据说这个肇事驾驶员没有得到应有的休息，迷糊着开车，撞人时没有采取任何措施，因此各级监管机关，必须加大道路巡查监管力度，对日常违章处罚必须从严。

二悲哀是人身安全防不胜防！牢记安全大于天！人们无论从事什么活动，必须把安全预案放在首位。

三悲哀是赔偿无章法！借此呼吁相关部门：应尽快建立人身伤亡事故社会赔偿和救助机制，不能将无力赔偿的肇事者以负刑事责任了之，而将受害者得不到补偿于不顾而推向社会……

天有不测风云，人有旦夕祸福。人的生命如此宝贵又如此脆弱，人的生命无价，人的生命只有一次，人死不能复生！短短清明节的三天假日，洪玉与我们成为阴阳两隔，我为她的非正常离去而伤心三叹：

一叹家有高龄母亲，白发人送黑发人；

再叹心爱的女儿未成家，没见女儿披婚纱；

三叹勤扒苦挣几十年，却无缘享受退休后的自由生活……

三悲三叹送洪玉，愿你一路走好……

祭奠 QQ 亡友

　　每年的清明期间，人们的思绪早已沉浸在以清明节为主题的祭祀活动之中，纷纷到墓地祭奠悼念逝去的亲人，缅怀从前的种种情感，寄托生者对逝者的绵绵哀思。

　　几天来，我亦与大家一样，业余活动的中心是上坟祭祖等等，一切都在传统的程序内进行着。然而今年似乎有另一种埋藏心底的隐情，让我沉浸无尽的怀念之中，越是清明节临近，这种怀念越是与日俱增，他的音容笑貌总是在脑海里时隐时现，这就是每天打开 QQ 程序要面对的、都要想一遍的亡友——郭俊先生！

　　郭俊先生年轻有为，小我十余岁，是我的业务领导，在去年十月长假里的一次意外事故中不幸遇难，可谓英年早逝，全省交通系统一颗正在升起的新星从此陨落了，让我等无比为之惋惜！

　　我与郭俊因为工作关系相识多年，缘于我当年曾任市局办公室主任，他是省厅负责文字工作的科长，我们日常打交道比较多，后来我调离办公室，他也提拔为办公室副主任，成为厅机关为数不多的年轻副处级干部，前途不可限量。特别是他作为厅机关智囊团的重要成员，为前任厅长取得非凡业绩并提拔为省级领导付出了很多很多。可没有多久因为一次意外事故，他便走完了人生之路，噩耗传来，简直不敢相信自己的耳朵，通过多种渠道证实后，为他惋惜万分……

　　我们虽然不在一个序列工作有几年了，但是我们建立起来的真挚友谊一直延续着，这种友谊许多人并不知晓，属于我们之间的特殊友谊。我欣赏他的才华，他推崇我的业余收获，不时要打个电话互致问候，属于逢年过节必然要发祝福信息或寄赠贺年卡的朋友之一。我若遇到需要省厅出面协调的事，总是先找他咨询，因此我们之间的QQ号是至今我与厅办公室之间唯一拥有的QQ号码，很多的公务资料从此传递，同时传递着我们的友谊，传递我们之间对一些事物的看法和观点。我的博客也是他经常光顾的地方，经常交流一些观点，我的拙著《弯弯的河流》出版后，也是第一时间告知了他，送书到厅机关部分好友时，我亲自签名赠予，他收到我的书之后第一时间打来电话致谢并予以祝贺。

回想我们最后一次匆匆一见，是2010年的8月底，他随厅领导来出席我们的一个重要签字仪式，会场之中的一次握手，没想到竟成为永别……当得知郭俊不在人世时，我没有删除他的QQ号码，且一直保留着，经常到停止更新的QQ空间浏览，回忆我们过去一起交流的时光，查看我们过去的合影，调阅互联网上有他活动的信息与图片，似他依然活着一样，旨在通过保留这个QQ号码，让其继续传递我的悼念之意，我会将这个号码永久保留下去！直到某一天腾讯公司QQ管理员注销该号码为止。

在悼念郭俊先生的第一个清明节里，写下这篇短文，也弥补没有机会赶到告别仪式为他送行的缺憾，同时将半年来的怀念之情结集成以上文字，我亦将这篇短文与他在世一样，发到他的QQ号里，让郭俊兄弟在遥远的天国里知道我的怀念之情，唯此足矣！

唯一QQ亡友——郭俊兄弟安息吧！

祭"七九"殉难同胞

题记：此文写在宜昌猇亭古老背汽渡"七九"重大恶性事故 15 周年之际。因为本人参与为几十位遇难者拍摄遗像，当年事故的惨状刻骨铭心，第一次面对这么多的遇难者，不写出来让后人知晓，对不住那些长眠九泉下的亡灵。

今天是本人值班，时逢七月九日，又一年让人警醒的"七九"！

几天来，本人的心情凝重，思绪绵绵，脑海深处总是常常浮现早已定格的 1994 年 7 月 9 日那刻骨铭心的一天。

15 年来，每当进入七月，或路过猇亭或驱车在现代化的宜昌长江大桥之上，总会勾起对 15 年前那个 7 月 9 日的沉重回忆。与其说是回忆，不如说是悼念在那场客车严重超载，从汽渡上坠江灾难中遇难的同胞们，悼念那些过早凋谢的美丽花朵，为那 50 条鲜活生命瞬间成为客死异乡的冤魂而挽歌。那一天，灾难让我经受了人生中最刻骨铭心的一幕！

1994 年 7 月 9 日，是休息日。盛夏的宜昌，蓝天白云，晴天丽日，气温很高，一切都很平凡。我与夫人第一次陪同女儿乘车参加实验小学夏令营活动，赴郊外的龙盘湖风景区游玩，与祖国的花朵们一起泛舟湖上，微风拂面，碧波荡漾，令人心旷神怡，放眼望去，少先队队旗迎风招展，红领巾映红一个个英俊少年稚嫩的脸庞，其情其景颇有歌曲《让我们荡起双桨》之意境呢。记得那天还与时任国家安全局科长（曾任宜昌市检察长）的老乡孟兄及夫人在陪同女儿时相遇呢，成为我们共同的美好回忆，载入我们友谊史册了。午饭后又活动了一会，与女儿同学们愉快地乘车返回家中。

可怎么也没有料到在如此祥和安宁的日子里，一桩惊天动地的交通事故已经在我们的身边发生了！真乃天有不测之风云啊！由于当时的通信还很落后，对近在咫尺（相距不足 10 公里）的猇亭古老背汽渡于上午 10 时许发生的恶性交通事故，竟然一点都不知道！

由于我当年不住在机关宿舍，但晚上还是隐隐约约听到了噩耗：街谈巷议消息不胫而走，猇亭古老背渡口出大事啦！一客车满载乘客从汽渡上掉到长江去了，死了好多好多的人……当时普通工作人员家里还没有资格和经济实力安装电话（一部有线电话初装费近万元），私人家的有线电话还是身份的象征呢！晚饭后，突然有楼下二级单位一把手家属叫我赶紧去他家接电话，说是交通局办公室主任打过来的，我忐忑不安地去接，果然是出大事儿啦，要求我立即准备相机，随后前往殡仪馆为遇难者照遗相，说交警方面人手不够，负责照像的人不在云云……

接到命令，二话没讲，立即准备设备（包括胶卷，当年没有数码相机），前往殡仪馆待命。因为遇难者有 49 人（另有一人失踪），大热天也没有停放这么多遗体的地方，只能用相机先拍照下来，为家属下一步辨认提供依据。因此临危受命，第一次从事这方面事儿，一种责任感的驱使，将一切个人安危和恐惧置之度外，与办公室同事老严一道，怀着恐惧不安的心情，如进入战场般，摸黑到了郊外那阴森森的殡仪馆。

此时的殡仪馆已三三两两聚焦了不少前来辨认遗体的教师和学生们，当天正是宜昌市大中专学校放假的日子，由于当年交通还比较落后，每天就那么固定的几趟班车，高峰时甚至是一票难求，因此载客量40多人的车，挤上了80余人，真是水泄不通！不少江南五峰、宜都的学生都乘了这趟车。长江进入主汛期，给打捞落水车辆带来很大的不便，人们焦急地等待着，打捞前方和处置遗体后方不时传递最新进展情况，直到晚上十时左右，才将客车整体打捞出水，其中有27具尸体得以随客车出水（其余掉出车外的尸体或被洪水卷走或移位他处，又雇用民船打捞了很长一段时间），随后用东风大货车拉到殡仪馆停放，快深夜12时才抵达。

面对先期运来的尸体，聚集的老师和同学们一个个神情严肃，默默地辨认自己的同学，拿着花名册对照，每找到一具遗体即为死难者燃放鞭炮，其情其景甚是凄凉也！连同先前打捞的1人共28具遗体被安置在约20平方米的临时停尸间，为了保温，窗户用棉被紧紧遮住，室内放着从冷冻厂运来的大冰块，无论男女老幼，堆放在一起。面对从未见过的一具具惨白僵硬的尸体，我从此明白了什么叫惨不忍睹！感觉每根汗毛都竖起来了，从未有过的恐惧感由此顿生……地面上血水冰水泥水消毒水融为一体，四处横流，几无法立足，所穿凉鞋都浸泡在这种混合液体之中，特别是一种特殊的味道弥漫在小小房间，屋内就我们四人与28具尸体，令人几次想呕吐，心中想，就算当兵上战场了吧，也顾不了这么多了，豁出去了！前后三个多小时，终于顽强挺下来了。

工作程序是先由现场法医一个个尸体面部擦净，查看身体特征，验明正身，老严负责作记录，最后由我面对遗体，在一米高的正面位置调整好镜头，尽可能使拍摄的头部遗像清晰些。

在已经运来的尸体查验完毕时，已是凌晨4时多了，我与老严才惶惶离去……一次经历了这么多的尸体，且面对面零距离，使心灵受到极大的震撼！脑海里久久挥之不去，一度食欲大减，睡眠也受到强烈影响，导致很长一个时期内，只要眼睛一闭，就是这些人的形象在脑海浮现……

这么多年来，还时常回忆起那些冤死者痛苦的面孔，他们有的是在中心医院做手术刚出院的病人，刀口和缝针清晰可见，有的是不足10岁的少年，有的是进城探亲的农民，但更多的是放假回家的中专学生。我的一位朋友唐先生（现任五峰县副县长），当年就是被挤下这趟车，才得以与死亡之神擦肩而过。每当谈起此事，无不感慨万端！特别是在五峰这个国家级贫困县，培养一个学生出来读书是多么的不容易，为了摆脱贫困，为了下一辈能走出大山，许多家庭是贷款让子女读书，可瞬间被无情的一桩人为交通事故夺去了年轻的生命……

我没有机会参与处理这次事故全过程，也没有专门去调查那些幸存者或者死者家属相关细节，但可以想象，这15年来，这一个个遭遇不幸的家庭背后，一定发生过很多很多催人泪下和感天地泣鬼神的故事。只要稍作整理便是一本沉甸甸的灾难事故警示教材！

后来得知，此案例已被湖北省安全监管部门列入全省重大事故案例汇编之中，是宜昌市新中国成立后三大事故案例（另两期分别是盐池河矿务局毁灭性灾难及秭归县新滩大滑坡）之一，旨在昭示后人永志不忘安全！但欣慰之中却心存遗憾，此决定来得太晚了矣！

在祭奠49位（应该是50名）亡灵的时候，要告慰死者的是，造成这次事故的主要责任人次要责任人都受到了法律的应有惩处；落后的过江汽渡早已被巍巍长江大桥而取代，交通运输行业的快速发展，再也不会允许如此超载的局面出现，每天的客运班次也足够满足人们出行需要，人们的自我保护意识也明显增强，逝者如斯，你们在九泉之下安息吧！

如今的猇亭渡口早已完成历史使命而退出历史舞台，只有滔滔江水在使劲地拍打两岸后缓缓地向东流去，天空中时而有孤独的鱼鹰和成群的江鸥盘旋哀鸣，似在为死者招魂，又似在默默地向人们诉说着这里曾经发生的事。

随着岁月的流逝，人们也似乎淡忘了这次灾难，淡忘了那些哭天喊地苦苦搜寻的日子！各级领导也换了一茬又一茬……偶尔提及此事时，都说如果是现在，可能有一大批官员要摘掉乌纱帽甚至依法追究刑事责任！据说此事处理完毕之后，公安交警方面举行了总结表彰会议，对参与此项事故救援和后事处理工作的干警记功嘉奖，闻之为之击掌称道，毕竟特殊的付出得到了组织方面的认可及精神安慰！可本人所在的单位对我与老严如此超常规付出的勇气和特殊贡献，连句公开场合的表扬语言都没有听到呢……相比之下真悲矣！

我当年的职业是从事宣传和文秘工作（老严是办公室负责行政后勤管理的副主任），15年后的今天又与交通安全息息相关，但作为见证人和历史记录者，灵魂深处永远不会忘记那惨痛的一幕！为此本人也曾在多种场合呼吁，应该通过一种形式，将每年的7月9日定为一定范围内的安全教育日，可响应者寥寥，但无论响应者多寡，作为自身而言，当居安思危警钟长鸣矣……

前事不忘，后事之师。在此特殊日子，唯将5475个日日夜夜的万千思绪化成此篇短文，是为祭。

岁月之河

悠悠故乡情

故乡，是一个人一生都魂牵梦萦的地方。无论当年离开时是出于什么目的或者有多么的无奈，可经过时间的过滤和岁月的沉淀，越是久远越是思念。

故乡，是童年的记忆棒。无论当年多么贫穷，多么受委屈，但在人生的启蒙时期，当年的情景都珍藏在心中，年龄越大越是回味。

故乡，是人生中最美的风景。虽然它或许没有名山大川，没有引人关注的景点，没有游客旅游观光，甚至有些闭塞，但因为我熟悉这儿的沟沟坎坎乃至一草一木，即便走遍天涯海角，我最向往最钟情的还是自己的故乡。

故乡，亦是人生避风的港湾。当你人生航程遭遇风暴和搁浅触礁时，只要回到故乡，故乡就会以博大的胸怀接纳你，为你抚平心灵的创伤，给你再次航行搏击风浪增添无穷之力量！

故乡，还是童年梦想的摇篮。一个人在童年时期会做许许多多的五彩斑斓的梦，童年之梦是座宝藏，是人生航程的起点，是作家文学创作的重要源泉，一生都挖掘不尽，抒写不完。

故乡见证了我梦幻般的童年，给予我人生启蒙知识。这儿有众多的童年玩伴，乡邻乡亲，族亲同学，还有永远无法忘却的人生五味……

离开故乡 40 多年了，我梦里无数次回到故乡，梦景都是当年的烙印。还有几年就要退休了，人老思旧情，叶落当归根，从此与故乡的亲近会愈加频繁起来……

乙未年端午前夕，我携夫人陪同年近八旬的父亲，回到了阔别40多年的故乡——位于江汉平原的河溶镇民合村，这是一个三面环水的村庄，陆路只有一条路可与外界相连，地形犹如一只葫芦，古有"金钩吊葫芦"之说，又名夹洲白鹤垸子，在过去水患频繁时，因经常有白鹤飞来飞去而得名。现在的村庄非常干净整洁和宁静，村子里只有鸟鸣鸡叫犬吠，自用机动车也不多，一点也没有外界喧闹。

前些年，水泥路都通到村民家门口了，加上我对家乡的道路建设也在职责范围内做过一些有益的工作，因此感到格外亲切和欣慰。一排排别墅式农村新房正在有序建设之中，道路两旁的太阳能路灯格外引人关注，村庄被四周的大堤包围着，院内田野平展展的，地里玉米长势喜人，都一人多高了，似绿色海洋，望不到边……

景观都不是我们当年离开时的景观了，换了人间似的。我的族兄张天明先生是连任30年的村支书，在他的带领下，将当年贫穷闭塞无人知晓的村落，引领成远近闻名的红旗村庄，村委会里各种奖牌数不胜数，各方面的荣誉也是举不胜举。老兄那年整整60岁，即将退位时，特地邀请我们一家回去看看。

回故乡看看，是我多年的向往，但心情是复杂的，主要是回来晚了，缘于母亲2013年10月突然去世，这儿也是母亲"文革"期间发配父亲原籍、从教多年的地方，如今因为生源问题，学校早已不复存在，母亲应该比我更有感慨的，母亲人生最灿烂的年华都播洒在这儿了……

午餐安排在拟接任村支书职务的吴永华家。40年没有吃到地道的家乡菜了，为了迎接我们回来，他们经过几天的准备，很快变戏法似的端上一桌丰盛的家乡菜，面对家乡人，喝着家乡酒，瞬间我置身在一个乡音包围的氛围里，令人胃口大开，推杯换盏，酒酣耳热，浑身热血沸腾……忘情的笑声回响在田野，讲的都是久远的事，叙的都是当年情，大家屈指盘点着这个村子里走出去的一个个家乡眼中的人才。父亲一辈是解放初期走出的第一代，我是属于第二代，还有许多我不知名的后生们……镇里老领导刘书记、黄镇长也都应约前来陪同助兴，好不热闹！

自古以来，这个村子陆陆续续走出了一些仁人志士，无论政治上、经济上、军事上都有许多可圈可点的。我则属于同龄人中不太成功的一个。因为"文革"教育体制的限制，我过早地输在了人生的起跑线上……

由于母亲回到父亲原籍从教，子女们受教育质量大打折扣。我就是中途转入村小学到初中毕业，在推荐上高中的名额中，我们家的成分不好，加之其他人为因素，而被拒之校门之外。如今村办学校因生源问题，早合并到镇上去了，学校已经没有任何踪影，使我又成为一个找不到母校可去的学子，当年教过我的老师们也不知去向。

虽然学校不存在了，但刻骨铭心的经历无法忘却。那是1973年初中毕业后，从此无书可读，无校可进，迫使我从15岁开始，走上一条十分艰辛的自学之路。换言之，这个经历亦促使我擦干眼泪，暗下决心，将压力变动力，走出了一条今天乡父老认可的成功之路，自身经历悟出一条许多朋友赞赏的经典警句："人生输在起跑线，一生都在追赶中"。我将有许多故乡篇章的散文随笔集《弯弯的河流》签名赠送，还以书法形式为家乡赠诗……引起了大家共鸣。我身体力行做一个中国传统文化传承者的经历，在重新面对家乡父老乡亲时，似乎感到一丝慰藉，乡邻一时传为佳话……

我陪同父亲漫步在故乡的土地，两代人各怀心思地梳理岁月留下的印痕，我的根似乎还扎在这里，虽然祖辈们的墓地都找不到了，没有丁点属于我个人私有的物质形态，但是，故乡在我心中犹如一个移动硬盘，储存里面，随身携带，永远伴随着我的人生旅程。

故土之行，思绪飞扬，目睹巨变，感慨万端，诗意袭来，现场三首打油诗作：

> 故园一别四十载，乡邻召唤复归来。
> 儿时伙伴忆旧情，抚今追昔抒感怀。
>
> 夹洲民合好风水，白鹤展翅百鸟随。
> 田园景色似画卷，弯弯河流映月归。
>
> 张李赵吴黄代余，百姓和睦人心齐。
> 今朝名扬荆楚地，明天永华创新绩。

返程途中，意犹未尽，时过境迁，五味杂陈，当年决定我人生命运的人们或不知去向，或早已作古，但思绪依旧沉浸在与故乡的千丝万缕之中……

故道寻梦

年岁的增长，思乡日渐心切。这几年从央视热播的《记住乡愁》大型纪实片里，愈加唤醒我的思乡情结。

如今脑海里时常回放过去的影像：我的孩提时代，主要生活在三面环水的沮漳河怀抱，这儿留下童年的诸多记忆与种种乐趣，我的成长和生活习性，无不从这儿留下了深深的印记。我的所有情趣与成败得失都与这儿有着千丝万缕的联系，蜿蜒流淌的沮漳河就是我的母亲河，这儿成为我半个世纪以来魂牵梦萦的地方！

2009年我满怀激情，用较长时间构思，可谓用心血凝写过一篇回味少年时期与故乡河流相关的散文《弯弯的河流》，以3000余字的篇幅，文中的真情实感打动了评委和读者，在试投全国"长江颂"游记散文征文中，从全国公开应征的2800多篇散文中脱颖而出，成为65篇获奖散文之一。在经过中国作家网公示程序之后，荣获全国"长江颂"游记散文征文优秀奖，收入由高洪波主编、铁凝作序、王蒙题写书名、作家出版社出版的《"长江颂"全国游记散文精品集》，该集还特别收入了长江流域省份作家协会主席的佳作，本人作品能与全国众多大家名家作品在一本书上，永载史册，实属万幸！奖证也是由中国作家协会、江苏省委宣传部、张家港市人民政府联合签章。

回想获奖当年，本人在全国散文界尚属无名之辈，一篇散文带来这么多的荣誉，是我做梦都没有想到的。

拙文能获奖，一定是故乡的河流给予我创作灵感，是时代的印记和真实的生活给予我创作素材，是曲折的人生阅历升华认识水平。这篇散文成为我的散文成名作，要感谢的太多太多……从此，故乡的河流在我心中的分量越来越重！每次回到故土，总要去河边走走看看，寻找当年的印记。故乡的一草一木一沟一坎都是我文学创作的重要源泉！

故乡的河流历史可谓悠久矣！《左传》云："江汉沮漳，楚之望也。"沮河、漳河，均发源于湖北西部著名大山——荆山。《山海经》载："荆山之首曰景山，其上多金玉，沮水出焉，东南流于江。"又云："东北百里，曰荆山，漳水出焉，而东南流于沮。"《水经注》也有记载："沮水去东汶阳郡沮阳县西北景山，即荆山之首也。山峰霞举，峻岭层云。……故淮南子曰：沮出荆山。……沮水又南经当阳县北，过麦城与楚昭王墓，又南与漳水合焉。"

故乡的河东支为漳河，西支为沮河，东支漳河发源于保康县龙坪乡黄龙洞沟，西支沮河源于保康县欧家店大湾，两条河流都经南漳、远安、当阳我的故乡夹洲，环绕夹洲于两河口相汇，成为沮漳河流经枝江和江陵后注入长江。这些知识都是后来才知道的，小时候只晓得在就近的漳河里玩耍，将欢乐和梦想都交给了这条河流，在我的心中，随着岁月的流逝，随着那么多熟悉的面孔不在，可谓物质形态的故乡早已寻不到了，心中的故乡等同于弯弯的河流！

2015年秋天，邻居本家么爹以90高龄去世，我闻讯回去参加葬礼，么爹的坟墓就在漳河大堤脚下，他老人家在此长眠安息，听河水亘古不变地向下游流去……

安葬完么爹，我沿着河堤仔细查看了童年常常戏水玩耍的漳河，时过境迁，但看到面目全非的河流，心中亦久久不能平静。

这些年来，由于人们对环境的忽视，导致河床严重淤塞，河中漂浮物连同水草加上岸边垃圾，已经见不到过去清澈见底的水流，见不到小鱼戏水的场景，见不到岸边垂钓者，见不到孩童在河边玩耍，更见不到儿时常见的帆影和岸边并行的纤夫，还隐隐约约听到了这条河流不久要拦腰斩断河水改道云云，见到的听到的，令我的心一时凉飕飕的……

这条千年流万年淌的河流如今真的被人为改道了，将下游十余公里的两河口提前于我的故乡，就在过去一堤管两河的张家大堤，将堤段整个挖开，形成一个巨大的豁口，埋上数孔巨型涵管，让地势略高的漳河水顺势流到沮河。据有关资料介绍，此项工程要投入十亿元巨资，将分阶段进行治理，目的是为了提升防洪能力，彻底解决河溶镇汛期多次被淹的局面，还可以增加数千公顷良田，是"蓄谋已久"的近年来地方最大的水利工程……知道这个讯息后，心中沉甸甸的，一直不明就里，这不是有违大自然吗？不是可以通过疏浚河道，加固堤防吗？这些水系如果人为改变了，是否会造成新的不良后果？我在治理水患方面是外行，相信专家们肯定是经过充分论证决策的，肯定是利大于弊，本人只因心中的故土情节驱使，一时茫然不知所措罢了。

丙申年初冬，一个零星小雨的日子，在夫人陪同下，专程回到故乡，主要是看看改道后的河流，了却一桩心愿。

改道后的河流究竟是什么模样？老天爷似乎理解我的心情，平原上刮的北风格外有寒气，树叶尽落，不时有寒鸦树枝间飞鸣而过，原野呈现出的是一片枯黄衰败冷落萧条景象！

我沿着河边深一脚浅一脚地走了一段，被改道断流后的河道，尚不见良田再造，整个儿一潭死水，杂草丛生，倒是活跃着一些养鸭养鹅的专业户，置身乱石遍地的故道河床，到处是鸭喊鹅叫，嘈杂声不绝于耳，弯弯浊水中，漂浮着羽毛和杂物，当年清清的河流再也见不到了，甜甜的河水再也尝不到了，日渐干涸的河床到处是鸭屎鹅屎，远远都是弥散着刺鼻的腥臭味……

面对目中所见，我陷入深深地思索之中，令我痛心不已。水是生命之源，是生态之基，也是生产之要，很痛心这儿的孩童们再也无法享受诗意般的乡村田园美景了，再也享受不到当年跃入清清河流那种天然浴场的惬意快感了，再也见不到渔夫们一边划着小船，一边撒网一边载着鱼鹰吆喝着捕鱼的欢快场景了，诗意般的载人渡船也成为了记忆中的往事……

写这篇文章旨在记述个人的心境而已，没有时间去走访当地村民，也没有采访水利专家，没有设想由此带来生态平衡方面的问题，也没有展望人们为河流改道而预想的美好未来……

听说 2016 年夏季洪水来的猛，夹洲垸子排水不畅，内涝严重，三面环水，形成孤岛，武警紧急驰援冲锋舟救人的事儿。还听说有两个农民因抢收被水淹后的苞谷劳累过度加中暑而亡……

故乡的梦惊醒了，少年美好的记忆彻底砸碎了……

> 弯弯小河水断流，碧水清清融乡愁。
> 童年往事何处寻，唯到梦中搜一搜。

我在河流故道捡了几枚鹅卵石带回了家，置放案头，时常看看，权当故乡河流的象征。

脚东港情思

脚东港也是我成长的摇篮，50多年前在这儿接受启蒙教育，在故乡学习生活加上接受"再教育"的20年履历中，脚东港在心中占据的位置至关重要。

脚东港是一个地名，位于当阳市东部的漳河流域，地处江汉平原与荆山山脉过渡地带，在河溶镇和育溪镇之间。

从集镇地域范围而言，的确很小很小，小得在互联网上查不到相关资料，小得连横贯腹地的荆宜高速公路出口都不标注其地名（标的是育溪），每每路过时，心中总是为其鸣不平。

孩提时代就听老人们说过，脚东港地名有不凡的来历。这儿离漳河的支流清平河很近，早年有水路连接，曾经可以行船，那时以一个小港口而得名；另有传说"脚东"二字与三国时期关羽行军路过此地时，关羽义子关平喊脚痛相关，周仓向关羽报告出谐音"脚东"而得名。不研究历史掌故，今天人们是无法单从字面上去理解的。

但是，对于一个历史上发生重要作用的地方，脚东港目前的地位与历史影响悬殊，可以说极不相称。

历史上这儿发生过绿林山起义，近代史上曾经是红色根据地之一，这儿活跃着一批跟随共产党闹革命的新四军和游击队，作为当阳的苏区，在抗日战争、解放战争中起到过非常重要的作用。

特别是这儿活跃过几位赫赫有名的大人物，刘宝田、魏霁岚，还有张焕先等一大批革命英烈为新中国的解放事业献出了宝贵的生命。小时候见到许多人家的门楣上悬挂着黄色或红色的光荣烈属、光荣军属的牌子，每到过年前夕，民政部门都要上门慰问送春联，令人肃然起敬！新中国成立后，脚东港成为接受革命传统教育的基地。

我与脚东港情愫与生俱来，除地理上的脚东港之外，心中的脚东港等于我慈祥的外婆，外婆就住在脚东港。

外婆的坟茔是每年清明节必须凭吊祭祀的，外婆的灵魂飘散在脚东港上空，外婆与脚东港，在我的人生成长中影响巨大。

那时的脚东港是一个小集镇，名义上是个集镇，但多数人从事农业生产，周边都是一望无际的农田，属于古镇育溪区管辖，农村人民公社建制时为平桥大队，百十余户人家，分为两个生产队，下街是一队，上街为二队，范围与现在差不多。集镇虽然很小，但不失繁华。两条主街呈不规则"丁"字形排列，背街可以回环相通，一条清澈见底的港渠蜿蜒流淌，是集镇上的主要水源；集镇房屋不高，但以晚清和民国时期的建筑风格为主，为方便做生意，门多是可以拆卸的木板门，街道不宽，下街有一段石板路磨得非常光鲜，集镇上有茶馆、柴行、餐馆、牲畜交易、百货、卫生院、邮政、废旧收购、副食商店等，日常生活品应有尽有，非常热闹。集镇分冷场和热场，农历逢双为热场，方圆十余平方公里属脚东港集镇人气最旺，儿时的记忆里，脚东港有些至今难以忘怀的事儿。

从记事起，我们一帮小子们就活跃在脚东港大街小巷里捉迷藏，夏天只着裤衩，随时可以跳到港渠里戏水捉螃蟹，令人惊奇的是常常可以从石头缝里摸到许许多多白花花的银元、生锈的子弹及枪械部件等等，每当有收获时，我们会及时到废旧收购点兑换成现金。

脚东港的另一景象无人不知。就是街上常年有个患精神病的老革命"魏胡子"。我们很怕他，听大人们讲，他是脚东港赫赫有名的当阳特别区委、襄西农救会主席魏霁岚，解放初期曾任中南地区土改办公室副主任，还说他参加过长征，他虽然疯了，却特别喜欢小孩们，身上常常备有糖果，他蓄着山羊胡须，春夏身着旧军服，秋冬穿件军大衣，戴一红袖章，身上背着一个长电筒，有时提把长刀，显得很威武，我们有时围着他戏耍，要糖吃，有时又被他吓得满街跑，甚至为此摔过跤。

少年不懂事，但隐隐约约晓得魏胡子是大人物，当地人都不敢冒犯。据大人们说，别看他疯疯癫癫，他可有随身警卫侍候着呢！在餐馆里吃饭了喝茶了甚至摔碗了掀桌子了，损坏物品了，都有随身服务人员买单或记账，据说他20世纪70年代病故了。很可惜，如果不是得这种病，应该是脚东港最早走出的大官了。

民国时期活跃脚东港的另一名大官叫刘宝田，育溪刘家河人，与脚东港相邻，属于魏胡子的上级，早年参加革命，后来成为职业革命家，接受过陶铸领导，蹲过国民党的监狱，抗日战争结束后奉命调到东北解放区，曾是中共八大代表，全国二、三届人大代表，官至辽宁省副省长、省政协副主席等要职，于20世纪90年代末去世。

早年多次听脚东港附近居住的姨父讲过刘宝田的一些传说，姨父姓林，是脚东附近林家河人，当年曾跟随新四军当"伙头军"（炊事员），后来在大突围时跟掉了，落得个革命半途而废。

听姨父讲跟着李先念五四突围的一些往事，年代久远记不清了，获悉姨父晚年落实政策，拿了几年的生活补助安享晚年，直到病故。姨父很爱面子，在当地拿着政府发的生活补助时，非常满意，逢人便说，当年也没有白干，感谢共产党……在苏区脚东港，类似闹革命的故事很多很多，遗憾是缺少专门的机构或有心人搜集整理。

在我的心中，外婆等于脚东港，没有外婆就没有心中对脚东港的这份特别情愫和专注。当年母亲在脚东小学任教，我就在脚东小学接受启蒙教育，母亲吃住在学校，我跟着外婆一起生活，街坊邻居都非常纯朴可亲，也很喜欢我这个长外孙，含在口里怕化了，同时还有几个姨舅呵护着，可谓过着衣食无忧的生活。稍大些时，跟着姨舅们去相距十余华里的香炉山砍柴，帮着邻居五保户黄婆婆挑饮用水……在粮食异常紧缺的计划经济时期，我随外婆去收获过的稻田里拾谷子，还隔三岔五随外婆乡下省亲蹭些好吃的……

脚东港居住的还有错划"右派"革职发配到这儿的、曾姓姨外公、姨外婆一大家子，姨外公20世纪50年代就是当阳县正科级干部，家庭成分不好，属于知识分子，性格耿直，在被错划成右派后，选择到我外婆居住地劳动改造，迫于生计，精明的姨外公学会了织网打鱼，几个姨舅和么姨们也早早地离开了学校，一夜之间从县城来到乡村小集上谋生，整个家庭成为那场政治运动的牺牲品，自食其力的艰难生活着。

姨外公一家的加盟，极大地丰富了我的生活圈，日常闲谈中，姨外公不时告诫我们知识的重要性，在幼小的心灵里潜移默化。我与几个姨舅年龄相差不大，成为儿时的玩伴，外婆也多了一些日常关照。

"文革"结束后，姨外公晚年落实政策得到平反，拿了好几年的生活补贴，按政策小姨舅可以到县政府机关顶职，遗憾因文化素质不高而放弃了，我获悉后曾为小姨舅惋惜。但从目前他的家境状况，也都过得丰衣足食，遗憾中似乎又有些欣慰。

与外婆生活的那些年，定格为童年时期最幸福的时光。夏天的脚东港神秘诱人，集镇不远是稀疏的村落，傍晚时分，炊烟袅袅，倦鸟归巢，鸡鸣狗吠，人们过着与世无争怡然自乐的平淡日子。

这儿堰塘多，夏天姨舅们时常去摸鱼虾，我也跟着玩耍，经常可以吃到地道的野生鱼虾；这里土地适合种植水稻，每到夜晚，稻田的各种虫子声青蛙声不绝于耳，特别诱人的是一闪一闪的萤火虫吸引我好奇的眼球，我们一帮小伙伴用小针眼掏空鸡蛋后，用空壳去装刚刚捕捉到的萤火虫，鸡蛋壳亮晶晶的，特别有趣……

当年脚东小学很重视素质教育，一年级就开设了毛笔课，是我书法的启蒙之地，一生影响甚大，只是当年不得要领，一堂毛笔课下来，身上到处是墨水；放学后，搬个小椅子，在街上做作业；晚上一张竹床一把蒲扇加上一盘土法制作的蚊香，在大街上纳凉，外婆为我扇风驱蚊搔痒痒，夜深了，屋子凉爽了，才回到屋内继续做梦……

那些年没有工业，环境好，无污染，蓝天白云，星星闪烁，空气清新，享受着小集镇静谧安宁诗意般的田园生活，可谓无拘无束，无牵无挂，无忧无虑，真像个世外桃源；在脚东港小学，我脖子上系上了象征烈士鲜血染红的红领巾。

脚东港的冬天也是浓浓温情的，在当年没有通电的情况下，冬天的夜晚，一盏煤油灯摇曳着微弱的光亮，照亮着祖孙二人的世界。由于房子小，与外婆一起睡，给外婆焐小脚，我成了外婆的暖水袋。

当地人家冬天取暖采取传统的地上挖煤炉，兼顾烧水取暖，祖孙两人发煤炉不划算，因此每天晚餐后就到邻居靳叔叔家烤火取暖，到睡觉时分回到自家，与靳叔叔一家围炉夜话，温情脉脉，结下了深厚情谊。当地街坊都说我是外婆的尾巴形影不离，后来由尾巴变成了拐杖。现在脑海时常回放这些曾经的画面，十分怀念那段梦幻般的生活。

外婆一生勤劳，生于1907年，与外公在脚东港做点小生意营生，命运对外婆不公，她一生没有生育，我母亲是她姐姐的女儿，幼时过继给外婆，外公50岁不到就病逝了，是外婆含辛茹苦将母亲培养成人，参加了工作，又与也是独苗苗的我父亲结婚。由于我父母工作在外，外婆依旧孤苦伶仃。因此我的降生对外婆是一个莫大的安慰，也格外受到外婆的娇宠。

我们姊妹多，确保外婆身边有人陪伴，长大后又相继离开外婆到外地学习和工作，年老多病的外婆身边没有人照顾，又不愿意跟着我母亲，担心影响母亲的教学，不得已又将她妹妹（即文中的姨外婆）的儿子过继，1977年元月，由这个舅舅完成了给外婆的送终大事，我们都非常感激这个曾姓舅舅。

母亲在世时，脚东港是我陪母亲去得最多的地方，陪同母亲逛集镇，访过去的街坊邻居，给我讲述她的哪些好友去世了，这儿也是引起母亲的伤感的地方，如今母亲也去世三年多了……

多年来，舅舅待我们亲如一家，经常请我们去玩，高速公路通车之后更加方便了，往返只需三小时，舅舅每年为我们准备地道的过年物资，让人倍感亲情的无价和温暖！和舅舅在一起时，有空时陪他搓几圈麻将，待酒过三巡，便不由自主地聊起脚东港的过去和现在，加上脚东港有我儿时的同学，也有母亲的学生，还有熟悉的街坊等千丝万缕的关系，使脚东港的情结一直延续着……

脚东港变了，我感到这儿有种看不见摸不着的元素驱使，时而成立乡政府，时而又拆掉，摇摆不定，传统的习惯和区位的优势，这儿依旧比较热闹，但是与所有老苏区一样，没有资源作后盾，这儿的经济比较原始，面貌没有大的改变，倒是环境严重污染。原来清澈的港渠因上游水源截流改道而枯竭，成为一潭死水，如今被垃圾填满，散发着异味，人们的饮水都是靠着自家机压井解决，古老的建筑也缺乏保护意识，在自然状态下的风化腐朽，集镇建设缺乏资金，公路改造也没有办法进行，究其原因，是因为集镇上没有排水设施，下雨后污水横流，车辆和行人都不方便，亟待上面支持……

时下红色旅游方兴未艾，脚东港作为当阳苏区，目前高速公路方便快捷，在特色农业、集镇建设、历史人物故居遗址等等方面，可以争取的项目应该不少，发展的机遇靠各方争取，靠有识之士助力推动，这儿是一块藏在深闺人未识的璞玉，我对脚东港的发展前景看好。

脚东港，将永远承载着我心中说不完道不尽的梦幻童年和绵绵情思……

难忘少时读书梦

　　我生于大跃进之年，不到 15 岁时，却懵懵懂懂地被迫离开学校。当时正是风华正茂的翩翩少年，是长身体学知识的年龄，是一个对未来无限憧憬做着多彩梦幻的年龄，突然成为学校的弃儿！从此无校可上，无书可读，被迫流浪社会做临时工糊口，眼巴巴地看着少数成分好、有背景的子女够如愿以偿地上学读书，其景象是多么的凄凉！那一幕如此刻骨铭心！我成为那个年代输在人生起跑线的不幸少年之一。

　　不幸的命运缘于"文革"十年动乱，传统教育体制和传统文化都遭受毁灭性冲击，一面是停课闹革命，一面工宣队贫宣队军宣队进驻各级学校，管理学校，领导学校。一个外行领导内行、非知识分子领导知识分子、瞎指挥的办学局面迅速在全国各级学校盛行，学校从此不要教学质量，只管有政治氛围，阶级斗争年年讲月月讲天天讲，大肆宣扬"读书无用论"，只要所谓学工学农会背伟人语录的红色接班人，考试交白卷被当作反潮流英雄……

　　在教育资源严重不足的情况下，初中升高中不以成绩取人，而以成分取人，大队干部和贫下中农子女优先（当时我们学校 72 名应届初中毕业生，只有 12 名有幸上高中），本人由于祖上成分不在贫下中农之列，即便成绩优秀，照样被拒之门外，后来还听到有些怪怪的论调，说我的父母是知识分子，这一代将读书机会让出来……我的读书梦大学梦科学家梦艺术家梦等等梦想，被无情的现实砸得粉碎，还没有踏入社会即被打入另册的经历，在我漫漫人生中可谓切肤之痛……

万般无奈之时，在父母的影响、诱导和安慰下，决定以实际行动向古今中外自学成才的典型学习，选择了没有围墙的学校发愤读书。心中暗暗发誓：奋发努力，自强不息！虽然没有正规的教科书（那时买不到），凡是文史社科类的书籍都是我学习的科目，一边打工一边学习，用如饥似渴形容一点不夸张。

短暂容易，坚持难；单科容易，系统难。自学是艰辛的，也是枯燥的，需要坚韧的毅力和顽强的拼搏精神做支撑，几年下来，虽然缺少数理化方面的知识构架，但在语言文史方面还是取得了一些收获。

1976年10月粉碎祸国殃民的"四人帮"，宣告"文革"十年动乱结束，尊重知识、尊重人才的春天终于到来。党和国家进行一系列拨乱反正，继而全面进行改革开放，我看到了希望，特别是邓小平关于科学技术是第一生产力的英明论断，极大地调动了广大知识分子的积极性，明确知识分子是工人阶级的一部分，极大地提高了知识分子的社会政治地位，再不是"臭老九"了……

尊重知识尊重人才，重塑国家形象，唤醒了全民的读书热潮，全民的文化补习热潮，通过学习取得国家承认学历蔚然成风。我以满腔激情投身到边工作边学习的文化学习之中。

由于没有脱产学习机会，就报名参加了全国高等教育自学考试，结合自己长期的语言文学学习基础，选择了汉语言文学专业，三年的苦读，攻克一个个学科堡垒，犹如打胜了无数个战役，于1988年10月顺利通过湖北大学的考试。当拿到毕业证之时，无限感慨，真有扬眉吐气之感。从此改写了原"文革"期间乡村初中学历的历史！夺回了被"文革"荒废的学业，虽然晚了十年，自己的综合学养毕竟大大缩短了与全日制学校毕业生的距离。特别是从此无论填什么表，可以堂堂正正地填写"大专"二字。

书籍是人类进步的阶梯，知识是一切科学的钥匙。当年读书的源动力，是父辈们反复教诲的——知识改变命运！我的读书之路也得到充分印证，每当通过一门功课时，内心充满着一种成功的喜悦，当功课完成一半时，工作也随之发生改变，由企业管理人员选拔到上级主管单位，当大专毕业时，即成为一名国家机关工作人员，入党提干接踵而至……工作中还得到不少荣誉。业余生活也丰富多彩，结合工作撰写过一系列报告文学，其中以三峡工程大江截流中旅客转运为题材的《大江东去唱翻坝》，荣获十四届中国新闻奖报纸副刊年赛作品银奖，散文《弯弯的河流》荣获中国作家协会主办的"长江颂"全国游记散文征文优秀奖，散文《船缘》被著名作家红孩收入《2010年我最喜爱的中国散文100篇》，收入《中国散文家大辞典代表作品集》等等，2010年由云南出版社公开出版了个人散文随笔集《弯弯的河流》，先后被吸收为中国散文学会会员，省市作家协会会员、省市书法家协会会员等等，尝到了读书的甜头，收获了读书和创作带来的喜悦，也更加激发了学习钻研的劲头，工作游刃有余，成为业务骨干，理想前途不断实现新的跨越，特别是在文学艺术领域取得的一些成绩，令不少受过正规教育的专家学者刮目相看，受到人们的肯定和称道。

读书是快乐的，在读书时可以尽情编织自己的理想王国。古今中外各类书籍浩如烟海，人一生精力时间都有限，不可能泛泛不加选择，一个时期有一个时期不同的需求和重点，坚持与时俱进学以致用，是我读书的宗旨和目标。当知青时，轰动全国的残疾人张海迪是自学成才典型，她的《轮椅上的梦》是我反复学习的，她是我的精神偶像，是激励我坚持走自学之路的榜样；当知青时的读物如杨沫的小说《青春之歌》、罗广斌、杨益言小说《红岩》及苏联作家奥斯特洛夫斯基《钢铁是怎样炼成的》等等，成为我人生前进的动力，影响深远；攻读汉语言文学专业文凭时，古今中外的文学成为必修科目，按照考试大纲要求，阅读了大量中外经典名著，扩大了我的读书视野，可谓终身受益矣！

后来作为主攻散文写作的业余作者，我较系统阅读了大量的古今散文名著名篇和诗词歌赋，广泛涉猎汉民族历史文化，通读了《中国通史》，通过广泛地学习借鉴，丰富了我的散文写作手法和内涵……

我的读书之路非常艰辛。一是文化底子薄，毕竟只是一个"文革"时期乡村初中毕业；再是工作忙，当年招工时都是大一统国营企业，实行半军事化管理，政治氛围浓厚，组织纪律严明，工作任务繁重，更没有现在的双休和假期，工学矛盾突出，学习只能靠见缝插针，还要战酷暑斗严寒；三是生活负担重，学徒期间工资低，刚转正又到成家年龄，抚育下一代等等诸多困难叠加；另外也要面对来自各方的冷嘲热讽甚至嫉妒。

那时信息相对封闭，出版业没有现在发达，因此书店、阅览室、图书馆是经常光顾之地，为此办理过多个借书证。如果出差大城市，书店是必须要去的，总会买回一摞摞本地没有的书籍，此外每年订阅报刊数及金额都居单位同事之首，还要常常通过邮购方式获得自己需要的书籍。

总之，我把有限的时间精力和资金几乎都用在了业余学习方面，虽然物质生活比较清贫，但可以尽情享受读书带来的乐趣，至今无怨无悔！

通过自学追求知识获得成功的经历，我的切身体会是，读书好比登山，书山有路勤为径，一时挫折并不可怕，怕的是从此沉沦或被挫折压倒，怨天尤人也没有用，把握命运靠内在动力，唯有做生活的强者，坚定理想信念不动摇，一步一个脚印地向上攀登，我甚至认为，现实中凡靠关系走后门图一时之利既遭人白眼也不会长久，靠知识改变命运获得荣誉受人尊敬且终生受益！

知识是人类智慧的结晶，是实现梦想的翅膀。读书可以决定一个人的素养和境界，开卷有益，遨游书海，扬帆于知识的海洋，唯以学海无涯苦作舟的心境，才有希望达到知识的彼岸。

几十年来，我放弃过许多身外之物，唯离不开书，将读书、著书、藏书三者有机统一，力求诗书传家，实现自身梦想，争做一个博学多才的知识富有者，有志接过前人的接力棒，当一个中华民族传统文化的传承者，将是我毕生的追求。

布票与衣服（外一篇）

　　店铺里琳琅满目的服装，大街上五彩缤纷的衣着，不仅是生活中一道亮丽夺目的风景，还从一个侧面折射出中国经济的快速发展。上了岁数的人们总会想起当年要布票才能买布的经历，总会想起一些与衣服相关的一些事儿。

　　有钱买不到布，穿衣也要计划。今天人们听起来似天方夜谭，可在计划经济时期，可真个活生生的事儿。不仅是穿衣，与人们生活息息相关的生活物资基本上是凭票证才能买到。那时按照户口，一律平均分配，就衣着方面，不分男女老少，一人一年只有一丈五尺布票，小孩尚可，大人也只能勉强做一套衣服，衣服破了打补丁，旧了再翻新，大人穿了小孩穿，哥哥穿了弟弟穿，是每个家庭共有的经历。

　　无奈下许多家庭还用棉花纺线织成土布（俗称家机布）经过洗染店染色后再缝制衣服（清洗时易脱色），以弥补布票的缺口，随之廉价打折的次品布（减票布）应运而生，一尺布票可以买二尺到三尺吧，可那布质量低劣，还要托熟人找关系。虽然质量属于次品，但毕竟可以做成新衣服啊！因此受到众多人的青睐呢。从颜色上区分，男人穿的服装样式单一，颜色也很单一，青、黑、篮、灰几种，女性穿的无非是红、绿、紫、蓝几种，图案也非常单调，否则要扣上资产阶级生活方式的帽子，踏上一只脚，让你永世不得翻身。

裁缝是个手艺活，那年代可俏呢！裁缝走乡串户，吃百家饭，是个令人羡慕的职业。我小时候生活在乡村，目睹了乡村过年前做新衣的一些热闹景象，令人终身不会忘记。

每到寒冬腊月，农田没有太多的事儿，家家户户也开始忙年了。那么，一年到头，辛辛苦苦，给家中成员做套新衣过年，似乎是一个惯例，也是小孩们一年最期盼的。其景象与今天的买衣服截然相反，都是将裁缝师傅请到家里，根据家里人数多少，少则三五天，多则十来天，一个个量体裁衣，做了东家做西家，还要提前预约，裁缝师傅就家家户户的轮流转。当年这种职业非常受乡下人尊重，少年时好羡慕这种手艺，风不吹雨不淋，有吃有喝，每家都要给艺人格外加菜开小灶。祖辈们因此训诫道，天干饿不死手艺人，一个人必须学一门手艺活！对此印象极为深刻。

要面子，借衣服。年轻时的虚荣心驱使，当年做临时工期间，为了去照相馆留下一张满意的照片，临时借用了比我高许多的朋友银灰的确良衬衣，袖子卷起，衣服也长许多，就像印度、巴基斯坦人穿的上衣样，与身高极不相称，成为历史上留下唯一一次借衣服照相风光的见证。

曾经的当家衣服。参加工作初期，工资低，一个月20元，勉强维持基本生存，可谓捉襟见肘，稍不节俭便只能寅吃卯粮，没有富裕的钱添置衣服。可谈朋友时是需要装扮自己的，当年一件用深蓝的卡面料缝制的四口袋国防服，是我几年的当家衣服，没有换洗的，洗后等着干，都洗得发白了，是走亲访友才舍得穿的衣服，现在想想甚是尴尬矣！这件衣服打着时代的烙印，后来不知送哪个乡下亲友了，但当家衣服却深藏于记忆之中。

奇装异服掺杂洋垃圾。改革开放了，国门刚打开，年轻人面对影视里的花花绿绿，缺乏甄别能力，盲目崇洋媚外，借以宣泄内心的外在表现形式，一是发式，二是服装，三是音乐。今天流行这个，明天流行那个，经济的复苏，物资的不断丰富，各种票证也渐渐退出历史舞台，人们初步尝到了改革开放的甜头，尝到了人生衣着自由的甜头。开始盲目追求西方的服饰，一度买走私的垃圾服装，如风行一时的喇叭裤到吊八寸等等，各种奇装异服令人眼花缭乱。

个性装饰，五彩缤纷。在物资极大丰富的今天，人们生活越来越讲究品位和个性，着装悄悄发生改变，服装再不是遮体保暖的需要了，人们着装的选择成为展示个性、情趣的一种外在表现形式，追求回归自然之美，衣着要有益健康，过去一度走红的化纤衣服从兴盛到衰落，回归到丝绸、棉麻织品、毛纺织品到现在开发的竹纤维，日益成为抢手货，折射出经济的繁荣和人民生活水平的极大提升。

用布票买布的时代一去不复返了，布票连同当年的其他票证，早已成为少数票证收藏家的收藏品。布票，无声地记载着计划经济远去的时代……

第一件毛衣的诞生

我们家由于属于多子女家庭，加上父母工资低，与中国大多数家庭一样，家境不宽裕，或者说是捉襟见肘。

青年人爱面子，讲派头，追求物质享受，且多热衷展现外表。当年除找人借衣服照相之外，对衣服的面料特别是有无毛衣，也是耿耿于怀。看到极少数人穿着时，心里就痒痒的，恨不得窃为己有。因为那年月我们穿的内衣多是旧线袜子和工厂发的白色线手套折线后母亲编织的，很少见到穿纯毛线衣的。

刚刚当知青，合成革时髦方背包加上弯把镀锌黑色洋伞，是标志性行头。这些在我当临时工时就挣钱添置了，唯有一件心事成天困扰着，那就是希望有一件纯毛线手工编织的毛衣，见到别人穿着时，不无羡慕地多看几眼……

母亲懂得我的心思，知青当年挣工分时，每半年会有一次工分预支，就是根据当年的收成，让社员们领取一定数目的现金，用于日常急需。那年的秋季，我也领取了 30 元，交给母亲用于为我购置毛线 1.6 磅，烟灰色，属于中高档的毛线。

母亲忙于教学事务，是没有时间亲自编织的，特地请我在当阳机械厂工作的邢姓表姐为我亲手编织，其花纹是鱼骨形圆包针法，很厚实，非常好看。我是家里第一个穿毛衣的人，令我一时风光，令我爱不释手……

回想当年，感慨不已，18 岁那年才有了属于自己的毛衣，查阅过去的照片，多张照片给予了见证，这件毛衣历经十年有余，结婚后又经过夫人多次翻新后才淘汰……

绿衣使者伴我人生

出生于 20 世纪五六十年代的人，脑海中不乏对邮递员的深深印记。在大自然万紫千红的颜色中，唯有那象征生命之色的油绿色，最早沁入我的心扉，伴随我多彩的人生旅程。

每当见到油绿色的自行车、油绿色的服装、油绿色的帆布包，油绿色的办公楼，都给人一种无比亲切之感。在那自行车稀有的岁月，邮递员一阵阵清脆的铃声，让我无比兴奋，这是带给人们希望的铃声，是给人们传递种种信息的使者。看似平平凡凡，却隐含着崇高和伟大！

回味过去的岁月，仿佛就是在对邮递员的种种期盼中不断成长成熟到成功，继而获得种种快慰和欣喜。可以说，透过一件件邮件信函的收发，一个侧面见证我人生的多姿多彩。

我永远不会忘记，早在上小学时，自从学应用文上写信课，即在老师的诱导下，挖空心思学着写信。

少年时期，我生活在乡村，其间有个表哥光荣参军了，一颗红星头上戴，革命的红旗挂两边，神圣的军装照片令人羡慕无比，也是亲戚间都非常自豪的事！给军营的表哥写信成为我的首选，贴上八分钱邮票，将信小心翼翼地放入邮筒后，就开始盼望邮递员的出现，盼望有表哥的回复。

记得那时工具书特别紧缺，我渴望得到一本《新华字典》，写信找表哥求助，信发出后真是天天盼啊，在如期收到表哥从辽宁本溪军营寄来的简装本《新华书店》后，如获至宝般，高兴了好久好久，同学们也非常羡慕，这本字典伴随我多年，直到残缺不全才放弃……

那些年，我们上学时常常会眺望乡村小道，聆听那熟悉的邮递员自行车铃声，每当邮递员来到我们学校，好多学生不约而同地围上去。当时在乡下，邮递员将大队所有信函集中投放到学校，然后由学校分发各小队优秀学生负责送到收信人家里，能接受任务的则感到无比光荣。因此，每到绿衣使者的到来，我们里里外外围着邮递员，屏住呼吸等待查阅，如果有写着我名字的信，高兴的心情无以言表……甚至捧着来信睡觉呢！真有家书抵万金的感觉！

当知青时，为了排解单调乏味的生活，与远方亲友和同学们的信函渐渐多起来，通过邮购大量的学习资料及报刊等等，传递当时的思想和劳动情况。每当签收到一件信函时，对素有鸿雁传书之美誉的邮递员都是回报以无比感激的眼神。

参加工作后，在电话还没有普及前，与父母与同学亲友等等的日常联系主要是信函，急事用电报，那种等待期盼的心情和收到信函后的喜悦，是今天人们无法体会到的。即便出差外省外地乃至到境外，我也常常是每到一地，总会以信函或明星片形式向家里报平安，也是为了集邮的需要。可以说，我的人生旅程里，一路有绿衣使者相伴，绿衣使者可亲可敬的形象无处不在。现在每当查阅整理当年珍藏的信函时，似穿越岁月时空，令人感慨万端矣！

还有与之相伴的一枚枚精美的邮票，被誉为国家名片。在不经意间，集邮也成为日常业余爱好之一。特别是每逢出差外地，总要买张当地风光明信片或写封家书寄回，即便偶尔出境，也不忘寄明信片或者写封信，极大地丰富了业余生活，陶冶了情操。

如今，各种信息瞬息万变，电子通信无处不在，各种快递也如雨后春笋般发展迅猛，但是，我对传统邮政投递信赖依赖的情感没有丝毫改变，我的投稿、汇款、稿酬、书籍、报刊、贺年卡及挂号快递等等许多重要函件证件，仍然是通过邮政提供的服务，通过邮政投递，成为我工作和生活的首选！

岁月匆匆，车轮滚滚，时代飞速向前，自行车早已退出代步工具之列，也成为邮政投递的历史。但那伴我大半人生、见证我成熟成长的叮铃铃、叮铃铃清脆而悠扬的铃声，刻骨铭心般回响在我的记忆里……

绿色，春天的颜色，那象征邮政特有的生命之绿，四季如春，令人间生机盎然！那鸿雁腾飞的图标，格外引人瞩目，给神州处处传递希望，令人心驰神往！

如果说我的人生还有些可圈可点之处的话，那么，除对知识的不懈追求之外，回首在与外界几十年的学习交往中，也融入了无数个绿衣使者的辛勤相伴！

时下，我荣幸地被宜昌市邮政部门推荐为本市全国邮政行业的两个特约监督员之一，持有国家邮政总局颁发的聘书，意味着本人与绿衣使者的情缘将会多角度全方位地不断向前延伸……

绿衣使者，希望的使者，向绿衣使者致敬！

散文相伴的日子

我在第一本个人散文随笔集《弯弯的河流》后记里曾十分坦诚地说过：我的散文随笔创作是定位在一个书法家字外功的训练手段来进行的，不经意间却深深地爱上了这种可以自由而充分宣泄个人情感的文学形式，因此一发而不可收。

中国散文学会成立 30 周年了，回首 30 年，往事历历在目，可以说是在中国散文学会的谆谆教诲下，激励我走上业余散文创作之路，是中国散文学会帮我圆了散文创作之梦。

时逢中国散文学会成立 30 年，亦是我人生最有价值的 30 年，在漫漫 30 年里，庆幸有散文一路相伴！

我出生于 20 世纪 50 年代，正当学知识的年代，却遭遇"文革"教育体制下的灭顶之灾，相对今天的人们而言，我当年就输在了人生起跑线上！当年推荐读书的形势下，我读高中的权利被无端剥夺了，作为连续效应，实质上取消了恢复高考后我报考正规大学的资格。

那是不堪回首、黑白颠倒的荒唐岁月，特别是所谓的破四旧、立四新运动，批林批孔，将中国传统文化砸得一塌糊涂，真让人们痛心疾首！遭后人唾弃！在只允许人们读"红宝书"的日子里，清醒的人们仰望苍天，欲哭无泪，两眼茫茫……结果是文化断层，形成文化荒漠……

在过去散文专业报刊少得可怜的情况下，各种政治类书籍文章充斥报纸的大半河山，我却独爱的是各级党报一周才有一期的副刊，在喧闹烦躁紧张忙碌的生活状态下，干枯的心田在一股股清泉在的滋润下惬意快慰，令人心情舒畅。因此，我当年收藏并剪贴了许多早已发黄的如《人民日报·大地》《湖北日报·东湖》及本地报纸副刊，成为日常反复学习借鉴的范本和教材，只是那时本人脑海里没有明确的散文概念而已。

十年浩劫结束后，特别是在对教育领域拨乱反正的强大洪流推进下，80年代中期，我加入到全国高等教育自学考试大军的行列，出于对中文和传统文化的喜爱，报考了湖北大学汉语言文学专业，白天工作，晚上挑灯自学，工作学习两不误，工夫不负有心人，经过三年多的奋力拼搏，竟然一路顺利获得大专文凭，成为当年宜昌地区交通系统第一个通过纯自学获得大专毕业文凭的在职职工。

在那边应考边汲取古今中外文学素养的过程中，深深地爱上了博大精深的中国传统文化，坚持一边学习，一边创作，不断有"豆腐干"见诸报刊，还试着投稿参加一些征文，我就是在中国散文学会举办的随笔日记类征文中获得优秀奖，于2002年6月被中国散文学会吸收为会员的。时隔12年，2014年又被中国散文学会东莞创作基地聘为第二批特聘作家，被观音山文学社吸收为一级会员，散文创作传略收入《中国散文家大辞典》《湖北作家辞典》和《宜昌市文艺家辞典》……面对专业学术团体的认同，精神层面一种从未有过的荣誉感、自豪感和成就感，令人无比欣慰和自豪……

十多年来，在中国散文学会会刊《散文通讯》《中国散文》到现在《中国散文报》的直接辅导下，一步步去追逐我的散文梦想，从中借鉴他人成功之路，我的散文写作水平也得到了较快的提升，日积月累，笔耕不辍，于 2010 年结集出版了个人散文随笔集《弯弯的河流》，2011 年分别被宜昌市作家协会和湖北省作家协会吸收为会员。

回想从 1991 年在《追求》杂志发表第一篇散文《山道弯弯》开始，我的散文创作一发而不可收，迄今已写成数百篇散文，其中数十篇发表和获奖。2004 年我的报告文学《大江东去唱翻坝》获得中国报纸副刊研究会年度银奖，2009 年散文《弯弯的河流》获得中国作家协会签章颁发的"长江颂"游记散文征文优秀奖，2010 年散文《船缘》入选著名作家、中国散文学会副会长兼秘书长红孩老师主编的《2010 年我最喜爱的中国散文 100 篇》，并收入《2010 中国散文经典》。此外有《蝉声相伴的日子》入选全国优秀网络作品 50 篇之列，散文《哦，那金灿灿的花儿》在"2014 中国最美油菜花海征文"中，成为 38 篇获奖散文之一，散文《情寄巴彦浩特》荣获第三届中国徐霞客游记文学三等奖，成为全国 18 名获奖者之一……

散文创作是甘苦的亦是快乐的，虽然没有丰厚的经济收入，但作为一个人的精神生活，亦充分感受到耕耘丰收后的喜悦，面对案头沉甸甸的证书，和一本本登载有自己文章的书目及辞典，更感到付出后的回报之喜悦，我深深地爱上了这种可以自由宣泄情感的文体，散文创作将成为毕生的伴侣。

几十年来，我深知，中国散文学会的及时组建和应运而生，犹如一盏屹立于散文海洋的灯塔，照亮我散文创作的航程！试想：如果没有中国散文学会的积极倡导和学会刊物的及时辅导，就没有中国散文学会同仁的强大磁场，就没有今天众多的散文刊物，就不可能激发我的散文创作激情，也就不可能有今天的散文创作收获之乐了。

我有今天的创作收获，归功于中国散文学会的及时鼓励和各种征文活动的推波助澜，将我引进散文知识的海洋之中！

我想，作为中国散文学会的一名会员，几十年的切身感受，一定程度应该可以折射出中国散文的发展轨迹和整体创作实力的极大提升。

路漫漫其修远兮，吾将上下而求索。我深知，中国散文博大精深，散文创作的路没有止境，面对古今中外几千年散文经典名作，我唯有潜心学习，孜孜不倦地学习，充分汲取前人的养分，不断消化吸收，力争在有生之年，创作出更多的优秀散文，努力为中国散文经典宝库添砖加瓦。

蝉声阵阵

夏天即将到来，我不禁想起了蝉。

那年夏季，由于抽调市政府参与某重要临时阶段性工作，让我尽情地聆听着美妙的蝉声。

天赐良机，上帝赐予我几十年来独有的机会，每天在蝉声中工作，让我尽享那绝妙蝉曲也！

回味那一幕幕美景和一曲曲天籁之音，着实令我魂牵梦萦，这段经历会永远存储在我的脑海……

我们办公室设在城郊接合部，到处是建设工地，车来车往，尘土飞扬，但我们办公地周围是一处难得的尚未开挖的自然山坡，像个孤岛似的耸立着，向人们展示着原始的地形地貌。

山坡上的灌木很茂盛，少人为破坏痕迹，于是成为夏蝉的重要栖身之处。山坡上有几处典型传统农舍，掩映于树木之间，白墙黛瓦，时而炊烟袅袅，亦有"白云生处有人家"之意境，与大自然和谐相处相得益彰，令我等久居闹市者羡慕不已。

我们办公室的窗户与山坡相对，相距不足十米，青翠欲滴的各种植物十分养眼，可以闻到山坡树木植物散发的芬芳，似有提神醒脑开胃健脾之功效，不时还有几声鸟鸣声掺杂其中和翩翩起舞的蝴蝶蜻蜓映入眼帘……我常常出神地静静地欣赏这美丽的大自然，那种种世尘烦恼在一曲接着一曲的蝉声中抛到九霄云外。

时逢火热的激情夏日，季节令山坡显得更加生机勃勃，特别是蝉的加盟，令人感叹这些小精灵们，我静静地一遍又一遍享受着这天籁之音，是那样让我如痴如醉！

我察觉到蝉的鸣叫很有规律，似训练有素，每一次鸣叫之间间隔不到两分钟，每次鸣叫时间也在两分钟之间，这样无休止地一阵接着一阵，一直到傍晚时分才歇息，似自然界献给七彩夏日的咏叹调。

从鸣叫声中判断，蝉也有不同品种，有的嘹亮高昂，有的则低吟浅唱，听不出是谁带头谁压后，谁是雌声谁是雄声，像有人指挥的乐团一般，彰显出低声部高声部整齐韵律，令人称奇也！

蝉的鸣叫非常悦耳，且严格遵守作息时间，无论有人在欣赏或者没有人在意，无论人类是否喜欢，它都把每一曲演绎得非常完美，尽情地有规律地演唱着，可谓不以物喜，不以己悲是也！

蝉特别喜欢高温和阳光，每当晴天丽日，蝉声阵阵，不绝于耳；那么雨天里，则偶尔有些稀疏的蝉声，但远无晴天的气势。

我常常独自循声眺望，不知蝉在哪些树杈间，只有满目的郁郁葱葱和大自然和谐音符交相辉映，可谓既养眼又养心还悦耳。

火热的夏日里，蝉一直不知疲倦地用轻快而舒畅的声调，不用任何中、西乐器伴奏，为人们高唱一曲又一曲轻快的蝉歌，像汩汩流淌在心灵间的清泉，滋润着人们烦躁下的炎炎酷暑，为大自然增添了浓浓的情意，难怪人们称它为"昆虫音乐家""大自然的歌手"呢！

在一阵一阵的蝉声中，我的思绪飞回到金色童年，回想那梦幻般的岁月。

在乡村长大的我，童年时期就与这小小的精灵结下不解之缘，乡村生活枯燥无味，也没有条件像城市孩子玩那些工厂造的玩具，但我们这些小子们，偏偏与蝉过不去，常常以捉蝉为乐，方法有许多种，常用的是用一竹竿，顶端抹上带露水有黏性的蜘蛛丝网，悄悄地去粘蝉，或在竹竿顶端上用细丝线打个活动结去悄悄地套，偶尔失手漏网的蝉会一声惊叫远远飞离……粘下的套住的蝉大多被我们玩去了性命，现在想起来心中不乏隐隐惭愧和不安……

我不是昆虫学家，没有研究过蝉生命的起源，但蝉无疑是我儿时的伙伴，蝉曾经给我带来少年乡村岁月难以忘怀的欢乐！

我特别欣赏蝉一生不求索取的秉性。蝉毫无保留地把短暂的一生献给了人类，蝉蜕具有药用价值，能医治许多常见疾病。小时候并不知道它能给人类治疗什么疾病，只知道蝉蜕是可以换钱的，好像是两分钱一个吧，可以用换来的钱买小人书和书本糖果什么的，因此我们在初秋里去树枝上或草丛里寻找那金黄金黄的蝉蜕，然后去中药铺卖钱呢……

自古以来，人们从仿生学角度，把蝉的脱壳生理现象运用到军事领域，作为一种战术一直沿用至今，"金蝉脱壳"又成为日常使用的成语；也因为蝉对人类的特殊奉献，蝉也是古今文人笔下和画中的常用素材之一，在作家画家的作品中得到了永生。

听蝉声，悟禅意。我感到"蝉"即"禅"，都是遵循着上帝的旨意。那么，如果我们怀有一颗宁静的心，质朴无瑕，回归大自然，返璞归真，淡化功名，一切随缘，这便是参透人生，这大概就是我心中的禅意吧！

"禅"有时如山中的清泉，它可以洗涤心灵的尘埃；"禅"又如天上的白云，让思绪漂流四方，任云团逍遥宇宙。

有幸多年后在激情夏日里与蝉再次邂逅，在阵阵蝉声中体验诗意般的日子，连同童年的蝉声蝉事，"蝉"必将会更加完美地储存在我的脑海……

心灵鸡汤

视听怪癖

曾几何时,媒体广告泛滥,令人十分讨厌与无奈!本文所言广告还不包括电杆"牛皮癣"、楼道里的广告、车辆上散发的广告,走在路上被强行塞入手中的广告等等。

自从家中安装了宽带电视,给日常收看自己喜爱的节目带来极大的方便,同时也悄悄地改变了收看电视的习惯,甚至渐渐产生了一些收视怪癖,有些是属于逼出来的。

譬如,对我最喜爱央视文艺频道的《民歌中国》和《风华国乐》栏目,除去少量不对路之外,绝大多数都欣赏了多次,有效地提升了自己对民族音乐知识方面的学习与了解,增强了对各少数民族的民歌民乐方面的整体印象,对央视开辟专门频道展示优秀民歌民乐等传统文化表示由衷的钦佩。

但久而久之,也滋生了一些怪癖,后来渐渐克制自己,一般不在第一时间收看,采取隔日看或隔时看。原因很简单,是为了回避过滤一些令人生厌的商业广告。

几个商业广告天天时时反反复复播来播去的,弄几个所谓的名人或在哪儿搔首弄姿生硬表演,真令人视觉听觉反复污染,影响欣赏情绪,让人大倒胃口,被逼无奈才想出新招。因为隔时看即以快进方式将广告过滤掉,可以节省许多宝贵时间,把有限的时间留在对好节目反复欣赏之中!

在对付收音机纯听觉污染时,方法就没有这么简单,甚至一点办法也没有。

面对每天定时播出的什么车辆保险广告，药品、保健品、白酒、花露水喋喋不休的广告等等，也真让人听得耳朵都起茧的！可当前还没有可以回放或快进功能的收音机，对此唯有拒听！

如果在公共场所，自己没有主动权，也不可能做到充耳不闻，那么唯一有效的办法是带上 MP3 或启动手机播放功能，插上耳机，在那个无法回避的特定时间段，播放一段自己喜欢的音乐。由收音机里面的无聊广告无休止地反复聒噪去吧！

对此，本人建议媒体在全国范围做一次民意调查，看有多少人原意看和听无休止的广告插播；强烈建议对同一广告播出时间和次数做出限定，建议各媒体创建专门的广告（频道）栏目，有广告需求的人到特制的广告频道发布或接受信息。如此插播行为，强迫他人被动接受，此举与强奸民意无异！

行文至此，我还非常佩服许多朋友的承受力和容忍力……还有那些满天飞的纸媒广告浪费多少国家的资源，这个账不知有没有经济学家算过？

何日才能还民耳根清净？何时才没有被动的视听污染？我亦期盼着。

低俗演艺何时休

经常出门乘坐旅游车的朋友大概会有同感，大巴车上总会播放一些格调低俗的 DVD 片。从内容上，有的是警匪枪战片，有的是刀枪不入飞檐走壁打打杀杀的功夫片，有的属打黄色擦边球的低级庸俗类演艺节目，当然还有不少喋喋不休的医疗和保健药品广告片……

每当碰到这些不想听的不想看的，会严重影响旅途心情，让人置身无可奈何的噪音污染和视觉污染之中，这种纯属强迫乘客接受的娱乐形式实在令人心烦甚至讨厌！

特别是那种美其名曰大众文艺或者"草根文艺"类录像，实则低俗，与某些夜总会的媚态、霪笑、尖叫、调情一脉相承，场面乌烟瘴气，好端端的民歌歌词被篡改得一塌糊涂，有的属于政治原则问题，有的属于低级趣味，有的模仿秀极尽丑化伟人名人之形象……整个过程就是喧哗、煽情、挑逗、调侃、打黄色擦边球等等，这种低俗不堪的视听垃圾归谁管？还制成 DVD 扩大影响，腐蚀毒害人们的心灵。

为什么在旅游车上不能播放一些有益人们身心健康的 DVD 呢？如反映地方特色的风光片，传播有关旅行知识，介绍当地历史沿革及风土人情等等。比如我们前不久在清江旅游时，船上播放的 CCTV 在长阳举办的"山歌好比清江水"飙歌会，既介绍了土家族风土人情，又饱览了清江库区风光，还欣赏了名家们的演唱，让人得到美的享受；前几年去新疆时，旅游车一路都是播放反映新疆风土人情的歌舞节目，影视环境的烘托，使人仿佛置身其间，让人久久难忘……

也可以学习借鉴航班的做法，在乘客座位上设置耳机，愿意听则戴上耳机，否则可以置之不理，充分尊重乘客选择视听的权利。

这种事儿归哪儿管呢？是否需要立法？是文化管理部门还是旅游监管部门？又如何形成管理合力？成为本人一直在思索的问题……

何时才能还旅客旅途以清静？何时才能有雅俗共赏的旅途文艺生活？何时才能有自由选择视听的权利？我期待着并拭目以待！

期望不久的将来外出旅途中会有好的心情相伴。

堪忧的病房

·

母亲突然离去三年了，留下年老而孤独的父亲，令我们做儿女的十分牵挂。

父亲年逾八旬，各种器官开始衰退，身体抵抗能力急剧下降，使有些疾病不请自到，加上自身缺乏保健方面的知识，使有些本不该发展成疾病的症状突然冒了出来，常常令我们手足无措。

前几天回家探视父亲时，父亲向我说起臀部右侧肌肉里面长了个肿块，如鸡蛋大小，触摸时可滑动并有痛感，我们当即要求尽快到医院检查。经过几个医院诊断为坐骨结节囊肿，一致认为需要手术摘除。我上网查阅过相关资料，这对年轻人属于门诊小手术，对上了年纪的父亲而言，就必须高度重视，我们一致赞同：就近本地医院手术摘除。

时值盛夏，天气十分炎热，面对手术预约期临近，我只能告假回家陪护，并敦促几个妹妹们白天轮流看护，我与妹夫换着值夜班，各尽其能，尽应尽之责，可到医院实地一看，病房条件实在不敢恭维！

一个病房里都是外科且是骨科患者（多为交通事故手术的康复病人），八人一间，正规的病房设施几乎没有，与护士通讯全靠人喊叫，且没有卫生间，男女混杂，加上陪护人员，人满为患，洗漱不便，入厕更不便，那些骨折病人行走困难，无论男女，只能用屏风象征性遮挡一下，就在病房解决内急，实在不雅观矣！

晚上加上陪护到处是床，昏暗的灯光下，到处睡的是人，最难以接受是鼾声四起，夹杂梦话及疼痛呻吟声。感到这儿病房的夜晚，如同20世纪七八十年代乘坐普通客轮五等舱散席般的感受，这种大杂居的环境，实在令我难以入眠，我和衣躺在小小的行军床上翻来覆去，睁着眼睛盼天亮……

平生第一次面对此情此景，我的思绪无法安宁。当今经济高速发展，生活水平日益提高，没有想到县城一级的医院还有如此简陋的病房！可见医疗条件远远跟不上人们的需求……

再则，陪护方面也大有文章可做。从手术室到病房有几百米距离，术后全靠家属推到指定地点，问题是道路也不平坦，搬运病人车辆轮子经过抛光的大理石地面尚可，可到普通道路甚感颠簸，好在刚下手术，麻药尚未失效，好在当日是晴天，否则术后病人真难以承受的……

谁也不愿意生病，谁也不希望住院，这就难怪人们都涌向大都市求医了……

当日夜晚，我无法入睡，独自到走道踱步，在昏暗的灯光下，理性地思索在医院陪护父亲的切身感受，概括如下医院外科病房之感：

男女混居，鼾声四起，呻吟不绝，异味扑鼻，病房简陋，名实差距，唯一硬件，仅有电梯，改善条件，当务之急，和衣而躺，汗渍裹衣，一次体验，终身记忆，下次有疾，必选他地。

看眼前的父亲手术住院，必然联想到自己的将来。现在我们有姊妹几个，可以轮流看护父亲，我的下一代是独苗苗，又远在外地，将来该如何面对我们的疾病？将来女儿负担得了吗？现在医院的护理都是家庭自助式，并没有走向社会呢！当前放开计划生育，可以生育两胎，对我们可谓迟来的爱。当年我们响应国家号召，可养老问题特别是大病住院谁来陪护呢？从目前的情况而言，从社会保障角度，尚无明显的信号。

每当看到大小城市房地产业十分火爆，且多为泡沫，老百姓买不起，空在那儿，浪费巨大，为什么就不能将有限的资金引导到公益事业，特别是各级医疗保障，现在无论去哪个医院都是门庭若市，看病难、看病贵、住院不方便依然没有得到根本的改变。

再则，目前就业难，医院护工又多是没有经过训练的临时人员，何不扩大医院护理人员数量，用经过正规培训的护理人员，使家属更放心，明确合理的收费，这方面也大有文章可做！

普通老百姓啥时才能在家门口享受较好的医疗服务？殊不知病人是最需要人们关爱的弱势群体，对此，我忧心忡忡，唯有默默地祈祷并翘首以待！

一夜到秋

曾几何时，宜昌的季节变幻莫测。

前几天还是骄阳似火，可经过几天的秋风秋雨，马路上落叶纷纷，人们紧急添衣加被，心境也在一片慌乱之中，就匆匆送走了炎炎夏日，迎接着又一个秋天回到大地，让世间万物沐浴浓浓秋色了。

大雁南飞，层林尽染，秋月高悬。金色的阳光，金色的柑橘，金灿灿的稻谷，殊不知那秋高气爽的秋景既让人欢喜还让人忧愁呢！

在不经意间，秋天真的来了，那么冬天也会接踵而至，一年就这么在季节的更替中滑过去了么？人生的这梦那梦似乎还没有圆呢，何时是圆梦之日？何时是梦醒时分？我只能默默惆怅罢了……

广袤的大地是最坦诚的，从皑皑白雪里带着一冬的梦想醒来，在春风春雨中孕育万物，在火热激情的夏季里快速成长，在金秋时节还人以收获回报……周而复始，不知疲倦，从不厌倦，从不懈怠。

人类也莫不如此，上帝将生命降临人间，襁褓中牙牙学语，童年期怀揣梦想，青春期尽情挥洒，壮年期争强好胜……身披种种光环，走向人生收获的秋天，然后是静静地回味人生。成功乎？失败乎？丰收乎？歉收乎？呜呼哀哉！都要容纳！

无可奈何，渐进暮年，宠辱俱忘，一身轻松，待风烛残年之时，接力棒托付给下一代……

其实，秋景是一年中最灿烂的景色，气候宜人，秋高气爽，金色的大地处处是丰收的景象，沉甸甸的果实令人无比陶醉……

是我悲秋么？乃入秋随想是也！

暑假感怀

　　最让人发感慨的是一年一度的暑假。每到此时，总是要联想到自己的暑假，遗憾的是：我属于同龄人中享受暑假最少的人之一，少的几乎让今天的人们难以置信，因为不到 15 岁即被永远剥夺继续上学享受暑假的权力了，尽管那个年代还没有旅游观光的经济来源，加上频繁的政治运动和所谓"资产阶级生活方式"的帽子，束缚得人们不敢旅游也消费不起，每每想起那种苦难岁月就心酸也……

　　工作后，由于少年留下的心疼，对身边的人愉快享受暑假，参加各类夏令营活动，也总是投以无比羡慕的眼光和心态。

　　20 世纪 90 年代开始，国家实行带薪休假制度，可制度执行并不严格，对许多人来说有名无实，我们大多在不停的奋进拼搏和工作责任中，在不停的加班加点和奉献精神中，日复一日，年复一年，默默送走一个又一个春夏秋冬，可怜绝大多数人的年休假形同虚设。

　　我经常设想，如果我有暑假，也会不甘示弱，邀上三五情投意合者，或参与某个主题考察，或舟楫或飞行或自驾，或探亲，或访友，或观光，每年选择一条线路，每年确定一个主题，常言道：读万卷书，行万里路，百闻不如一见！在有生之年游览名山大川，再去国外领略异国风情，似乎才不枉来人世一趟矣！

　　暑假是我的心疼！成为永远无法弥补的伤痕。当下只能祈祷健康退休，在夕阳晚霞的伴随下，去追赶失去的岁月，才能从心灵上得到一丝慰藉，稍稍弥补暑假太短暂的遗憾……

七月流火，激情燃烧，酷暑难耐，如果能到清凉之地休假一段时间，呼吸下山野里的新鲜空气，松弛一下疲惫的身心，不失为人生一件美事！

亲友中不乏从事教育工作能享受暑假者，他们可以自由支配时间，可以早早选定暑假的旅游目的地。从暑假归来的聚会中的，从不少能尽情享受暑假的博友博客里、微信朋友圈里，都可以充分感受到暑假的无比诱惑，撩拨得心里痒痒的，对此，除了羡慕就是隐隐的嫉妒……

本人认为，当今能真正享受暑假者，除了传道授解惑的人类灵魂工程师，再就是天之骄子、国家未来之栋梁也！

在此真诚祝福能享受暑假的朋友！

体验麻醉（外一篇）

麻醉的感觉是什么？这是小时候多次猜想过的，以为就是睡着的感觉。

到了真正要经历时，才觉得这不是什么享受，纯属不得已而为之的医疗辅助手段。

当年看战争影片时，那些战斗英雄在没有麻药的情况下取子弹，疼得撕心裂肺，印象极为深刻。

和平时期，麻药在医疗方面应用广泛，麻醉师是受人尊敬的技术活。在我半个世纪的人生历程中，经历了四次麻醉体验。

最近的一次是 2014 年深秋，本来是因为心脏疾病住院检查治疗，在家人要求下，顺便对日益增长的眼袋做个小手术，可这儿皮薄肌肉少，神经多，医生打麻药，尽量减少病人疼痛，两个多小时的手术，要经历数次麻药呢，因为是局部麻醉，自己头脑清醒，每当麻药效力随时间流失，切除和缝合时生生的疼痛，受不了就追加麻药，如此反复十余次，感到太疼了，决定再不做类似手术了……

再是拔牙时局部麻醉。牙痛不是病，痛起来真要命！更要命的是还不能吃东西，人病了都难受，但疼痛病令人更加难受。

2012 年下半年，隔三岔五的闹起了牙痛，切身感受到什么是牙痛。甲硝唑等相关药物吃了不少，可就是治标不治本，每每见到美味佳肴，只能眼睁睁羡慕别人的口福，忍着疼痛用半边牙齿吃东西太不方便了。

去牙科医院一检查，方知是智齿发炎作怪，只能拔除，没有药物能够解决……

提起拔牙，我不禁冒出冷汗，想起电视小品中的拔牙，便退避三舍，迅疾从医院逃了出来，又坚持了几个月，痛时即用药物对付一下，钱也花了不少，还要承受甲硝唑可怕的副作用，一次无意中酒后服药，差点把苦胆吐出来，上网一查，方知是该药的禁忌之一。

牙痛再次复发，严重影响到饮食和情绪，朋友们都劝说，与其长痛不如短痛，无奈下决心主动到牙科医院，自投罗网，束手就擒。麻药的作用，使半边嘴吧木然，躺在牙医专用工作台上，任由牙医宰割是也。一股股混合液体一次次从口腔流出，那个难受程度比牙痛更甚！这就是短痛的滋味吧！

从清洁牙齿到打麻药到拔牙至缝合，经历一个多小时，伴随我多年的牙齿与我分离了……甚感悲戚矣，我小心翼翼地将其擦净收藏。接着将是几天的输液消炎，一周后去拆线。

约两个小时麻药才完全失效，嘴吧是有知觉了，可创面的疼痛伴随而来……

第三次是全身麻醉，做胆囊切除术，几个小时的记忆空白，醒来后面对的是肚皮上已经缝合的伤口。

记得第一次麻醉手术时，身体状如牛，刚刚18岁，血气方刚啊！是在当知青时期，中午打篮球时，一个跳跃投篮，脚掌被倒立的破玻璃瓶子致伤，血流如注，当地卫生室没有办法，简单包扎后，好友用板车拉着我，跑步到野战部队医院处置，由于在农村都是赤脚劳动，导致脚皮特别厚，缝合时打的麻药随流血流掉了，相当于在没有用麻药的情况下缝合，那生生痛得大汗如雨，眼冒金星，险些昏厥，记忆太深刻了。

四次手术，时间跨度大，身体状况不一样，感受也大相径庭。凡事真切体会了，才会真正理解！

漫漫人生，经历种种，人吃五谷杂粮，怎么会没有病？特别是当今的空气质量又差，还有饮水污染，加上垃圾食品之多，稍有不慎就会生出这样那样的病来，每当病中康复，就格外珍惜当下的生活，坚持健康生活是第一的追求，唯有身体是自己的，其他都是身外之物……

病中吟

是啊！人吃五谷杂粮，岂能不生病？

亦有人说，经常感冒一下对身体有好处，可以定期排毒云云。

那么不经意间，上帝又让我享受了一次从精神到身体的彻底排毒。

一周来，头昏脑涨，口舌生疮，四肢无力，精神不振，没有食欲，瞌睡，流鼻涕，打喷嚏，连鼻孔出的气都是热的，眼珠子都是疼的……

茶饭不思，神情恍惚，坐卧不安，全身的每根神经都闹别扭了，仿佛世界已经不在我的心中，我与世界没有任何关联……

这种滋味实在难受极了！是阎王爷召唤不成？似有度日如年、生死煎熬一样难受矣！

在恍恍惚惚之中，只有胡思乱想一通。

本命虽薄，历经打拼，集半个世纪日月风霜雨雪雷电之洗练，已非当年之贱体；洞悉世态人生，察观各色人群，博览文史经典，时有拙作面世，要么表达观点，要么表示沉默；言多必失，沉默是金！

回首望：恍恍日渐西沉，往日混浊逐清，往日疑惑渐明，圣人先哲是标杆，悟道之事靠自身，无需旁人点迷津……

朝前行：身体健康是根本，子女之事由自身，尽忠尽孝是天性，否则无颜告祖训；亲朋世交要珍惜，上帝安排是缘分；不与他人论高低，不与他人比金银，本职工作当尽力，交办事项当尽心；淡泊名利做学问，功名利禄化烟尘，我笔写我心，我书抒我情！学习老庄精气神！

病中杂感，胡言乱语，且思且记，不知所言。

我心飞翔

秋高气爽，晴空万里，荆楚大地，一望无际，动车如飞，目不暇接，武汉宜昌，犹如邻居。

中秋之际，我有幸乘坐动车穿越这富饶美丽的荆楚原野，江汉平原处处呈现出丰收的景色，让人感慨无限。面对如梦如幻飞逝的美景，勾起对荆楚交通巨变的回忆。

作为交通人，我见证了时代前进的步伐，见证了交通的翻天覆地变化，见证了交通的日新月异。许多的变化于我而言，可谓耳闻目睹或参与经历。

20年前，宜昌至武汉需要七八小时，一辆老式客车，一路颠簸摇晃，中途还要下车吃饭，赶到武汉已是找旅店的时分，旅途劳累筋疲力尽，一天的任务就是赶路，办完事后回来也是一样的过程。

当年由于种种条件的限制，能有条件到武汉玩耍的人寥寥无几，一是赔不起时间，二是外出旅游对普通老百姓还是奢望，刚刚解决温饱的人们口袋里也没有多余的钱来旅游观光。因此，无论于公于私，去一趟武汉就像过年似的。去过武汉的人则对没有去过的人则是炫耀一番，让人羡慕有加！我想那感觉就像当今出国一样吧?!

20世纪80年代末，在改革开放的春风劲吹之际，宜昌借三峡开发之机遇，饱受交通闭塞之苦的人们，以砸锅卖铁的决心和勇气，开始兴建三峡机场和汉宜高速公路。几项重大建设项目都在 90 年代中期全面建成。时任国务院总理李鹏为通车剪彩，宜昌交通发生了划时代的变化，由此极大地改善了人们出行，由过去七八个小时的车程一下子缩短至四小时，使原来偏远的宜昌得以与大都市的亲近，极大地改变了人们的观念，让世界了解宜昌，让宜昌走向世界变为现实，宜昌经济也随着高速公路的开通而实现高速发展。

进入 21 世纪，宜昌开始进入高铁建设时期，使宜昌的铁路由 20 世纪 70 年代的盲肠型向内陆枢纽通道型转变。特别是 2011 年 7 月 1 日，是荆楚儿女永远铭记的日子，人们期盼多年的汉宜城际高铁建成开通，使高速公路的车程四小时又一次缩短至两小时，宜昌市与省会武汉的联系再一次发生飞越式跨越，汉宜之间一条巨龙紧密相连，使宜昌武汉更加亲密无间，特别是动车以其安全正点、舒适快捷和空勤似的服务特点，深受人们青睐，成为当今人们出行的首选！现在每天往返武汉宜昌的旅客达到近两万人次，其远期巨大的综合效益无法估量！使宜昌在全省全国的地位快速提升！

作为一个交通现代化的见证人，特别是一个亲身参与的交通人，对交通现代化带来的国民经济和社会发展等等一系列巨大变化，无不感到兴奋和自豪，无不感慨万千！是时代赋予我们的历史使命，是历史将改天换地的重托交给我们！特别是本人有幸参与到迎接东站开通动车的专项整治工作办公室，再次目睹了现代交通带给人们的极大方便，亲眼感受到人们从这儿出发又从这儿回来的由衷喜悦……

动车似一条条巨龙昂首向前，载着人们对于美好未来的憧憬，飞驰在美丽富饶的江汉平原，给荆楚大地平添无限生机与活力……

知道我在想你吗

咱家的宠物犬欢欢于 8 月 31 日深夜不辞而别，就在我的生日后一日，是有意为之么？令人心情十分低落，寝食难安，夜不能寐，心中沉甸甸的。几天来，一直沉浸对欢欢的回忆中……

回想欢欢的出生，从幼狗到成年，从拳头般大到现在的几十斤，一系列的呵护，送宠物医院治病，外出时寄存宠物店，定期去清洁洗澡，买狗粮，从餐馆带回可口的食物，在家与之做游戏，还有遛狗带来的种种乐趣……同时作为空巢家庭，欢欢也成为日常生活的伴侣与心灵寄托，成为外出时的牵挂之一。

欢欢属于博美犬类的杂交品种，雄性，谷黄色，毛密而长，性格活泼好动，喜欢与人亲近，但由于近年工作繁忙，业余时间有限，多有怠慢之处，没有空闲带其溜达，想起实在不安……你出走的晚上只吃了个核桃，可出去之后，就没有归来，深夜寻找未果。是什么巨大的诱惑，让你义无反顾呢？是同类异性吸引，还是人为挟持？是出了车祸，还是什么原因？找不到答案……

欢欢伴随我们十余年了，近 4000 个日日夜夜，曾给我们家带来许许多多难忘的时光，作为日常极富生活情趣的创作素材，为它摄影拍照，还写过多篇与之相关的随笔札记，如《狗小胆大》《小狗趣事》《狗通人心》等等。

下雨了，天凉了，欢欢在外好吗？还在世间吗？你留在家里的气息在悄悄消散，再也听不到你熟悉的叫声了，保存着你未有

吃完的干粮，每天都在想你，查阅你的照片，观察房前屋后，是否有你的身影出现，

我们一家都同你一个属相，想起这些年养犬的经历，让人心中不安，这种离别方式更让人接受不了，心中时而隐隐作痛，狗通人心，情感相连，历历往事，挥之不去，为了再不受这种折磨，今后再也不养狗了……欢欢的身影趣事将永远储存在我的心中！

期望奇迹出现，某一天，欢欢会回到我们的身边。

特别是有关资料介绍，也听有关朋友讲起，宠物犬到极限年龄时，会自我结束生命，不让主人知道……我的心就更加难受了，狗是人类的朋友，忠诚于主人，体谅主人，即便是生命的最后也替主人着想，每想到这儿，内心就特别的难受。近来欢欢的确有些老态龙钟、行动不便的迹象，真是这样么？

如今，凡是与欢欢类似的宠物犬，我会多看几眼，欢欢的照片我会永久保存。

为欢欢的平安祈祷……

狗通人心

狗不嫌家贫、狗通人心，这是人们长期在对狗的认知中总结出来的，非常经典，非常精辟，我亦早有所闻，可谓尽人皆知。

狗是人类忠实的朋友，狗与人之间发生的种种趣事不时刊登在一些媒体便是例证。

几天来，我们家突然陷入对宠物狗的深深眷恋与忧思之中，时隔十天了，今天父亲在第一时间来电，以报喜讯的口吻，告知"波波"今晨自己回来了。啊！令我喜出望外的讯息，我心头一块石头落地了，全家似乎都从那种无法言传的人狗情感纽带里解脱出来。

事情是这样的具有戏剧性。养了12年的雌性京巴狗波波因故寄放在老家，那天接到母亲电话告知，波波随父亲外出后走失，找了多日未果，才给我们通报，我的心情也随之低沉多日，总在思念波波在的那些日子，沉浸对波波的回忆之中。

波波是2000年本院朱姓朋友相赠，当年女儿上高中，我们全家同一个属相，属犬，因此特别想有一只宠物狗，朱兄喂养的母狗生下小狗后，就送一只成全了我们。

女儿读书那些年，特别是下晚自习后，我就带着小狗去公交车站接女儿，一路蹦蹦跳跳，充满欢乐，久而久之，灵性特强的狗，成为独生子女家庭小孩的玩伴，一家人围着小狗闹腾着，为其洗澡、喂食、看病、照相，与有狗人家交流养狗经验等等，给家里平添不少乐趣，留下许多值得回味的时光。

同时它还担负起看家护院的职责，因为刚刚搬来时，小偷曾经深夜光顾过我家，一家人的性命都在小偷之手呢！令我们物资和精神损失都很大，好久都走不出小偷进屋的那种阴影。为此，我设想过许多防范小偷的措施，加上那时也没有监控设施，我想到了嗅觉灵敏的狗，养狗之后，家里再没有小偷光顾过，小狗也成为家中的一名特殊成员……

后来小狗生了狗崽，小狗崽长大后太闹，影响邻居们的安静生活，不得已将波波送回老家寄养，我们定时回去探望，随着时间推移，感情也渐渐有所疏远，但内心深处总是有波波的位置。

小狗波波的突然失踪，令我一下子不能接受，且死不见尸首，难道出车祸了？或者被人吃了……心中郁闷极了。现在知道回来了，可想它在外流浪十个日日夜夜，一定受了不少苦，一定是饥肠辘辘，受过许多惊吓，四处搜寻曾经的家……可惜我不懂得狗狗的语言，它肯定心中也有许多的埋怨委屈甚至难言之隐……

据资料记载，一般狗狗的寿命都在十年以上，但如果对狗狗的生活环境和生活条件比较注意的话，狗狗的寿命大约能到14—15 年，有些甚至可达 20 年以上，历史上有记载的最高年龄是 34 岁。而且京巴狗的寿命要比普通狗狗的平均寿命稍长一些，在 17 岁左右。

狗不嫌家贫，对主人无限忠诚。小狗在茫茫人海中，历经千辛万苦，终于自己找回来了，及时解除了我心中的郁结，令我感到宽慰。

几天来，我一直有预感，总觉得小狗还在人世，有朝一日会回来的。非常庆幸的是，我还没有将波波丢失的信息告知远在大洋彼岸的女儿，否则会让女儿也跟着牵挂伤心……

　　未来的岁月里，我们会小心翼翼倍加呵护，让波波寿终正寝，自然享尽它的一生，再也不能人为让它丢失了，不负它带给我们的欢乐时光。

猫趣种种

近来，一直想写篇关于我家猫咪的文章。前几天碰巧从 2014 年 6 月 19 日《文学报》"作家生活"栏目中，阅读了古滕客先生《文人爱猫》的文章，感触颇深，可谓产生了共鸣。

文章从剧作家夏衍在"文革"前养过一只猫，后来因"文革"落难，被捕后在牢狱之中度过数年，可这只猫仍然活着，只是渐渐年老力衰，靠昏睡度日，乃至奄奄一息。

待夏衍洗清罪名回到家中，这只老猫看见主人回来，兴奋异常，围着数年不见的夏衍"喵喵"直叫，一改老态。此后的数日，这只猫不吃不喝，溘然归去。令人动容！

或者这只猫是在一直等着夏衍，直到亲见主人回来，才结束生命。猫之有情，令人闻之怅然。

文学家丰子恺曾经照过这样一张照片，他身穿长袍，架一副黑框眼镜，戴一顶黑色方帽，而方帽上竟蹲着一只乖巧的黄色小猫，可见丰子恺先生的爱猫之情。

周作人一直惦记着要写一篇猫的文字，与俞平伯的书信中专门言及此事，后来写下了散文《赋得猫》。

季羡林爱猫，也许是文人中最厉害的。他养了两只白色波斯猫，眼睛一蓝一黄。在燕园中散步，两只猫就跟在他身后，亦步亦趋，成为燕园的一道风景线。

诺贝尔文学奖得主莫言早年养的一只猫，颇有离奇经历，因为猫偷鸡吃的缘故，祖母让人用麻袋把猫带到了离家三百里的外地。十七天后的一个雨天，那只猫竟然回来了。它遍身泥巴，雨湿猫身更显得瘦骨嶙峋。四只小猫与老猫亲热成了一团。家里人看着猫儿女与猫母生死别离又重逢的情景，委实有点动人……

联想到自己与猫的种种情感，虽然知名度与上述著名文人相距十万八千里，其社会关注度也不能同日而语，但本人与猫的感情，亦有过之而无不及。

都说文人爱猫，当年我养猫纯属偶然。

多年前养猫的经历深深地记在脑海，一次从菜市场路过，见一农妇卖小猫，我好奇地看看，毛色纯白，两只耳朵和背部夹杂三朵黑花，是一只漂亮可爱公花猫，当即不假思索以十元钱买回家。当时女儿还是小学生，也是为了让女儿观察小猫的生活习性，有利于写作文。

当年没有现在方便，没有专门的宠物店，也就没有专门的猫饲料，更没有快递送货行业。我必须隔三岔五去菜市场买小鱼，煤炉上搁置铁板将小鱼炕熟后放置冰箱，掺和其他饲料给猫吃。小猫长得非常乖巧，猫见我临帖写字，便守候我书案边，不时用爪子去抢我毛笔，煞是令人开心。

单位同事见我喜爱猫咪，他家喂养的金狮猫下崽后送我一只公猫，漂亮是漂亮，可能是近亲繁殖使然，没有本地家猫机灵，甚至有些憨，不听驯化，随地大小便，加上两只猫实在有些照顾不过来，不久将金狮猫转送别人了。

本人虽然从小在农村长大，小时候猫却不在我的眼里，心中也没有它的位置，不太懂得家猫习性。一次开门时不小心猫一跃而出，发情期到外面寻配偶去了，开始几次还回来，久而久之便离家出走，至今下落不明……

女儿长大了，已外出求学多年，家里寂静了，加上住一楼，不时有老鼠找上门来，用灭鼠药物和器械等等捕杀，可不能穷尽，令人防不胜防。后来得知，许多家养猫了，老鼠无处藏身，便到没有猫的家里来，我此时才想起了老鼠的天敌——猫。

正在我想养猫的时候，一天夜晚回家时，黑暗中见一只比拳头大点的狸花小花猫闯进我的视野，似上帝安排？我将其收养。大自然真是一物降一物，小猫尽职尽责，可谓猫进鼠退，我还几次亲眼见到猫捕鼠的瞬间，为其拍照纪念，家里也因为猫的加盟，充满了生机，也充满了欢乐。

我家的猫非常恋主人，嗅觉特别灵敏，是我津津乐道的。每天下班，还没有见到我或听到我的声音，猫便知道我回来了，它会在家中一声接着一声地喵喵叫，我则及时回应，它立即蹲守在家门口，等待我用钥匙开门，那种亲热劲着实令人感动。我没有坐下时，便用身子和尾巴在我腿部绕来绕去，只要我一坐下，便纵身跃到我的腿上或腹部要我抱着，温顺地让我抚摸，我也乘机给猫修剪指甲……

狸花猫与我们共同生活五年之久，由于我们对猫生理方面缺少了解，终是挣脱外出不归，心理失落了好久好久……

我感到，养猫对于空巢的家庭而言，是一种较好的心灵慰藉，无事可以对猫讲话，特别是在伏案工作久了困乏时，可以在逗猫取乐中调节疲惫的身心。猫也善解人意，常常表演迎合人类，或独自兴奋地玩橡皮筋，或用灵敏的小爪子捕飞蛾抓蚊虫，或原地转圆圈玩抓自己尾巴游戏，还有时表现出极度的慵懒姿态、五体投地趴在地板上，令人一时开心不已。

猫的习性无法人为改变，在养猫带来乐趣的同时，也有其负面结果，家里的沙发全部被它用爪子抓坏，亦令人心疼。每当春天发情时，渴望与外界野猫交配，其叫声常常夜半将人吵醒。夏天临近，是猫换毛的时候，家里不时有猫毛散落，偶尔也有随地小便的毛病。

猫爱独处的习性，使其有时择环境。有次过年时，为了将猫带回老家，我特地买了专用宠物箱包，可面对新的环境和陌生人，猫一时不习惯，躲进衣柜不出来，不吃不喝，令人着急……

我由衷地感到，养猫咪的乐趣很多，最为重要的，并不是猫与人情感相通的那份陪伴，相互间的依赖和某种牵挂，而是猫的性格、特征，曾在我文思枯竭时唤起创作灵感。

未了宠物情

　　一直有文人爱猫之说。

　　命运的阴差阳错，铸就了我与文字的不解情缘，一生为一文一字费尽了心血，不过属于八小时之外的爱好，远不能与专业文学艺术工作者相提并论的。

　　在攻读文凭时，选择了汉语言文学专业。语言文字的魅力，让人渐渐喜欢上了文学。随着岁月的积淀，随着时代的飞速发展，特别是电脑的普及，越来越离不开文字了。并在散文写作和书法创作领域都获得过一些奖项，两项爱好都成为省级会员，自然将自己归类到业余文人之列。

　　爱宠物爱养猫，是偶然更是必然。当年成家立业之时，工作非常繁忙，计划生育政策十分严厉，一对夫妇只能生育一胎，否则有丢掉工作的危险，谁也不敢闯禁区。

　　其实当今的独生子女是很悲哀的时代产物，与我们小时候有天壤之别，从小孤零零的没有玩伴，特别是小孩的天性喜欢小动物。为了培养女儿观察描写能力，我从养鸽子开始，继而养金鱼、养猫到养小狗。给小孩带来了欢乐，也给自己的业余生活增添了乐趣。

　　在企业工作时，一位领导家里养了一群鸽子，飞来飞去，鸽子的哨音划破宁静的天空，非常惬意的诗意生活，不时又见到小鸽子出生，不乏种种欢乐。他见我女儿喜欢，送我两只鸽子驯养，我高兴地做鸽笼，买食物，见到鸽子一天天长大，也开始在天空中飞来飞去，不时咕咕叫唤，为家里平添一份生机和欢乐。

特别有趣的是，两只鸽子并非一对，全是雌性，双双下蛋，都在笼里扒窝孵化，可没有雄性鸽子的蛋是孵不出小鸽子的……后来，这两只鸽子远走高飞，不辞而别，再也没有回来，可能是私奔了吧，令人一时好生伤感。

鸽子离去了，家里又复归平静。养猫也是为了弥补鸽子离去的空虚，我在临近菜市场见到一只农夫卖的白底黑花的小公猫，不假思索以十元钱买回。那时宠物食物及用品没有现在发达，都是自己买小鱼，在煤火炉上炕熟后，放冰箱里，满屋都是炕鱼味，看着猫咪一天天长大，家里也充满着欢笑声。当时的布面沙发也被猫练爪子抓得千疮百孔的，几年后的春天，长大了的猫咪为爱情私奔了，再也没有回来……

如今小孩大了，离家外出学习工作，空巢家庭的寂寞感随之而来，那么宠物进入家庭成为必然，成为排解寂寞的一种慰藉。

早在女儿上高中时期，原本我们小家都生肖属狗，宠物狗成为我们共同的喜爱，为了使女儿紧张的学习得到有效的放松，我们领养了邻居家初生的京巴，从此为家庭带来种种乐趣，特别是女儿下晚自习回家之时，我会带上小狗去女儿下公交的地方遛狗等候，小狗非常配合，一路蹦蹦跳跳十分欢快，久而久之成为固定模式，女儿见到小狗，我们一路欢快回家……小京巴狗在我们家生活十二年，就像家庭成员一样。

京巴嗅觉特别灵敏，我每天下班还没进门，它远远地就感觉到了我的气息，叫个不停，一旦开门，那个亲热劲，别提有多么温馨。小京巴还疾恶如仇，楼上一同事，应该是善意地做过一次打它状并大声吼过，小京巴始终怀恨在心，每当闻到他的气息，小京巴便狂吠不止，直到感觉不到时才停歇。

后来小京巴生了小狗，为了不吵邻居，便将小京巴送回老家寄养。离开我们的小京巴命运也就急转直下，它顾全大局，也是无奈服从。每当我回老家时，它都依依不舍，后来客死他乡，成为我永远的心疼，内心里总有一种亏欠之感，我不时将保留的照片拿出观看，到当年我写的博客里反思，每每谈起此事，泪水不由自主地在眼眶里打转……

小京巴的儿子的命运也令人伤感！我们将小京巴交与宠物医院与博美犬交配，生下可爱的杂交博美，体态壮实，活泼好动，我享受着每天外出遛狗的乐趣，特别是它暮年选择的离开我们的举动更令人心酸好久好久。

我们查阅过相关资料，也听人介绍过，宠物狗在年老寿命将终时，常常选择不让主人见到、不给主人添麻烦，自己选择一个不为人知的地方走完一生……

杂交博美是雄性狗，取名欢欢，意为给家庭带来欢乐。也是十一年的朝夕相伴，买狗粮，看医生、洗澡、随车旅行、寄养宠物医院等等，那份人与宠物之间的情是默契的、真诚的，也是语言不能表达的。随着年岁的增长，明显感到，欢欢日常行动有些老态龙钟了，走路很吃力了，每天晚上都要放出去玩耍一会便自己回家。

那天也是例行放风，可它永远没有回来。午夜里，我大街上去寻找，不见尸首，第二天清晨扩大寻找范围，亦不见踪迹，我倖倖地默默地承受着永远失去欢欢的心痛……为此，我写了篇小博文《你知道我在想你吗？》，收到许多好心人的劝慰。从此，再不养宠物狗了，那种狗通人心、突然离别的情感实在有些难以承受的！

时隔十余年，我又养起了猫，是缘于居住一楼，院子里许多人家都养猫防鼠，一些老鼠通过各种渠道来到我家，一时鼠患成灾，药物、笼夹、胶粘都用上了，杀不尽斩不绝，只有依靠猫了。

猫进鼠退，亲眼见到猫捕鼠、逗鼠、吃鼠的过程，并及时拍成照片发到网上，感到一物降一物的自然法则十分灵验有趣。

我养的是一只健壮威猛的狸花雄性家猫，相处近五年，从此再无鼠患之忧。其灵敏程度不亚于狗，我开的车刚进院内，便知是我回家了，喵喵叫个不停，让人有家的温馨，可以毫无顾及地逗猫取乐，顿感全身心的放松和愉悦。再则，它喜欢要人抱，眼睛盯着我的行踪，只要我坐下，便跃上我身；它亦好客，来客坐定不久，它会与客人亲近，到客人身上撒娇……

狸花猫也离我而去了，不是因为老了，而是为了爱情私奔。随着狸花猫性成熟，不时有外面的雌性猫来到家门和窗外勾引，我将窗子都关得严严实实，两只猫隔着玻璃的叫声令人怜惜，不时放出去成全它们，可家里养的猫比不上野外自然生长的猫，往往在争夺性爱权力时，被其他公猫咬得伤痕累累……后来趁我们外出之际的某个夜晚，猫终于抓开窗户，与雌猫私奔……

又一只猫的离去，让人心里难受了一阵子，专门为它写了几首打油诗怀念它给我的欢乐。

耐不住寂寞，经不住诱惑，且蓄谋已久，趁俺外出之际，终下决心出逃私奔，终日不见踪迹，迄今70多小时了，是历史上未有过的举动，念其收养之心未泯，且在夜深人静之际，潜回家中留点痕迹……

> 家里没猫静悄悄，寂寞孤独心头绕。
> 收养五载朝夕伴，突然别离受不了。

吃饭坐一桌，打牌它看我。

天天要我抱，离去好失落。

过去：

车子未停稳，窗外传猫声。

开门相迎候，热闹又温馨。

现在：

停车没心情，进门冷清清。

家中没生机，何日复笑声？

平静一段时间之后，总感到原本欢乐的家里突然太寂静，缺乏生机，令人萎靡不振，夫人只好去宠物超市买回一只纯白杂交雌性小波斯猫。

波斯猫的禀性与普通家猫截然不同，似乎骨子里有点高贵，一双蓝眼睛像欧洲人，与相关资料介绍一样，它对主人的依附心特别的强，逗人喜爱。撒娇、好动、攀高、舞蹈、惧生，弄得我有空就围绕它取乐，当然，肯定是要花费一些银两的，书柜、冰箱、博物架都是它常来常往的地方，家里工艺品及玻璃器皿也损坏不少……

波斯猫渐渐长大发育成熟，发情期带来的烦恼也令人不安，丁酉年春节期间，突然外出近十天，找到它时，可谓心疼极了，遍体鳞伤，脏了，瘦了，试想从饭来张口到野外寻觅充饥，如果懂得猫语，听它的诉说，一定有很多的辛酸……

波斯猫不像前两次的猫外出不归，它是因为房建施工，顺着脚手架外出，过年时，别人将脚手架拆除，断了它回归的路径，隔着三米多的院墙，望而却步，过着流浪猫般的乞讨生活。找回来后，它似乎懂得了生活的艰辛与流浪的残酷，对主人非常依恋，这次的教训异常深刻，现在出去玩耍后自己可以回来了。

我在 QQ 空间专门为宠物设置了影集，非常怀念曾经带来欢乐和慰藉的宠物天使们……

养宠物需要闲心爱心和善心，主人掌控着宠物们的生杀大权，如果缺乏善心爱心，一定不适合与宠物们相处的，那么也就享受不到宠物带来的乐趣，享受不到小小动物们带来调节精神的独特作用，对活跃家庭氛围的特殊作用，对激发创作灵感的催化作用，对愉悦身心的不可替代作用……如果说近年来我的文学艺术创作取得一点成绩，里面一定隐含着宠物带给我的灵感！

几十年来，宠物们不时陪伴我的左右，令我保持着一颗纯真的童心，与它们零距离面对面，切身感受到宠物的灵性与对人的友善，如果这个世界都能用对待宠物的那份情感与自然界各种动物相处，那么世界一定是一个充满和谐与友善的社会了。

家里渐渐恢复了往日的欢乐气氛，生活将继续演绎着我与宠物间的种种不了之情结……

人生感悟

令人敬仰之地

作为 20 世纪 50 年代出生的人，革命传统教育在幼小的心灵扎根，无论是教科书，还是日常文化娱乐，都深深地打上了红色教育的时代烙印。特别是电影《闪闪的红星》和《洪湖赤卫队》等，伴随着我们成长，潘冬子与红军的故事情节深深镌刻在我的脑海，工农红军为建设新中国赴汤蹈火形象化的感染影响至深，从幼小心灵里唤起对为中国解放事业献身的红军将士们本能的敬仰！红色教育的元素已经深入骨髓。近些年兴起的红色旅游重圆了我们寻访红色根据地之梦，使我有机会踏上用烈士鲜血染红的土壤，凭吊和拜谒革命先烈。

几十年来，能够亲临红色旅游景区非常有限，仅到过韶山和红安。在本人心中，就中国革命的历史地位而言，韶山是领袖诞生之地，也是共和国缔造者毛泽东青少年时期生活、学习、劳动和从事革命活动的地方。延安成为中国革命的心脏，井冈山是会师之地，那么湖北的红安作为集合体可谓是红军将军诞生的摇篮。

2011 年春天，我们利用双休日，时逢踏青扫墓的季节，怀揣一颗虔诚而敬仰的心，带着对革命老区人民的一片深情，来到了向往已久的红安！

踏上这无数革命先烈鲜血染红的土地，崇敬之情油然而生，讲解员介绍的：小小黄安，人人好汉。铜锣一响，四十八万。男将打仗，女将送饭。冷天无衣裳，热天一身光，吃的野菜饭，喝的苦根汤。麦黄望接谷，谷黄望插秧……人生在世几多秋，若不革命怎出头？黄麻起义时歌谣唱道："山山岭岭铜锣响，村村寨寨战歌昂，男女老少齐武装，家家户户忙打仗。"三万多革命武装队伍包围黄安城。人民群众踊跃参军参战。天台山吴彩藻一家有十人参军，紫云区有位新婚妇女送丈夫参军。《送郎投红军》歌谣唱道："早起开柴门，红日往上升，今天送郎当红军，小妹喜在心。""统治要推翻，工农掌政权，革命成功再回转，夫妻再团圆。"透过这些歌谣，可以深切感受到革命时期红安人民在中国共产党领导下高涨的革命激情，感受到红安人民为争取民族解放、推翻旧中国反动统治不惜牺牲一切的英勇献身精神！

革命时期，这里打响了黄麻起义第一枪，诞生了红四方面军、红二十五军、红二十八军三支红军主力。为了中国人民的自由和解放，红安人民不惜抛头颅，洒热血，牺牲了14万英雄儿女，烈士英名纪念墙在册革命烈士就有22552人，牺牲之多、贡献之大，全国罕见。有资料介绍，中国工农红军中，每三名就有一名红安人，每四名英烈中，就有一名红安籍。心中对"红安"二字肃然起敬！

此行还策划了一件终生难忘、特别有意义的事，即在庄严肃穆的烈士纪念碑前，面对鲜艳的党旗，举行了重温入党誓词活动。在举起右手的一刹那，真正体验到周身热血沸腾，心中默默地怀念为中国革命牺牲的英烈，没有他们的浴血奋战，没有他们的壮烈牺牲，就没有我们祖国今天的强大，就没有今天的幸福生活……

黄麻起义和鄂豫皖苏区革命烈士陵园内建筑古朴典雅，绿色琉璃瓦顶盖，掩映于苍松翠柏之中，鸟语花香。馆房为古典庭院式结构，长廊环绕，飞檐碧瓦。馆内设序厅和八个陈列室、一个画室，江泽民、李鹏、李先念等党和国家领导人为该馆题词，内陈设着230名著名烈士（其中省军级27名、地师级78名、县团级72名、被中央军委授予军事家的3名）的事迹简介，以及烈士遗物、照片、诗抄和雕塑等。

红安又是块神奇之地，物华天宝，人杰地灵，也是人才辈出之地。在这块红色的土地上，诞生了董必武、李先念两位国家主席和陈锡联、韩先楚、秦基伟等223位将军，红安因此成为举世闻名的"将军县"。董必武于1919年在上海结识李汉俊，研读马克思主义著作及《新青年》《新潮》等刊物。8月回武昌创办武汉中学，亲题"朴诚勇毅"四字校训。又聘陈潭秋等来校任教，创办《武汉中学周刊》。次年应李汉俊函约，与刘伯垂、陈潭秋、张国恩、包惠僧、赵子健、郑凯卿等七人创建武汉共产主义小组，组建社会主义青年团和马克思学说研究会传播马克思主义。1921年7月，与陈潭秋代表湖北赴上海参加中国共产党第一次全国代表大会，是中国共产党创始人之一。

董必武纪念馆位于烈士陵园内，占地面积5834.5平方米，建筑面积1370平方米，是座具有民族风格的仿古建筑物，由主展室、东西展室、电影报告室和庭院组成，共展出图片456幅、文物272件，收藏文物1581件。

瞻仰李先念故居时，睹物思人，特别是从图片里见到一些珍贵的史料照片，感到亲切无比，看了李先念女儿执笔纪念百年诞辰的电视短片后，对其中披露的不准家人经商、在粉碎"四人帮"过程中发挥的特殊作用等等，令人肃然起敬，令人思绪万千……

红安的特殊历史地位，受到党和国家的高度重视，纪念馆建设档次之高，设施之完善，资料之翔实均超乎我的想象。作为红色旅游、反腐倡廉和传统教育基地，红安具有新形势下发挥特殊教育作用的不可替代性。

红安之行，时间短暂，还有许多地方没有去寻访去解读，但此行我最大的收获，是在红安传统教育学院受到一次中国近代史的全面补习。从一个个纪念展馆，一幅幅资料图片，一件件珍贵的历史文物和一句句深情的讲解中，对红安是一次从感性认识到理性认识的质的飞跃！

"万众一心，紧跟党走，朴诚勇毅，不胜不休"的红安精神，将永远激励我们奋勇前进！

巍巍大别山，连着鄂豫皖，建设新中国，红安是摇篮！

红安，是一个令人敬仰的地方！

莫言别致的演讲

　　著名作家莫言获得诺贝尔文学奖的消息发布以来，人们奔走相告，中国文学界一片沸腾，似有扬眉吐气之感，各界各媒体有关莫言的信息铺天盖地一般，在稍稍有所平息之后，配合莫言赴瑞典领奖之旅，全世界再次掀起波澜，引发新一轮"莫言热"，特别是莫言新颖独到的演讲内容，引发人们对莫言的种种评价。

　　自己作为一个文学爱好者，在如此强大的舆论引导下，亦在第一时间搜索莫言的演讲稿并下载打印，经反复阅读，反复咀嚼，心中亦久久难以平静，也多少有些想法。

　　通过这篇演讲稿的内容，我感到莫言就是莫言！是一个他人无法效仿也无法复制的莫言，他思维的新奇特令人出其不意，莫言获得诺贝尔文学奖当之无愧！

　　在博客好友里见到关于莫言的评价时我曾多次表达过我的观点，怎么评价莫言获得诺贝尔文学奖的价值和意义都不为过。他的这篇8200多字的演讲稿看似平淡，但给人以新奇，以震撼，可谓匠心独运。

　　由此我猜想，几个月来，莫言在应对繁杂的祝贺、采访及官方非官方各种庆贺之际，一定对这篇演讲稿进行过认真缜密的思考，终在颁奖演讲中向全世界发表，莫言再次以不凡的构思而达到了惊人的效果！

　　莫言与我是同时代的人，十分熟悉他讲的那个时代，那种社会风气，那种政治氛围，那种经济状况，那种没有书读的无奈……他的经历异常坎坷，有着深深的时代烙印。

莫言以不在人世的母亲为主线，讲述母亲在人生中的影响，折射出莫言的孝道，讲述了一个个鲜为人知的感人故事，娓娓道出他的成长轨迹，以及对未来的期盼，可亲可信可感。他记忆中最早的一件事、最痛苦的一件事、最深刻的一件事和最后悔的一件事，辅之末尾的三个故事，使一个出生非书香门第、第一学历为初级文化程度的莫言，成为举世闻名的大作家的奋斗历程！令人信服！令人钦佩！令人惊叹！

莫言经历的事，印证男儿当自强，男儿要吃苦的真理。吃苦是人生财富、是资本的真理，吃得苦中苦，方做人上人。莫言上的是社会大学，成就他未来辉煌人生的是参军入伍。

当年入伍参军是多数农村青年跳农门的唯一途径，莫言把握住了这个机会，部队是年轻人集聚的地方，铁打的营盘流水的兵，部队讲究的是五湖四海，远没有地方复杂的人际关系要应对，大家处在同一起跑线上，是龙是虫是骡是马拉出来遛遛便知！莫言以其聪颖过人、记忆力过人将讲故事的长处发挥得淋漓尽致，其写作才能在绿色军营初露锋芒，有了这个平台的锻炼和实践，打下了扎实的文学创作基本功，最终考入解放军艺术学院文学系，从此彻底改变了命运，走上了令无数年轻人羡慕的专业文学创作之路。

苦难经历成为莫言的创作源泉，他有别于常人的思考和文笔，在中国汉语言文学领域里独树一帜。以一系列反映山东高密乡村生活题材的小说，奠定了他在中国文学界的地位，成为茅盾文学奖获得者，当选为中国作家协会副主席，最终摘取了诺贝尔文学奖的桂冠，填补了中国人诺贝尔文学奖的空白。

　　莫言与鲁迅、茅盾、巴金、沈从文等文学大师一样，必将成为新时期中国文学领域的又一面旗帜，是我面前的一座丰碑，是一座永远不可逾越的高山，令人敬仰！

　　遗憾至今还没有真正完整地阅读莫言的著作，以后会慢慢弥补的，会从莫言的著作里，回味我们所处的那个时代，那似曾相识的岁月，那似曾相识的经历……

　　唯有向莫言学习，讲真话，说实话，努力实践巴金先生的名言："把心交给读者"，按照季羡林先生《读书与做人》的谆谆教诲，去努力探索通往彼岸的文学之路。

日渐冷落的博客

博客，是一种现代生活中非常常见的交流和信息平台。新浪博客是中国门户网站之一新浪网的网络日志频道。

新浪网博客频道是全国最主流，人气颇高的博客频道之一。本人从 2008 年 10 月在文友们的影响之下，注册了新浪博客。

前些日子，我对新浪博客中的几千好友，几百关注进行一番梳理，从中感到一个不容忽视的现象，过去曾经异常活跃的博客好友多数已沉寂很久了，总量约有 10% 还在继续着……可能都去玩方便快捷的微信了吧？

我将五年以上没有更新往来的博友一一请出去，沉淀下来的应该是割舍不了博客情结的坚守者吧。

当今比较受青睐的有三种个人私媒网络平台，我都不甘落伍，即博客（含微博）、微信和 QQ。我的体会是，三者各有特色，三者不可替代，三者可以互补，且都在继续体验着，因此我对三种自媒体有明确分工，优势互补，各显其能。

对于博客，我坚持快十年了，给我带来了无穷的快乐与收获，非常感谢这种个人媒体，它是个人面向世界的一扇窗口，可以尽情地展示自己的心路历程，通过博客，结识许多有着共同爱好的朋友，我多次写过赞誉这种媒体的小文，特别是因此获得了我市十大博客达人的称号。

很感谢及时遇到博客这种个人网络媒体，如今已有 34 万多没有水份的访问阅读记载。

我将继续与博客同行。当前对博客的定位比较科学理性，即将重要文章书画发表在博客，因为它是面向世界的，不需要朋友圈或好友身份的限制；还有在阅读博客时，视野开阔，可以细细品味，前后翻页，一览无余，图文并茂，资料性强。

二是 QQ，本人也使用 13 年了，目前等级为 65 级，给我的工作交友带来了极大的方便，此发明者功勋卓著！几乎无一日离开过，特别是现在的手机版，更加方便，天南海北，只要有网络，就可以使用，除传递各种信息之外，QQ 成为我分门别类存储各类个人电子档案的主要载体。

三是微信，作为 QQ 交友的一种现代个人媒体，也时兴好几年了，赢得人们的广泛喜爱，特别是朋友圈功能强大，成为有手机人们乐意使用的最大个人网络交流平台。我的定位是个人动态性信息，及时向朋友们发布，即使远隔千山万水，在微信朋友圈可以现场直播，还有强大的视频功能、语音功能，基本取代了移动公司的短信功能和电信部门的传真功能，因此人们乐此不疲。缺陷是简易动态，需要网络流量，容量也不太大，特别是资料性不能与博客和 QQ 相提并论。

当前微信信息泛滥，朋友圈相互转发同一资讯成灾，拉票成灾，还有低级趣味的、道听途说的、没完没了的"解密""尽快阅读""即将删除"和"内部资料"等等，还有这个不能吃，那个有毒，"科学生活"及保健治病等等资讯充斥着微信，让人对那些无价值的资讯真有眼睛疲劳之感……

我的微信坚持原创原则：不转发他人资讯、基本不涉及工作，不涉及家人，不涉及时政，坚守真实性和传播正能量作为微信职业操守。

物以类聚，人以群分。当今微信和 QQ 平台上各种公众平台，官办的、民办的、组织的、学会协会的、商业的、宗族的、亲友的、同学的等等这群那群比比皆是，令人眼花缭乱……

手机改变了人们的生活方式、交友方式和娱乐方式，人们享受着这种现代通讯方式带来的乐趣与方便，实现了即便在天涯海角，也没有交流的距离感，当为通信现代化飞速发展，为这三种高效率快节奏的学习、生活和交流平台点赞再点赞！

手机的功用已经开发到了极致，但凡事都有两面性，造成众多的低头族、眼疾患者等。最大的负面作用是坏人利用现代媒体骗人钱财，造成不可挽回的经济损失。再者，因玩手机误事的也举不胜举，好像有些人成天都在玩手机发微信。

当前思想文化领域进行清理整顿，特别是要求传播正能量，对自己来说也是警醒。

看来凡事都要有自控力，把握好个"度"才行啊！

重拾画笔记

有些本来已经封存的事情，被唤醒也是很容易。这不，你说怪不怪？ 30多年前的绘画爱好，因为一个偶然的诱因就被彻底唤醒了。

青年时代，由于受"文革"政治运动下的教育体制摧残，我作为一个不满15岁的、憧憬着美好人生的翩翩少年，被无端剥夺了读书权力，只有满脸的茫然无奈和心酸无助，人生就这样早早地输在了起跑线，喊天不应，叫地不灵，只能自认倒霉。

有鉴于此，对书本的渴望，对知识的追求的心情，用如饥似渴形容有过之而无不及。特别是"文革"结束，粉碎"四人帮"拨乱反正之后，1997年恢复高考时，见到昔日同学可以到那神圣考场接受祖国挑选时，更加刺激我那颗灰暗的心……

1978年，以知青身份招工到宜昌地区一个交通国有企业当工人，这是一个不需要太多文化的传统水陆运输企业，从事的工种与自己内心向往的有知识的工作格格不入，与我追求知识的心态也是大相径庭。见到同时招工的人，有许多凭借种种关系而调离到行政事业单位，心中默默坚信着：一定要通过自身的努力改变命运！

对于一个在异地工作且没有任何关系的我而言，只有发奋读书，依托过去喜欢的写写画画改变自己当时的现状，当年把所有的精力都用到学习绘画上去了，用到练习书法上去了，与同时招工的工友们相比，无论在文章，还是写写画画方面已经初露锋芒，成为单位青年中的佼佼者，因此逐渐得到一定程度的重视，同时考取了宜昌市工人文化宫业余美术培训班，在宜昌市书画名师的培训指导下，无论是书法还是绘画，都得到了长足的进步，实现质的飞跃。

记忆特别深刻的是在文化宫谭红星老师的热情鼓励下，多次参与宜昌市的一些文化活动，每半个月为文化宫橱窗更换稿件。许多年轻同事结婚时，都希望得到我的绘画装饰居室；本单位所有的墙报、黑板报、钢板铁笔字、单位商店装饰乃至墙壁上大型油漆标语口号等等，都出自我的手，逐渐在系统内外小有名气了。

正当想在艺术领域进行提高深造之际，邓小平同志复出后，国家拨乱反正的政策鼓舞人心，一个全社会重视知识、尊重人才、重视文凭的氛围快速形成。

用人看文凭，没有文凭是没有资格到事业单位或从事相应的管理工作的，想到我那可怜的初中文凭……

经过认真分析和权衡利弊，当务之急还是文凭重要。迅速转战到文化补习和攻读文凭的战役之中，将占用大量业余时间的绘画爱好忍痛割爱，一个画家梦就此破碎搁浅。当年那些同时学习绘画的同学，现在许多活跃在省市画坛，有的当教授了，有的当专业文艺单位领导了……也成为我常常为之感叹的话题之一。

本人虽然未能在画坛有所建树，但通过自己坚持不懈的苦苦追求，也在其他领域小有所获。28 岁时被选拔到行业行政主管部门工作，通过顽强学习拼搏，于 1988 年获得国家承认学历的、湖北大学汉语言文学专业自学考试大专文凭。继而入党、转干、提拔，成为国家公职人员。在文学书法领域也取得了令同行们认可的业绩，在参加一些全国散文征稿评比中，也获得过有些专业作家没有得到的荣誉。

重拾画笔，缘于家里近来清理陈旧家什，夫人将过去的各种资料重新整理，当我见到多次搬家舍不得丢弃的早年绘画习作时，心中有万般感慨，往事历历在目，特别是从当今角度重新审视过去的练习作品时，虽然色彩暗淡了，素描纸张脆断了，甚至有些断裂了虫蛀了鼠咬了……但明显感到当年水彩、水粉、油画、国画等，中西兼融，已经有了相当的基础。我将没有损坏的习作实行抢救性拍照存档，用电子档案形式保留下来。

我的文艺简介里面有兼善绘画的表述，但是朋友们一直不明就里，当我将30多年前的各种有代表性的作品发在博客、微信、QQ空间时，引起朋友们极大的关注和兴趣，我原计划在退休后重拾画笔的念头突然提前了。我的绘画情缘之闸由此打开……

这次夫人将家里阳台精心设计拓展，她不辞辛苦，亲自将外面的院墙进行手工刷白，改变了原有灰暗的视觉形象。我面对焕然一新的环境，陷入艺术的思索之中，为了不辜负雪白的墙壁，突发奇想，这眼前白白一片院墙，不就是一张硕大的宣纸么？不就是一面可从事艺术创作的平台么？当我打开尘封30多年的画箱时，当年残存的颜料还在调色板上沉睡，当年购买的油画颜料多数还可以使用，调色油依然完好，一种创作文化院墙的激情和冲动萦绕在脑海！

院墙里有一丛栽培近20年的毛竹，在院墙再画上梅花、松鹤，不就是名副其实的"岁寒三友"图？使居住环境沾点传统文化气息。再在另面墙上画上仕女赏花图和渔翁观荷图，并插入壁书创作，按照自己的心境，选择了明代杨慎词即电视剧三国演义片头词"滚滚长江东逝水"和刘禹锡《陋室铭》，尝试壁书，心情畅快，赢得文友们一片喝彩。

创作壁书壁画是辛苦的，地方狭窄，墙面粗糙，需要比在纸上和室内付出加倍的心血！当我两件壁书完成之时，继续下去的使命令我义无反顾，见缝插针，终于完成了可载入家庭文化史册的院墙壁书壁画。

如今，我稍有空闲时，会在阳台上面对我的作品，回味创作过程，也可以想亲友来参观时的惊奇，心情是愉悦而美好的，必将成为我提前重拾画笔的历史性作品。当然，这只是墙上的偶然性创作，离实质性绘画写生、在宣纸上进行国画创作尚有一定距离。

我将家庭壁书壁画命名为"院墙文化"。这次尝试院墙文化创作的兴奋，似乎令我提前规划了丰富多彩的退休生活，同年创作的散文《情寄巴彦浩特》获得了第三届中国"徐霞客"游记文学三等奖，更加激发了游记文学创作的兴致，脑海中浮现着退休后的生活情景：我开着车，载着画箱，行走于全国各地，一路走一路画一路写……

游历名山大川，观赏奇山异水，察看世态万象，抒写心中情感，享受美好过程，留下人生痕迹……

聚散两难

岁月就像巨型的时代列车，无情地载着我等当年一起招工参加工作的人，在经过了人生的一个个驿站之后，转瞬就带到了儿女成家立业、三代同堂的年龄段了，带到了即将离开工作舞台的终点站了，带到了自由自在的社会人生站了……

这些年频频应邀参加老朋友老同事儿女的婚宴喜宴，与其说是凑份子凑热闹，不如说是平台是媒介，是当年同事们大聚会的日子！是早在预料中又是非常期盼的日子！

我参加工作的企业如今已经归并解体，在企业有八年的工作经历，那种工人纯朴真挚的友情已经深深地珍藏于心中。

与当年一起工作的同事相见是非常愉快的，虽然青春不再，头发花白，容颜衰减，步伐没有当年矫健，但大家多年不见却一眼相认，个个喜笑颜开，相互报出对方的姓名和生辰八字，似回到那激情燃烧的岁月！

特别是当年前后一起参加工作的老朋友相聚，一个班组的，一个车间的，一个师傅门下的，更是有说不完道不尽的话题。即便当年有些磕磕碰碰的事儿，也早已烟消云散，沉淀下来的是真挚的友谊。推杯换盏酒酣耳热一阵兴奋之后，各种信息的交织，又使人陷入一些沉重的思索之中，真有见亦难别亦难之意，更有感慨岁月不熬人，时间不公平的念头，萦绕心头，挥之不去……

我当年参加工作时有幸进入了国字号单位，在地直单位可谓响当当硬邦邦，曾多年引以为荣！但因国企改革的需要，我们单位四分五裂被肢解了，我等许多提前调离其他单位工作的朋友没有了归属，没有娘家了，留守处理遗留事务的同事也越来越少，面对一日不如一日的境况，守摊子的同事也怪难为情的。

在粉碎"四人帮"之后，我被作为知青招工在企业当工人，从最艰苦的修理汽车地盘干起，逐渐成为一个企业半脱产至全脱产管理人员，得益于组织的信任和同事们的帮助，因此内心一直非常感激。早年的同事们一直很关心关爱我，许多人也视我为自学成才的成功人士。

在企业成家并获得福利房，与工友们、老乡同事居住一栋楼的热闹场景也是令人终身不忘。工人朋友性格直率，快人快语，为人不设防，同事之间非常融洽。

特别是每年的春节期间，那种相互走动的节日气氛展示得淋漓尽致。虽然那时收入不高，物质也不丰富，计划经济还在继续着，过年物资都需要票证，但大家平时省吃俭用，过年还是比较潇洒的。

每年的农历正月十五前，我们科室和老乡之间工友之间都要互相串门拜年，虽然没有名烟名酒招待，但是同事们之间的情感纯真，其乐融融，东家的特产，西家的拿手菜，成为一个时期津津乐道的谈资……我后来离开企业到机关工作，这种同事之间过年相互走动的习俗也随之远去了……

在企业居住的那种畅快环境也是机关无法相提并论的。企业职工楼上楼下居住，只有形式上的门户，当年更没有防盗门加"猫眼"的概念，大人们白天在一起工作，小孩们放学后在一起玩耍，或聚到一起看电视，每到吃饭的时候，无论大人小孩，端着碗串门是常事，交流菜品，或者就在邻居家凑合一顿也是常见的，彰显出亲密无间的老乡同事真挚情感。当年的这些琐事，成为大家见面时无比珍贵的回忆……

几十年弹指一挥间，当年的我们早已过天命之年，我们的下一代赶上了好时代，比我们一辈要强多了，令人甚感欣慰。

从我参与的婚礼情况，从相互交流的信息，大多数子女是长江后浪推前浪，下一代大多比父辈强，绝大部分都上了大学本科、专科，不少子女都在外地创业且小有成就，令父辈们有了一丝安慰，终于超越父辈，可以光宗耀祖了……也有令人叹息的，也有子女目前状况很一般的，对此我们只能送上祝福和期望。

这类信息固然让人高兴，但十个指头不可能一般长。企业解体之后，八仙过海各显神通，有的当年不起眼，但有歪才，善于经营，几年不见，发了！见他们西装革履，高档小车，走南闯北，出手阔绰，席间眉飞色舞，我们固然为他们的成功高兴，但总体状况还是应了知识改变命运之理。

更让人意想不到的是，有个别同事或英年早逝或丧偶或子女意外，造成家庭残缺，造成无法弥补的伤痛；也有个别同事疾病缠身，境况不佳；有的子女待业，生活水平不高……特别是对早逝的同事未能见上最后一面、送上一程深感遗憾和内疚！

与其说是聚会，不如说是穿越时空的隧道，满脑子放幻灯片似的，都是与老同事们共事的点点滴滴……

聚会归来，脑子里总在思索与老朋友老同事老领导相见和未见的人和事……

过去的永远过去了，生活还将继续，唯有善待人生，善待自己，将美好留存心间，道一声：珍重！

正应晚唐著名诗人李商隐诗句：相见时难别亦难……

军营情结

我骨子里有着根深蒂固的军营情结，也是我们那个年代出生人的共同的梦想和追求！

20 世纪 60 年代，刚刚上学之时，接受的都是红色教育，工业学大庆、农业学大寨、全国学人民解放军标语举目可见，可谓家喻户晓，深入人心。

军人形象高大，受人尊重。看的电影都是战争片：《地道战》《地雷战》《南征北战》《平原游击队》《铁道游击队》……会玩耍之时，就羡慕穿军装的人，做游戏时，也多是模仿着电影里的场景，腰里别着自制的木手枪，头上还用柳树枝条扎个帽子歪戴着，玩打仗游戏……做梦都想参军入伍！这种情结像挥之不去的影子，深深根植于脑海之中。

2015 年 3 月，纯属是个偶然的机会，受邀参与到送文化下连队活动，体验了当今偏远基层连队生活，让人颇多感想。深藏半个世纪的军人梦想的点点滴滴涌上心头……

我脑海存储的与军营相关的信息也不少。40 多年前，自己作为一个热血青年，曾经多么向往穿上军装，奔赴军营，报效祖国，在阶级斗争年年讲、月月讲、天天讲的时候，加上成分属于非贫下中农，只能将理想深藏心中。

从我有记忆开始，表哥应征入伍、姑表叔退伍后安排在某军工企业，是令我们家族无比高兴，引以自豪的。

记得刚上初中，学会写信后，第一封信就是与远在四川省渡口市当兵的表哥联系，给表哥写信是非常神圣的事，每收到一封表哥的回信，要高兴很久很久。写信索要表哥穿军装的照片，将表哥一颗红星头上戴、革命红旗挂两边的照片随身携带，成为少年时期的快乐和炫耀的资本。

当知青时，17岁刚过，也符合征兵年龄。那年生产队安排参加冬季农田水利建设，那儿都是年轻人，劳动强度比较大，也很好玩。时逢年度冬季征兵，接兵的首长来到年轻人集中的地方现场考察选兵，首长见我生龙活虎体格健壮，有征我去南海当兵的意向，由于刚开始接受贫下中农再教育，据说是政策不允许而作罢，也算与军营之梦擦肩而过吧！

我们知青点附近也有军营，有野战医院，一早一晚那嘹亮的军号声声，吹得我们热血沸腾，吸引我常常光顾，每每路过，总是投去羡慕的目光。让我终生不会忘记的是，曾经去那儿治疗过创伤，感谢部队医生为我脚伤缝针治疗，留下永远不可抚平的痕迹。

那时农村文化生活贫乏，到部队营房看电影几乎成为唯一的集体文化活动了，部队每隔一周或者半个月，都要放一次电影，且都是露天放映的。我们得到信息后会结伴前往观看。在军爱民民拥军、全国学习人民解放军的形势下，部队对周边村民来看电影是欢迎的……但是当时我们知青也将穿军装作为人生理想，对获得一项有闪闪五星的军帽格外向往，当年也曾随大家一起做过抢夺军人军帽的非法行为……现在想起来真是无地自容……

随着"成分论"不再作为第一标准，弟弟如愿以偿地穿上了军装，成为我们家祖祖辈辈第一个正规军人，"一人参军，全家光荣"的自豪感油然而生，"光荣军属"的牌子在家门高高悬挂着，我心底里为他高兴，春节前夕会有民政单位上门慰问，常常引以自豪，我与爱人新婚旅游之时，专程到弟弟所在部队探望……

再后来，妹妹上警官大学的女儿自愿到部队锻炼，又成为我们家族唯一的女兵，现在还在服役之中，外甥女不爱红装爱武装、英姿飒爽的形象，成为我们家族新时期的骄傲。我在出差时绕道去探望过。日常也从与她的交流中获悉当今野战部队严明的纪律和日常训练的刻苦，深感部队是一个锻造人的地方，是熔炉，是大学……可以说，我的脑海里的军人之梦几十年，军人情结几代人！

但真正与官兵集体面对面，送文化赴军营还是第一次。我积极参与到公益活动之中，将自己的文化专长送到基层连队，为守卫在深山中的宜昌驻军某部送歌，送摄影，送书法。

刚到营房映入眼帘的是一批"90后"年轻军人生龙活虎的形象，他们朝气蓬勃，雄壮威武，歌声嘹亮，处处洋溢着青春的气息。置身此情此景，顿感自己年轻多了，他们为国家尽义务，远离家乡，远离亲人，远离城镇，是特别能吃苦特别能战斗的，不愧为当代最可爱的人！

在与连队的联欢中，我即兴演唱了一首反映军人生活的《小白杨》，还为部队官兵创作了几幅书法作品，表达了我对军人的崇敬之情，也圆了我心中的军营之梦……

几十年来，无论是工作还是生活中，也有着许许多多曾经穿过军装的同事和朋友，他们的军人阅历和特有的军人素养，令我默默敬佩，也为自己没有穿上军装奔赴军营而遗憾着，如果当年如愿以偿到军营，恐怕个人历史都会改写了……

在离开军营返回途中，我脑海里总在回想那激情燃烧的岁月，羡慕同龄人当年能够穿上军装，奔赴军营，献身国防，报效祖国！

闲话拜年文学（外一篇）

一、祝福短信

近年来，随着手机的全面普及，春节等重要节日的祝福信息铺天盖地，埋头拨弄手机阅读收发短信，成为一道独特的节日风景，一定程度传递了人们的友情，功莫大焉。

年三十团年饭后，辞旧迎新，喜气洋洋，一家人围坐一起欣赏春晚时，每个人都在摆弄手机，无暇顾及荧屏（春晚节目在心中总是支离破碎的印象），信息声此起彼伏。信息通道不畅，发不出去的情况时而有之，滞后几天收到的亦有之，急得人们直冒汗，搅得人心神不宁，内容大多是信息枪手们提前精心炮制，或在网上下载转发的，这种祝福形式较之没有普及手机之前的电话拜年（还有QQ、微博等网络拜年），省时省钱省力，曾一度为人们津津乐道。

每年的春节，本人收到和回复的信息在四五百条之多，由此推断，移动公司是大赢家，盆满钵满大赚特赚了。本人姑且不眼红祝福短信给移动公司带来的巨大商机，久而久之，对短信内容则有些不同的想法。

近几天也看到类似的文章，说到本人心坎里去了。意思是收到类似短信，有时很可笑，有时哭笑不得。内容与发信息人之间的关系、写作水平、个人身份等大相径庭，真有点不伦不类，有的还稍加编辑，有的则是缺少逻辑关系的移花接木，有的如转发上级文件一般，层层加上了转发者的姓名……回也不好，不回也不好，回吧收到的信息内容千篇一律，有的似曾相识，有的则风马牛不相及，不回吧又显得不礼貌，左右为难啊！

我基本坚持给朋友发自己独创的信息，或四言八句的打油诗，或寥寥数语的短句，言为心声，旨在表情达意，虽然内容不是很完美，没有短信枪手们的机智幽默，读起来也很幼稚，甚至是几句常见的问候，但都是发自肺腑的语言，亲切而真实。

过年发祝福信息，此举的确很有创意，一条好的短信，言简意赅，情深意长，令人回味无穷。短信是节日期间重要的友情纽带，拜年期间将短信的作用发挥到极致！短信有启迪人们的智慧之功效，还弘扬了中国传统礼仪文化，成为茶余饭后的又一话题，也极大地促进了"拇指文学"的繁荣。是不是中国特色？本人没有考证，作为新生的文学形式，真真切切是诗词爱好者展示才能的极好阵地……

新春祝福短信的战役已经打响！在此，我由衷地赞赏祝福信息的个人原创性！期待读到更多表达个人心境的原创短信。

二、邮政贺年卡

多年来，本人工作的单位与众多的单位一样，在岁末年初之时，受种种外界因素的影响，也会印制一些精美的贺年卡，定量分配给干部职工使用。通常的做法是将感谢之类的吉祥用语事先在印制好，只留下签名的地方，没有个性也没有特色，属于千篇一律（或称千卡一文）的内容模式，我姑且称之为填空式贺年卡。特别是领导忙碌时，即使填空的任务往往也是秘书人员代劳了，我认为这样的贺年卡只剩下象征意义……

有一年，我们单位改革了这种做法，没有印制统一的贺年卡，而是在邮局买回非常淡雅的贺年卡，我为之击掌叫好，可以不受指定内容的局限，可以针对不同的对象而自由发挥，可以写上一段发自内心的语言，可以留下亲笔书写痕迹，可谓原汁原味的纯手写贺年卡，其艺术价值远比印刷统一内容的丰富多彩，同时还具有收藏价值。

试想，每当写上一个贺年卡时，必然是凝神静思，根据收信者的身份和性格喜好，或诗或词或哲理警句，或诙谐或庄重，或以毛笔或以钢笔，或以娟秀的楷书，或以龙飞凤舞之行草……对方收到非公函式且散发淡淡墨香的诗文，欣赏把玩独到的文字内容，兼有鸿雁传书之义，亲切感一定会油然而生，必有如见其人之感……

在电脑普及的当下，在电子邮件、QQ 聊天留言、卡通动画、各式微博和转发手机短信铺天盖地的今天，我还是非常看重一年一度、唯一一次给朋友亲笔书写祝福的机会。

特别是在家书退出人们的日常联络途径之后，那么对于这一年一度的传统贺年卡，我更赞赏以手书形式完成。

传统的节日，当以传统的形式。

倒退乎？怀旧乎？不知君以为然否？

年后说年

过年，是中国人特别重视的、一年中最盛大的节日。小孩盼过年，是过去生活条件艰苦，只有过年才可以吃到肉，才有新衣服穿，可以走人家拜年，可以有压岁钱，可以燃放鞭炮……过年团聚是大小家庭里的头等大事。

　　过年前后有许多程式化的事情要做，虽然各地风俗不一样，但还是大同小异，如进入腊月开始忙年，杀猪宰羊，清洗衣被，打扫卫生，从腊八到小年，还有年前祭祖，年后拜佛，拜父母，拜岳父母，正月走亲访友等等。

　　回家团聚是传统过年的本意，殊不知当今过年的春运如此繁忙，就是为大家回家过年！过年时最容易见到儿时的朋友，叙旧拉家常，其乐融融……在匆匆的年假中，面对现实也令人思索许多问题。

　　信息大聚集。过年，从四面八方归来的人们那里获得各种信息。有的多年不见，一见发了，做东请客答谢乡邻亲友，令人刮目相看，也分享创业者成功的喜悦。面对成功范例，激励他人跃跃欲试……

　　家人团聚才算过年。我赞成家庭团聚式的过年法，家人平安团圆比什么都重要。家是温馨的港湾。君不见亿万众生从四面八方千里迢迢，历经千辛万苦而踏上回家的路途么？那是一种巨大的磁力，将五湖四海的游子们推向回家过年的潮流。

　　我一直不大赞成少数家庭结伴外出旅游过年的做法，在人们心中总有逃避过年之嫌，是逃避给亲友拜年？还是拒绝亲友给你拜年？传统的节日必然以传统的方式过才是应有之义，传统节日必有传统的文化作支撑。选择旅游度假过年，与传统的团聚是格格不入的，是逆传统而为之，那不叫过年，充其量是度假。度假是任何时候都能做的。

　　春节晚会当休矣。多年来，每当春晚之后，社会各界和各种媒体都会讨论春晚问题，讨论春晚得失，但又年年办春晚。一场春晚要花费那么多的资金，那么多的人力物力，面对众口难调的难题，又总是兼顾各方，弄个大杂烩加调侃式的晚会，总感到是一个吃力不讨好的事情。

没有做过统计，仅凭个人臆测，恐有许多人在春晚播出时，并没有用心去欣赏艺术家们的表演，都在收发过年祝福信息，或者其他娱乐如杀"家麻雀"等等。家人团年之后，人人醉意蒙蒙，鞭炮声震耳欲聋，春晚节目成为摆设，不可能入耳入脑入心……建议采取专业化春晚路线，提前录制好，即按照戏曲、语言、歌舞等等，分门别类地办，让观众选择适合自己胃口的节目观赏。

普及传统仪俗迫在眉睫。中华民族自古乃礼仪之邦。我感到，教育部门在对青少年的教育设计中，似乎存在某种缺陷，受当前央视宣传家风家训专题节目的启示下，要加大中国传统文化、中国传统礼仪和各地民风民俗的宣传普及力度，那么当地亦要对地方风俗一类的规则规范，如乡规民约一样，让一年中各个重要节日的礼节有据可查，无规矩不成方圆，什么节怎么过，要有规范，不乱方寸。

春联应作为过年的标志。现在的春联多是千门一面、花里胡哨的印刷品，只能说是形式上的春联。远不及手书的春联有价值。过去许多的手书对联让人百看不厌，龙飞凤舞翰墨飘香寓意深刻，一来可以选择适合自家意境的对联，也可以自作诗文展示家风家训；二来可与拜年来访者品评交流，春联应该作为春节的重要文化载体来对待。

以上乃过年期间的胡思乱想，一孔之见矣。

收藏　珍藏

　　收藏之于我，是被动的。总认为那是有钱人家的事儿，感到有些高不可攀。我一度曾羡慕那些有钱人，喜欢的古董、珍贵的名人字画都可以囊括把玩，特别是升值空间大，此道曾吸引着众多的有识之士，还不时在社会上传出惊人新闻。

　　关于收藏，过去也曾涉猎过，但渐渐放弃了，半途而废。除了没有富余资金外，对此还有些偏见。过去出于学习装潢设计的需要，我一度从事过集邮、集火柴花、集烟标、集糖果纸、集粮票、集布票、集钱币等等，都半途而废了。总感到集上述属于印刷品之类的东西，好像被机器绑架着，印刷机一开，任你掏空钱袋去集吧，不能穷尽也，还不如照些照片存档罢了。面对名家真迹又望洋兴叹，特别是印刷术的日益发达，索性再不刻意收藏这些玩意了。

　　我们工薪一族的收藏，大多限于日常生活一类。多是以怀旧的心态，如收藏老式收音机、照相机、留声机及老式钟表等等，有钱人家还专门从旧货市场买回当年的旧物什做纪念……

　　但是，有谁听说过收藏工资单的吗？不是亲眼所见，真让人难以置信呢！我的一位同事 X 君，共事快二十年了，原来只知道 X 君生活非常严谨，凡事讲程序，讲原则，纪律严明，守口如瓶，让人感到个性受"文革"时期的影响较深，为人处事宁左不右……

　　但 X 君对自己所工作范畴的物品资料盘点的非常仔细，因为得益于做档案工作的经历，X 君对与自己相关的资料百倍呵护珍惜，因此我也很敬重 X 君。近来偶然听 X 君讲到，自参加工作以来的每个月的工资单悉数收藏，粘贴了厚厚一本，似文物般珍藏着，似乎不可思议的事儿，更令我对 X 君肃然起敬！其价值不菲呢！

我自己在 20 世纪 90 年代、从事业余通讯报道的高峰时期，每年也将发表于各媒体的"豆腐干"通讯稿件及文学创作剪下来，粘贴在一个专用本子上，坚持过好几年，无疑对自己工作和创作是一个极大的推动。后来工作调整，这项收藏终是没有再坚持。现在偶尔翻阅，不乏感慨，似回到那浓浓的激情岁月呢！可与这位 X 君相比，乃小巫见大巫了！

一次，我因为查询多年前书法作品销售价格与现在之比较，需要当时的工资水平作参照，试探求教于 X 君，他很快查出，且令人信服。我翻阅他早已发黄的一张张工资条，有手写的，有机械打字机打的，有四通打字机打的，有买回的专用工资条，但更多的是现在电脑打的……翻着翻着，看着看着，令我崇敬之情油然而生。

从艺术品价值贬值角度乃无限感慨！从当年的工资水准看出，当时销售的价格是我工资的三倍多，让人感到真正的艺术价值所在。遗憾是现在作品的价格却远远地落后当年了，现在只有当月工资的三分之一不到，经过 20 年的不懈奋斗，作品价值反其道而行之，艺术品严重贬值了也……

艺术品没有真正走入寻常人家已是不争的事实。人们普遍愿意将多余的资金投入到日常生活或购买小汽车、买房、置高档家具，乃至旅游等其他物质享受，多是重物质享受，轻精神情趣的陶冶，因此在艺术品投资方面还比较吝啬，当然更多的是受大环境及个人综合文化素质的影响……

我们当年因为工资低，每月都扳着指头盼望着发工资的日子，过着捉襟见肘，青黄不接，寅吃卯粮的日子。无奈也曾记录过一个时期的生活流水账，促使自己尽可能做到计划开支，勒紧裤带，量入为出，将每天的消费，元角分不漏地记在账簿上，栏目有收入、支出、预支、礼尚往来、借支余额等，做到随时盘存。随着工资的增长，基本生活无忧了，也就没有再坚持记下去了，否则也是很好的物价指数档案资料了。

X君收藏的资料是客观存在的，虽然时过境迁，看到却感到无比亲切，这比多年后统计部门为了证明生活水平番几番需要相比，从统计加估计的角度，发布的工资增长百分比与物价比，毕竟更加可信，这黑字白字的，是没有任何水分的档案资料。

我独自胡思乱想，鉴于其独特的历史参考价值，建议有关部门将 X 君近 40 年的工资单予以重金收藏，或复印后存档，或记功表彰，都未尝不可。提示人们重视原始资料的搜集与整理，从另一个方面说明收藏珍藏的极端重要性！

如果延伸个人收藏的含义，我认为写日记也是一种更加重要的收藏，是收藏心情、收藏观点、收藏情绪、收藏人间百态……如果坚持下来，岂不是稍加整理即成为一本完整的个人自传吗？遗憾是也没有坚持多久，成为我无法弥补的诸多憾事中的重要一种！

由 X 君的收藏启示，凡事必然经历过，方知道其珍贵，由于当年年轻，视野狭窄，多少人的成功经验没有去汲取借鉴，等到认知水平提高了，可时间又有不可逆转，世上也没有后悔药，这大概就是不听老人言，吃亏在眼前的道理了！

坚持数年，必有好处！有道是：一个人做点好事并不难，难的是一辈子做好事！X 君几十年如一日，默默无闻坚持做这些常人不以为然的小事，经过岁月的沉淀，其价值自然显现。

点滴收藏，无价之宝！收藏点滴，乐在其中！由此说明，看准一件事，只要坚持做下去，必将获益，种种价值都包含其中了。

为央视节目喝彩

一、《光荣绽放》音乐会

本人从小除喜欢写写画画外，还喜欢吹拉弹唱，由于生不逢时，只能将一些生性喜欢的东西深深埋藏于心中。

随着欣赏水平的提高，这些年特别喜欢高雅艺术形式，喜欢欣赏大型综合音乐会。前几年特别看好央视音乐频道的《光荣绽放》节目，可以说是以一种期待的心境在等待着。以"中国十大某某"形式，作为当代的顶尖级声乐、器乐、青年、民族、美声、男高音、女高音……让观众享受到音乐的盛宴，将人们拉到荧屏前接受高雅艺术的熏陶。

在观看了中国十大女高音歌唱家的精彩表演之后，就一直在期待中国十大男高音歌唱家的音乐会。

令人高兴的是，这种高端音乐会得到了全社会的认同，得到了官方的认同。这不，当晚的央视新闻联播播发了音乐会预告，我即停止了其他一切与欣赏音乐会无关的活动，全身心投入到欣赏难得一见的中国十大男高音歌唱家的音乐盛会中。

晚上 19 点 30 分，央视音乐频道如期开播，豪华的演播大厅，烘托出顶级声乐盛宴的级别，在十大男高音歌唱家由远而近齐声合唱《我爱你，中国》走向前台时，主持人闪亮登场，将十大男高音歌唱家艺术化介绍。

此次音乐会，集结了中国优秀的中、青男高音歌唱家，戴玉强、张建一、魏松、范竞马、丁毅等在世界舞台上绽放光芒的歌唱家，齐齐亮相；薛皓垠、张英席、陈勇、王红星、杨阳等一批年轻的后起之秀也位列其中。

音乐会在一首激情洋溢的合唱《我爱你，中国》中拉开帷幕。戴玉强演唱《奇妙的和谐》开场，十位歌唱家轮番登台分别献唱了《天路》《千万次的问》《月亮代表我的心》《星光灿烂》《今夜无人入睡》《茶花女》选段，还有《饮酒歌》等近十年来国内外优秀经典音乐作品，而他们精彩的表演、特别的曲目安排也让现场气氛达到极致。

特别是让人意想不到的是，终场节目歌剧《茶花女》选段《饮酒歌》，十大女高音身着华丽的演出服装，手摇工艺折扇，从可升降的舞台突然出场，更是把现场气氛掀到了顶点，二十位歌唱家边歌边舞，把现场气氛全面调动起来，让很多观众都情不自禁地一起击拍哼唱。

幕已经谢了，可观众在持续的掌声中久久不肯离去……本人虽然对声乐艺术一知半解，但骨子里就喜欢听，特别是民歌和美声唱法，有时也跟着哼哼，每有机会到 OK 厅时，还不由自主地吼上几曲……

高雅声乐艺术在我心中是高昂、激情、嘹亮、圆润、磁性、有穿透力、令人振奋、令人忘情、令人遐想的，加上优美的旋律和经典的歌词，给人极大的艺术享受！

家里安装的是宽带电视，可以在三天内反复回放。今天首播时，我已将尾声回放三次，仍然沉浸在十分愉悦的氛围里。这就是高雅艺术，这就是艺术感染力，这就是当今中国一流的声乐艺术！虽然没有条件到中国歌剧院演播大厅现场观赏，我也感到是有生以来欣赏的最震撼人心的一次高雅声乐艺术！我会反复欣赏激动人心的一些片断，再一次体验真正意义上的余音绕梁三日不绝之效！

我发自肺腑地感谢这些伟大的声乐艺术家！他们的成功范例也必将激励我去攀登一生钟爱的文学和书法艺术高峰……

我期盼有生之年能到北京国家大剧院实地欣赏一次高水平音乐会。再者，宜昌西坝也在建设大剧院，想必今后会有机会欣赏更多高层次的音乐盛会。我期待着。

二、结缘《翰墨音缘》

我喜爱的另一个央视文艺频道专题节目就是《翰墨音缘》，是2013 年中央电视台音乐频道倾力打造的一档集思想性、艺术性、观赏性为一体的访谈综艺性节目。本栏目由音乐频道总监郎昆担任总监制，中央电视台首席编辑申整齐任总导演。

《翰墨音缘》栏目是以音乐、书画为载体，以两者之间的"缘"为基石，以展现优秀书画作品和优秀书画家独特魅力为契机，以"书画全赏析、音乐全覆盖、艺术全接触"为主要内容，以优秀作品打动人、优秀人格感染人、优秀文化引导人为宗旨，展现书画家在创作过程中，如何将音乐灵性巧妙融入作品，使观众在欣赏音乐、书画两大艺术门类的同时，领悟到两者结合的内涵和外延，并且感受到两者水乳交融的独特艺术魅力。

《翰墨音缘》旨在为观众展现中华民族传统文化的艺术瑰宝；为观众（特别是艺术爱好者）开阔视野和提升技能提供平台；为中国文化宝库留下珍贵的艺术视频资料；为世界了解中国文化艺术，中国文化艺术走向世界，起到窗口和桥梁的作用；为传播优秀文化艺术，促进民族素质的全面提升起到积极的推动作用！

《翰墨音缘》栏目用"细节"呈现精彩，用"节奏"点燃激情，用"时尚"炫动视野，用"综艺"丰富大众。

《翰墨音缘》开播出以来，我特别期待欣赏到中国顶尖级书画家的艺术成就，油画巨匠靳尚谊、黄土画派创始人刘文西都是我当年学习绘画的范本，无不敬仰！还有著名画家李可染之子李小可、著名书法家丁嘉耕等等，从荧屏上见到他们的风采，激励自己像他们那样学习，在书画艺术实践中攀登新的高峰。

同时，每看一集，无不暗暗地为自己加油鼓劲，自己何时也能够亮相央视，向全国观众汇报艺术成果，亦将是我毕生的追求……

三、《记住乡愁》打开了我思乡情感写作的闸门

到了我这个年龄段，对人世间、人生五味都有了较深刻的体会，对那些虚幻的东西渐渐远离了，沉下来的是没有水分的乡愁情结，是对往事的回味，是对与自己成长过程相关的人和事的理性研制和梳理。

在回味自己成长的过程中，思乡情节成为一个时期的主题，恰逢此时，央视推出了大型纪实片《记住乡愁》，从这个片名就觉得内涵不凡，看完第一集之后，欲罢不能，深深地触动着我的思乡情怀。

百集大型纪录片《记住乡愁》是由中共中央宣传部、住房和城乡建设部、国家新闻出版广电总局、国家文物局联合组织实施，由中央电视台中文国际频道摄制的大型纪录片。以弘扬中华优秀传统文化为宗旨，选取 100 个以上的传统村落进行拍摄，是一部以看得见的古村落为载体，以生活化的故事为依托，以乡愁为情感基础，以优秀的传统文化为核心的大型纪录片。

其画面之美，编辑技巧之高端，辅之人性化的歌词，令人情

感宣泄的音乐等等，无不让人感慨万端。本人认为类似节目是央视近来深入挖掘民族文化、传承民族文化、弘扬真善美的又一力作，深深地拨动了我的心扉，也激发了我在乡土散文创作方面的一些灵感，可谓受益匪浅！

纵观这百集《记住乡愁》，时间跨度三年，获得了观众们的较高评价。我也认为，这些观众应该属于我们中年以上的人群，还是有一定传统文化基础的，有农村生活体验的人，才能引起共鸣。

多少年的追寻，多少次的叩问。乡愁是一碗水，乡愁是一杯酒。乡愁是一朵云，乡愁是一生情。年深外境犹吾境，日久他乡即故乡。游子，你可记得土地的芳香。妈妈，你可知道儿女的心肠。一碗水，一杯酒，一朵云，一生情。

片头歌词真情感人，配上纯朴的照片，辅之深情的旋律，画面朴实无华，每听一次，感动一次，让人不时泪流……

《木府风云》观后

本人的业余时间很宝贵，每天除当日新闻和经典民歌名曲外，在电视机荧屏前的总时间控制在一小时左右，几乎没有时间看电视连续剧，也对于当前许多似曾相识的、一个题材翻来覆去的、粗制滥造的室内电视剧乃至各种戏说类电视剧，丝毫没有一点兴趣，甚至有视觉污染到厌烦之感，感到不如读几本经典文学名篇名著，练习或创作一下书法作品更惬意过瘾。

然而，这次央视热播的《木府风云》对我来说，是个例外。

长达40集的电视连续剧《木府风云》的成功播放，得到《新闻联播》里较长篇幅的盛赞，是非常鲜见的！对此本人也非常赞同各界的评价，也从一个侧面传递出了我的心声，凡是真正的艺术，人们都会打心底里喜欢。

开始并不知道电视剧《木府风云》有多少集，过去也孤陋寡闻，并不知道韩国年轻演员秋瓷炫的演艺，这次电视中相遇，纯属一个偶然。我是从第16集被吸引进去的，感到阿勒秋形象气质高雅超凡脱俗清纯可爱，使人眼睛一亮，耳目一新，乃真善美之化身，乃纳西民族的观世音！她集东方美和智慧于一身，高挑的身材，白皙的皮肤，高高的鼻梁，一双大大的眼睛里脉脉含情，洁白如玉的牙齿让人百看不厌，既养眼又舒心，加上演技高超，辅之华丽的民族服饰、独特的少数民族风情和剧情悬念而扣人心弦，似东方美神降临人间，牢牢地把我锁定在荧屏前不忍离去……

为了迅速查看剧情的进展，等不到第二天的播出，便迫不及待地上网观看，废寝忘食，同时辅之查阅纳西族历史，了解历史上的木府和阿勒秋其人其事。这次被拉到荧屏前当了一回追星族，如时光倒流，春心萌动，因为一个人，看了半部剧，了解一段史。也由此想到，一个好的题材，必须要有好的演员，才能为其增色，使其扩大影响，达到一箭双雕之功效！演员也要有好的剧本作平台，才能完成二度创作，借此展示自己的才华，也就是形式和内容的完美结合乃十分重要！

导演引进韩国年轻走红演员秋瓷炫出演"阿勒秋"，可谓用心良苦矣！由此我预言：随着电视剧《木府风云》的热播，中国大陆不久会掀起一阵秋瓷炫之旋风。常言道：爱美之心人皆有之。追星，是愉悦的，但要追真正值得追的，隐藏心中的那颗星……

这是一部多次赚取我眼泪的好作品。感谢当今兴起的网络传媒，在上暑热天里，我不畏酷暑，搁置诸多事务，从网络中将该剧看完。这在我的博文《因为一个人，看了半部剧》中已经讲述，既然看了后半部，那么必然会穷追不舍，又从第一集开始，逐一欣赏，使一些链条得以完整连结。

在央视介绍观众评价后，我又将大结局的第 40 集重新欣赏一遍（这在我看电视连续剧中是绝无仅有的一次），仍然是几次眼泪在眼珠里打转。这就是成功之作的艺术感染力，是剧情的渲染，是演员的演技高超，特别是对主角——阿勒秋形象塑造获得巨大成功的使然。

纵观全剧，还因为对阿勒秋这个人物一生遭遇坎坷、心地善良、忍辱负重，好人终有好报的欣慰，最后一集的大结局里有四处让我情不自禁，一是在阿勒秋收拾行装准备离开木府时，与木增的一段对话；二是在罗宁氏将指挥暗枭的匕首标志交给她，重新给予阿勒秋无限的信任，把振兴木府的未来托付给她；三是阿勒秋含着热泪叫奶奶、奶奶；四是整个丽江整个纳西族为阿勒秋的生命祈祷。

纵观全局，我认为该剧是当前少有的、成功反映少数民族历史题材中爱国、民族团结的电视连续剧，是符合大众欣赏习惯，为增加艺术感染而巧妙穿插民族风情、民族服装、武打、侦探、情仇、矢志不渝的爱情故事等等于一体电视连续剧，必将给今后的少数民族电视题材创作以诸多启示。

电视连续剧《木府风云》的成功，说明大众欣赏习惯没有本质的差异，审美观也大同小异，人们崇尚真善美，反对假恶丑，讨厌假大空，对各种艺术表现形式亦然。

特别厌恶那些快餐式、抄袭、移花接木和靠包装广告去迎合观众的影视剧，讨厌浪费国家钱财、一哄而起拍些跟风的作品，讨厌在渲染爱情时靠"脱"、靠赤裸裸的性爱镜头来吸引人的眼球……

培训三章

一、久违的铃声

春夏之交，风光无限，此时的市委党校处处鸟语花香，满目青翠欲滴，充分彰显出大自然的生机与活力，也见证着这儿是个学习读书的环境。

樟树林遮掩下的市委党校，外观上与13年前没有质的变化，因为有搬迁规划，这些年党校的基本建设几乎停止了，因此有些显得与城市日新月异的变化格格不入。如果说有变，就是树的年轮增加了，树冠的覆盖面增大了。就因为保持着13年前的面貌，更容易勾起心中的回忆，也令人产生无尽之遐想……

从师资力量和教学手段来看，有些老同志退休了，生面孔增多了，许多的新生力量来到党校任教，传递着一些新的信息；教学手段现代化了，过去的板书被时髦的PPT电化课件教学取代。

时隔13年，组织上让我暂且放下繁杂的公务，再一次来到人生旅途的"加油站"，与同学们端坐于教室里。虽然年龄相差很大，也没有学生时代那样的琅琅读书声，但相对于日常工作而言，毕竟感受到正规学校的管理，我亦十分珍惜这次的"充电"机会。

预备铃、上课铃、下课铃，声声清脆，多么亲切，多么熟悉，又多么令人向往，在我心中属于久违的铃声。特别是窗外不时传来一阵阵喜鹊叽叽喳喳的鸣叫声，常常将我的思绪打乱，引发我对大自然的向往，对返朴归真的追求，羡慕鸟类能自由飞翔……

这也是我工作的地方听不到的天籁之音！

阵阵铃声中，常常引发对小时候上学情景的回忆，我属于同时代人群中，听上课铃声时间最短暂的人之一。上小学在偏远的乡下，是个没有通电的地方，上课的铃先是一段废弃的钢管，用绳子吊在空中，用木棒或金属钝器敲打发出声音；上中学后算是有了一个专用铁铃，类似电影《地道战》中的模样，高高的铃下一根绳索相连，只是小一点而已。就在这阵阵铃声中，随着"文革"对教育体制的迫害，我期望听到电铃声的权利被剥夺了，继而转向人生没有围墙的学校里摸索自学，上课铃声从此只能在脑海中隐隐回放。

其实，这次到党校学习，面对熟悉的环境，可谓触景生情矣！单从人文环境而言，心中有许多常人不知晓、隐藏心底的酸酸的情感，无论是学习还是同学聚会，整个心思都在回味上一次的情景……特别是在结业不久，常来党校省亲，也是触景生情的缘故，促使我写了一篇随笔《那间教室》，以情感真挚的文笔，在全国日记体散文竞赛中荣获佳作奖，我因此成为中国散文学会的一名会员，在个人散文写作中具有里程碑意义！

上次来学习，年龄上小多了，精力旺盛多了，思想上也单纯多了，又都是市直单位的，加上校内又有亲戚居住，不时可以去家中小坐拉拉家常，其乐融融。后来，亲戚退休后背井离乡到省城武汉，与女儿一起生活了，偶尔回来一下，房子乃"铁将军"把门。

与党校一墙之隔，有我的昔日好友吴兄，可他们一家也在前些年随夫人举家迁往重庆老家了，房子也卖了……面对过去熟悉的、留下欢乐的地方，如今是人去楼空、物是人非的感觉，每每经过时，好令人沮丧矣！

这次从年龄角度上也夹杂着从此告别党校学习的心绪，属于最后一次脱产学习机会，内心似乎有些依依惜别的情调……

我特别喜欢听上课的铃声，是因为我的人生航程中感受这种铃声的时间太短暂了，又因为铃声中隐含着知识的力量，铃声里集聚着一批追求知识的人们；有铃声的地方，乃希望之所在……

那么，就让铃声永远回响在我的心中吧！

二、充电感怀

人生像一叶小舟，航行于滩多水急的河流，逆水行舟几十年，从 13 年前实现泊舟补给之后，时至今日，深感燃料消耗殆尽，人也筋疲力尽，可谓人困马乏，近日被允许停泊港湾抛锚，实现再一次整修充电的愿望。

经过疗救者简单目测，本小舟设备明显老化，有些配件早已停产，只能简单修复矣，能维持多久算多久啦！

20 世纪末的检修，理念是两手抓，一手抓理论，一手抓技术，实现了两个证书同时拿到，这就是党校培训证书和机动车驾驶证。

瞭望前方，虽然险滩暗礁密布，但是离终点港口毕竟不远了，希望通过航行中最后的整修机会，精心策划难得的一个月的泊港补给，达到充电修身疗伤交友相结合之效，努力将这次的整修成果带向人生航程的终点港……

今日党校开学，面对物是人非，尽显陌生凄楚，令人颇多感慨，默吟小诗一首，慰藉今日之心。

时间长河流至今，岁月苍苍几回轮；
昔日同窗今安在？唯有梦里去搜寻。

扬帆人生风难顺，故友新朋伴征程；

嗟叹小河东逝去，远航归来作舟横。

三、拓展训练

今天我们参加党校学习的学员，前往训练基地进行了一场别开生面的军事化拓展训练活动，是一次终生不会忘记的集体活动。

我们体验到从老百姓自由散漫到组建一个个团队，按照准军人的要求，营造团队气氛。打破人与人之间的隔膜，对学员进行"三忘教育"，即忘记年龄、忘记性别、忘记身份，建立相互信任的基础。

通过训练，大家学会了分解压力，调节心理，培养勇气与胆量；体验稳中求进、平衡中求发展的道理；体验挑战自我，激发潜能；体验目标管理的意义、一定的冒险对成功的意义……

一天的训练，我们一个个汗流浃背，从集合列队、喊口令，到唱队歌，歌声嘹亮，精神抖擞，早将疲倦抛到九霄云外。我是第一次穿谜彩服，也是第一次进行类似的训练，还被大家推举为第四队列队长……

回味今天活动及教练讲解的一些理念，一定会受益终身。

没有党校组织这次特别的训练活动，没有组织给予的培训机会，我估计今生也感受不到这种拓展训练。感谢组织给予这次学习培训机会，感谢人生中又多了些同学，未来的学习和生活工作中，将多一些可以交往的朋友……

青年节断想

红色五月在我幼小的心灵里根深蒂固，五一国际劳动节、五四运动、五四青年节、五卅运动……在中国近代史上，很多重大事件和节日都集中在五月。

青春年少之时，一个月都要投身到种种纪念活动之中，虽然不是很懂，但态度上必须端正，被时代潮流推着向前，想起这些就浑身热血沸腾的。

时代的车轮驶入了新世纪，五月的活动也发生了质的变化。就一年一度的五四青年节而言，前些年实行五一长假时，都忙着旅游观光去了，普遍感到这个节日气氛有些淡化，甚至被遗忘，在不少有识之士建议下，取消了五一长假，似乎才又还这个节日本来面目。

每年这个时候，我都有机会与一些年青同事们聊聊这个节日，也借此回味自己曾经走过的青春岁月，看看今天年轻人的美好前程，无不使人回想起曾经被青春"撞腰"时段及特定时期种种色彩包装下的青年时期。

五四青年节，是中国青年的节日。是为纪念 1919 年 5 月 4 日爆发的五四运动而设立的。1939 年，陕甘宁边区西北青年救国联合会规定 5 月 4 日为中国青年节。1949 年 12 月，中央人民政府政务院正式宣布五月四日为青年节。

青年节期间，各地都要举行丰富多彩的纪念活动，青年们还要集中进行各种社会志愿和社会实践活动，还有许多地方在青年节期间举行成人仪式。五四精神的核心内容为"爱国、进步、民主、科学"。

人的一生从幼儿、少年、青年、中年到老年，每个阶段都有特定的意义。幼儿不懂事，少年长身体，青年多梦幻……我们的老一辈年轻时是抗日救亡、解放战争、建立新中国的经历者；新中国成立后的青年遭受政治挂帅的精神压抑，再就是各种政治运动频频，到"文革"灾难……当年没有打入另册的青年知识分子实属万幸！

我们一代的青年时期严格意义是"文革"后期和改革开放初期，对这个节日总有一些记忆，我经过的那个时期虽然很苦涩，有时又非常迷茫，但比起我们之前的年轻人强多了，至少没有无休止政治运动的一顶顶"帽子"，但更多的还是"阿Q"似的自我安慰。

在我的青年时期，是一个重成分的时代，无缘到绿色军营保卫祖国站岗放哨，也远离大学校园（我始终感到这两个地方是年轻人聚集，充满青春活力的地方）。当时城镇青年必须经过"上山下乡"才能招工，我的青年时期就是在这种大环境下度过的。"文革"结束，我们遇到了"拨乱反正"校正畸形社会重大变革的过程，这个时期的我们，思想准备不足，也没有知识储备，新的机制尚在探索，叫作"摸着石头过河"。要文凭，我没有；做生意，没本钱；调换工作，没后台；只能是老老实实脚踏实地随遇而安。不经意间，在企业优化组合、职工文化补习、计划生育、打破"大锅饭"、市场经济体制等等迷茫和破旧立新的交替中，宝贵的青春岁月就悄悄地溜走了……

青年人富有朝气，进取精神强，极具创新意识，没有私心杂念，敢说敢作敢为，是推动历史前进的生力军。回味这段特别的日子，令人感慨，令人慰藉，特别庆幸的是，我也曾经做过青年工作，每当这个时候，办墙报，画刊头，写诗文，还当过团干，当选过青联委员……

天高任鸟飞，海阔凭鱼跃。时代不同了，命运不一样。我由衷地羡慕今天的年轻人！经过一代又一代青年人的探索铺路，特别是在国门打开、信息共享、观念与国际不断接轨的今天，现在的年轻人的舞台不可限量。论资排辈、年轻人被压制被束缚、"知识越多越反动"的时代一去不复返了。赢得当今青年就赢得未来世界！未来世界掌握在今天的年轻人手中！在纪念五四青年节活动之际，向所有的青年朋友送上最美好地祝愿！随笔自由诗一首：

致青年朋友

红色的五月

激情的岁月

青年的心

欢呼跳跃

风华正茂

英姿焕发

激情飞溅

活力四射

燃烧的激情

五彩的梦想

人生的舞台

宽广无限

……

今天是你们的节日

时代寄予厚望

国家的未来

民族的振兴

在你们手中

祝福你们

实现理想抱负

无愧青春岁月

创造人生的辉煌

强国的梦想

和一个崭新的世界!

祝青年朋友

节日快乐!

时光催人老

岁月不饶人，时光催人老！时光荏苒，岁月如梭，弹指一挥间，当年的风华正茂早已远去，那个血气方刚、凡事争强好胜的我，也随岁月远去。

这几天，我们系统举办体育运动会，主要是球类和田径类比赛项目。由于爱好和个性决定，无论什么运动项目对我并不重要，但作为一个看客和旁观者，看看那些活跃运动场上的健儿们，不由想起当年的我，也曾经有过激情满怀的岁月，也不由怀念当年我们一帮人组织全地区公交战线艺术节、企业文化集会、公交战线政研会等等大型活动的日子。

当年作为全地区公交战线文艺活动积极分子，每逢大的活动，总会参与到组委会中，献计献策，挥毫泼墨，摄影摄像，参与组织了一个又一个在全地区乃至全省公交战线留下烙印的活动。

最难忘的是 20 世纪 80 年代末，全地区首届公交战线艺术节开幕，可谓轰轰烈烈。地点选在桃花岭军分区礼堂，表演类和展览类同步举行，我被安排负责展览类活动，尽可能让全地区艺术精英们的作品一一参展。

全地区公交战线领导云集，看表演前首先看展览，琳琅满目的书画艺术作品，由我向艺术家们一一约稿，展览完毕又一一付稿酬，由此结识了一大批同道和师友，有的友谊延续到现在，成为个人艺术道路上的重要里程碑。

在展览及大型艺术节组织工作中，积累了十分宝贵的组织工作经验，成为我后来独立从事类似工作的重要借鉴。

在香港回归、澳门回归时，我们大胆组织了全系统电视直播文艺晚会，胆量可谓大矣！继而宜昌解放五十周年歌咏、全市"八五"交通邮政建设成就展等等大型活动的成功举办，都有我的身影。对此，我由衷地感谢当年的宜昌地委公交政治部给予我的极其宝贵的学习与实践机会，感谢当年领导的信任与培养！

我常常假设，如果没有地市合并，那么将继续在公交政治部工作，我的今天会是怎样的呢？有一点可以肯定，一定不是今天的我了！哈哈……假设是不能成立的，怀念当年曾经辉煌的岁月是必然，我十分珍惜当年因工作关系与一些领导和朋友建立的纯真友谊。

江山代有才人出，各领风骚数十年。你方唱罢我登场，休言今日短与长。同时不忘的是，感谢岁月感恩生活，没有当年的创作激情，没有当年的社会实践，没有那么多的机遇和平台展示，也就没有今天的我，也不会有一些朋友调侃时羡慕的"两栖"会员（省书法家协会、省作家协会）和宜昌市城市博客"达人"……罢了罢了，坦坦然然面对现实吧！

远去的让它远去吧，自然规律不可抗拒，但经过时间沉淀和实践检验的友谊是牢不可破的，我们曾经的友谊万岁！

小议地市合并

眨眼一晃，宜昌地市合并 20 年了，无论官方对此是否举行纪念活动，但本人心中依然是沉甸甸的，往事历历在目，因为这 20 年是本人有效工作时间中最宝贵的时光！

1979 年 6 月地市分设，1992 年 3 月地市合并，这两大事件都经历了，只是当时年轻，有些稀里糊涂，有些弄不懂，但最恼人的是，给个人工作学习，特别是业余生活带来诸多不便，人为划些沟沟坎坎，同城不同待遇，你是地区的，我是市里的……

有道是屁股指挥脑袋，就那么一夜之间，原来的上下级，现在是平起平坐，造成单位之间、组织之间，常常互不买账互设关卡，甚至有鸡犬之声相闻，老死不相往来之境。

本人于 1978 年招工宜昌地直交通企业工作，不到一年，当时的小小地辖市一夜之间升格，但是我们的户口属于宜昌市，工作单位属于地区，我们只感到很茫然。地市分设中，倒是一大批官员得实惠，可对平民百姓却多了诸多障碍，我深有体会。特别是文化活动，地区主要精力抓各县工农业生产，在城市里好像就只有行署这个派出机构，其他对应工作机构都是点缀而已，因此各种全省性的重要文化活动根本无人问津；但市里显然不同，作为一个省辖城市，每逢重大喜庆节日，处处热闹非凡，使一些有才有艺的都有用武之地，因此培养了一大批各方面优秀人才。

当年我作为地区单位人员，感到被冷落，无人问津，不像在城市工作一般，内心深处非常向往市里的各种文化活动，且悄悄地参与其中。回想起来，还是那些年打下了书画艺术的基本功，参与到宜昌市工人文化宫组织的各种业余文化学习之中，将我等破格吸纳到一些文化社团。还参与到自学考试行列，个人主动融入其中，才没有那种被城市遗忘的感觉。如果指望地区来组织，结果将是相反！乃庆幸也。

1992 年 3 月，在邓小平南方讲话、神州处处唱响"春天故事"的日子里，宜昌地市合并，人心大快，欢欣鼓舞，多年的地市矛盾迎刃而解。但是新的矛盾接踵而至，最大麻烦是干部人员安置，两套人马做一件事情，各单位人满为患，纷纷想出各种招数消化多余人员，分流办三产，鼓励下海经商，倡导提前退休等等。一个单位负责人少则七、八位，多则十余人，为争位置窝里斗是常事，这种局面下，受害者是我们当年的年轻人，经商没有本钱，下海没有后台，只能脚踏实地早已苦干本职工作，深感前途暗淡，仕途无望，连单位偶尔提拔一个中层干部也要讲究个地市平衡。别无他策，只能靠时间自然减员消化，靠忍耐熬到媳妇成婆。

时间不等人，有关系的后台硬的受影响小一点，普通干部只能干着急干瞪眼。弹指一挥间，20 年过去了，地市界线的阴影早已没有了。回顾这段经历，印证了无论什么改革，都是有代价的。地市合并的代价是牺牲了我们这一批人，什么都有过这一村就没有这一店的机遇，我们只能在白白的等待彷徨中，眼巴巴见大好春光远离我们而去矣！

人生有几个 20 年？我们也有风华正茂的时候，可就偏偏碰上了这个地市合并，遇到了人满为患且许多人浑水摸鱼的时段！不得已还要小心翼翼看人脸色，唯有在望穿秋水、在寻求平衡中度过这 20 年，不经意间时光却将我带入到半百岁月……

纵观当今风云变幻，各种竞争如此激烈。其实无论怎么竞争，归根到底就是人才的竞争！我多么羡慕现在的年轻人！

喜看快速发展的宜昌市求贤若渴，主动出击，储备人才，近几年在全国公开招考 500 名全日制硕士研究生为科级干部，为年轻人施展才华搭建平台。羡慕当今的青年人欣逢盛世，宜昌这块热土将成为孕育国家栋梁之材的土壤！

借此，真诚地为现在的年轻人祝福！

为人才鸣锣

人生苦短，自己的自学过程可谓一路艰辛，切身体会犹为深刻，能最终取得一点成绩，实属来之不易。因此，特别羡慕当今的学子们，他们赶上了好时代，赶上了一个尊重知识尊重人才、坚持唯才是举的好时代。

近年来，对改革用人方面的举措感触颇深，自己曾连续写过几篇点赞湖北省和宜昌市关于选人用人机制改革创新的小文，感到有真才实学的人终有了用武之地。非常推崇公开公平公证的考试之举，讨厌那种暗箱操作的用人潜规则！深恶痛绝那种压制人才、妒贤嫉能的官场恶习！核心是赞赏真才实学，是金子终会闪光！呼呼有更多的慧眼识才的真伯乐，做到不拘一格降人才，推动历史的车轮滚滚向前……

2010年10月底，宜昌市在全国范围研究生中选招的193名副科级干部到市委党校报到，进行五天封闭式上岗前培训。碰巧远方一文友的儿子榜上有名，因此也就格外地关注此举了！

据这位丁姓侄子介绍，他响应招聘号召，过五关斩六将，报名、笔试、面试、政审、体检，如愿以偿地，千里迢迢来到美丽的宜昌市工作。

他认为，这是他所了解的目前最公平的招录举措，因此他怀有一腔热血，大有在宜昌市奉献青春、展示智慧才华、建功立业的雄心壮志。我也为他赶上好时代而欣慰！更为宜昌市的改革选人用人制度的创新举措而赞赏！

　　因此还联想到耳闻目睹的几件事例，也可以说明是真金必然发光的道理！有一位朋友亲自与我讲述两则事例，一为他一同事的儿子，是某一高校毕业生，因为没有后台，多次找单位自荐也未能成功，在万念俱灰的情况下，巧遇公务员招考，他高分中榜，成全了他的就业梦事业梦！他父亲高兴的逢人便称赞这种选人用人机制的好处！二是朋友认识的一个朋友亲口讲述的事例，一农村大学毕业女生，考我市某检察院，也是在没有任何关系的情况下，在比选时以综合素质高，被破格录取，这位学生十分珍惜来之不易的岗位，以实际行动报效单位的重用，业绩突出，连年受到表彰。因为优秀，被上级组织部门看中，也拟选调，因为是单位骨干，原单位也舍不得，组织部门也很想用。无奈征求个人意见，这位同学非常看重知遇之恩，婉言谢绝了上级组织部门的好意，在原单位发挥专业之长。很快原单位又将其提拔为正科级干部……听罢，我亦陷入深深的思索，特别为这些真正的人才又遇到慧眼识才的真伯乐而击掌叫好！

　　看看他们，想想自身，我真羡慕他们这一代赶上了好时代，由此验证一个真理，时代前进的车轮是谁也无法阻挡的！我也由此相信，千里马常有而伯乐不常有的时代会慢慢地改变，特别是纯靠感情投资、靠关系、靠近亲繁殖的局面会萎缩或越来越没有市场……也唯有如此，公务员队伍素质才会有真正提高！也会吸引更多的真人才加盟到公务员队伍之列！

　　俗话说：得人才者得天下！我相信：这批高学历高素质人才的引进，一定程度上确定了宜昌市未来的发展方向，比一时引进多少多少资金或者什么什么项目强多了……从某种意义上讲，他们的示范效应就是宜昌市发展的未来！宜昌市的兴旺发达很快会掌握在他们手中!

　　我发自内心地祝愿这些青年朋友们:在宜昌市这块热土上辛勤耕耘、展翅飞翔吧!作为见证者,我会跟踪关注并翘首以待!

深山寄情

大山敞开怀抱，溪流唱着歌谣，置身闻名遐迩的神农架林区，心情都被寄存在这儿了。移步换景，景景相连，目不暇接，心随景动，情被景牵，云遮雾绕，如梦如幻。

迎接我的是清澈见底的泉水、水中欢乐的鱼儿，峡谷盘旋的山鹰，百鸟自由鸣唱，不时夹杂深山传来猿猴打闹嘶鸣声，可爱的国宝长尾金丝猴蹦蹦跳跳，还有那高耸奇异的山峰和保存完好的原始森林……

那年夏日，久居都市的我，有机会逃离市尘的喧闹，造访令人心驰神往的神农架林区，在这个不需空调的清凉世界，大口吮吸清新空气，吐故纳新清心润肺，尽情享受满目青山绿水，并在楚天名镇——木鱼镇小憩，享受着神仙般日子。

完成公务之余，偷得半日闲暇，用心用情用眼用脚反复丈量了被誉为深山明珠、小香港的木鱼镇。

这是一颗发光于大山深处的明珠。这个镇人口不多，顺山沟面积约一平方公里，离美丽的宜昌市200多公里，与神农架林区首府松柏镇相距80公里，海拔1000多米。这个20世纪六七十年代还是堆放木材的小山沟，随着近年封山育林、退耕还林的政策扶持，特别是旅游业的快速升温发展迅速，令世人刮目相看，本人将其称为楚天深山第一镇应不为过。

山货、药材、特产店铺林立，酒楼、饭店、歌舞厅比比皆是。

在时下人们喜爱生态旅游，崇尚自然回归自然的大背景下，正是释放内心尘埃的绝佳去处，一传十，十传百，撩拨得四面八方的游客潮水般涌来。

由于季节的因素，这儿的酒店价格比外面贵多了。旅游旺季游人如织，南来北往的游人们摩肩接踵，争相选购地方特产、品味地方小吃，成为小镇一道亮丽风景。

四大美人王昭君浣纱的香溪源、祭祀炎帝的神农坛和华中第一峰之称的神农顶，是木鱼镇周边的重要景点，也是人们进入神农架自然保护区的必到之处。野人之谜都要从此地探寻，很多野人踪迹或传说就发生在这里，因此木鱼镇又是一个披着神秘面纱的重镇，多少年来引发一批又一批有识之士将身家性命搭进这神秘的地方，长年隐藏深山，搜集标本，探寻野人踪迹，作为终身追求，执着的精神令人敬佩有加，由此可见，这儿又是一个随时都可能爆发震惊世界新闻的地方。

我漫步街头，心中思索着，小镇虽然有些特色，但相对寸土寸金的黄金旅游景区，其规划布局应邀请全国专家学者为其定位，至少应效仿云南丽江大研镇，多一些文化内涵，少一些应急似的和为以后留下遗憾的败笔……倘若不及时制止发展的随意性或低档次没品位无特色的开发建设，将使神农架的旅游地位大打折扣，我亦为之忧心忡忡……

我一路思索着：旅游的真谛不单纯在于观光，更在于观光后深邃的文化和情景交融的境界，让人过目不忘，让人流连忘返，让人依依不舍，让人推荐他人再来，那么就要少些人为破坏，始终立足原始特性和地方文化特色，在深山植物和野趣上做文章，增加情的内涵，注重知觉和感觉的完美统一。

置身木鱼镇令人终生难忘，白天用我的肌肤和她亲吻，夜晚睡梦中还在与她对话呢！我下榻在神农架山庄，毗邻的一条河流昼夜哗哗流淌着，不知从何处来又不知到何处去的山泉，越是夜深人静，越是水神活跃的时候，越是能感受到流水的神韵，那哗哗流水声如民乐合凑又似童声小合唱，亲切悦耳沁人心脾，使人遐想连篇，是这天籁之音伴我的美梦一泻千里，冥冥之中思恋我那遥远的梦中情人……

　　仙境中归来，我一直沉浸在东晋田园诗人陶渊明的著名诗句"问君何能尔，心远地自偏"的意境之中，我的心似乎已寄存在这儿了……

鸡鸣声声

人的一生有许多事情是无法忘却的！

我的青少年时期多数时间生活在没有钟表的偏远乡下，是今天的人们不可思议的事情！过着看太阳猜时辰，听鸡叫方惊醒的日子。

回味那些年月，仿佛走进穿越时空的隧道，且对于鸡叫声有着特殊的情愫，就像一张经过刻录的光盘，成为记忆里时而唤起共鸣的经典原声乐曲！

我的童年随祖辈生活在鸡犬之声相闻，老死不相往来的封闭之地，离县城40余里。如果追溯至三国时期，这里曾经兵荒马乱，在历史上留下许多待考古学家们去详解的故事；日本占领时期也遭遇惨无人道的三光政策毁灭性打击；解放战争期间也不平静，土匪出没，大小战事不断……

历史上这儿因沮漳河通航行船，水上交通比较发达！新中国诞生后，由于兴修水利设施和治理水患的需要，河流严重截流，航运渐渐断了，这里沉寂了。我的童年大多数时间就生活在这里，周围没有钟表，没有收音机，没有电灯，没有汽车，四面环水却没有自来水，是一个交通极为闭塞的偏远乡村。

这儿生活原始，乡风纯朴，如东晋大文豪陶渊明描写的世外桃源一般，乡邻们日出而作，日落而息，早睡早起，没有文化生活，"文革"后期才安装纸质广播设备，伴随我的更多是鸡叫狗吠猫喊鸟鸣，成天听闻着这上帝赐予的天然原始音乐。

这里是江汉平原与丘陵过渡地带，一望无际，平展展的，人口稠密，人多地少，水灾频发，时而内涝，但土地肥沃，特别适合蔬菜生长，现在是远近闻名的蔬菜基地。

自古以来，当地人的商品经济意识较强，在计划经济时期，在有限的自留地里，村民们一季栽培土烟叶，一季种大蒜，似乎家家户户约定俗成，两者都属于经济作物，成为人们一年日常零花开销的主要来源。

我的祖父生于辛亥革命之后，属牛，享年虚八十，按传统纪年法，早已过了百年诞辰。家族中祖祖辈辈是农民，且家境不富裕，时而捉襟见肘。我的曾祖父（当地称爷爷）去世早，曾祖母（当地称太太）又双目失明，没有弟兄，只有一个早已出嫁的姐姐，整个家庭靠祖父支撑着。

祖父一生非常勤劳，没有文化，但通晓事理，为人老老实实本本分分。日本占领时期，在给日本鬼子当苦力割马草时，被日本鬼子用长烟斗敲打头颅正中央，导致血流如注，有幸捡回一条命，留下拳头大一个伤疤，受伤处再也不长头发，一生只能剃光头……他与我的婆婆含辛茹苦将我的父亲（唯一的儿子）培养成新中国当地第一批读书人，解放初期参加了革命工作，靠知识改变了命运，没有与祖父一样靠土地过生活。

俗话说爹爹婆婆喜欢头孙子，我一方面被祖辈宠爱着，一方面成为他们的帮手和寄托，我十一二岁就能帮年近六旬的祖父祖母做些力所能及的农活。

从我记事起，就受到祖辈们有关读书极重要的启发教育，很多儒家家喻户晓的理念深入到灵魂深处，浸透到我的骨髓，也影响到我大半辈子。

　　我终生不会忘记的就是寒假期间陪伴祖父卖大蒜。大蒜是当地的特产，当年约两毛多钱一市斤，一次运送百十来斤，可以卖二十多元钱。由于路途较远，为了增加大蒜的分量，当地普遍采取的办法是，将刚从田里挖出来的大蒜捆好，沉入水塘中浸泡半夜，估计能增加十分之一的重量吧，按照今天的观点，算是给大蒜苗注水了！

　　卖大蒜苗是非常辛苦的活儿，白天挖起来，存放水中，半夜从水中捞起来，有时还夹着冰渣子，湿漉漉地装到自备的两轮板车上。等到鸡叫第二遍时（约凌晨三点时分），祖母就要起床为我们摊上几个饼子，供路上填肚皮，我们就摸黑上路了，披星戴月40多里的路程，沿途要翻越沮河和漳河两道大堤，过沮河后才能进城。

　　由于天亮才能开渡，摸黑等渡是常事，赶到县城，天刚刚亮一会儿，正好是城镇居民买菜的时间。有时因耳误，将鸡叫第几遍弄错了，或者起早了，到渡口时天还是黑的，每逢此时，多么渴望有一个可以闹时叫醒的钟！

　　沿街等候别人来买，卖完后我们祖孙带着满脸的疲惫，才能去父母工作的地方吃早餐，如果行情不好，没有卖完，那么就近吃碗面条饼子什么的，然后原路返回，继续用我那稚嫩的小脚板，反复丈量脚下的土地……

　　回想这个过程，最艰难的还是半夜祖父将我迷迷糊糊地从热乎乎的被窝里拉起来，在此起彼伏的鸡叫声中，在一阵阵的狗吠声中，借助微弱的手电光，祖孙二人摸黑拖车步行，真个儿鸡犬之声相伴！

　　夜晚徒步时，常常是白霜和露水将头发眉毛染成雪一般，类似的活儿在寒假里至少有五次以上。时逢寒冬腊月，有时雨雪交加时，还得顶风冒雪，但心中被过年做新衣服的诱惑和买学习用品的欲望激励着，怀揣对未来人生的憧憬，无论多么困难，我总是一路蹦蹦跳跳。

在"割资本主义尾巴"的年月，加上当地人多田少，一家一户按人口分配养鸡指标，一般家庭只能喂养两只鸡，多数家庭选择一只公鸡，一只母鸡，公鸡负责打鸣报时，母鸡负责下蛋改善生活或日常油盐开支……

在那经济不发达的年月里，农户家过年前卖大蒜，属于一年中收获的季节，苦和累都抛到九霄云外了，只有那报晓的鸡叫声深深地镌刻在脑海里。

在几年的鸡鸣声相伴的长途跋涉中，经风雨见世面，送走黑暗迎来黎明，在大自然的摔打中，我身体结实了，个头也长高了，也磨炼了我的意志，特别是懂得了生活的艰辛，切切实实体会到了人间的冷暖，也暗合了当今人们常常挂在嘴边的"穷养儿"的古训。

我是不是半夜听鸡叫最多的人呢？这算不算闻鸡起舞？我常常很牵强的联想着……

最难忘那夜半原野上的鸡鸣声声……

生日感怀（外一篇）

　　作为一个业余舞文弄墨之人，特别感谢现代网络开设了博客这个特殊载体。博客成为我最忠实的朋友，是鄙人的心灵家园，是向世界敞开心扉的一个窗口。自 2008 年 10 月底开通个人博客，转眼快七年，类似儿童完成了幼儿园和小学启蒙教育吧，不经意间有洋洋洒洒 1100 篇个人原创博文（含书法、诗文摄影）计 108 页之多，字数百余万字，访问量 34 万余人次，受到 2100 余人关注，博友遍布国内及海外。

　　于七年前被本地媒体选为十大博客达人之一……近来回首查阅，每年的生日心境如影视片呈现在眼前，喜怒哀乐，重要事项，历历在目，可圈可点。博客已经成为个人业余生活须臾不可分离的重要平台，是我寄托心灵的家园，不曾一日分开过，无形中充当监督我日常学习的老师，是"三省吾身"的一面镜子，通过与世界同道的交流互动，成为提示我执行年度计划的晴雨表，可以倾听各方意见，预测发展导向，适时修正错误，可谓受益匪浅矣！有感时代在变，环境在变，形势在发展，社会在前进。自然规律不可抗拒。今年的世界也不太平，导致今年生日的心绪有别于往年。感岁月更迭，山川依旧，日月星辰，宇宙永恒，个人如此之渺小；仰慕人类文明史之博大精深，鄙人不慕金钱，坚持典籍相伴，心摹手追，享受翰墨清香，金石传情，慕历代之圣贤，发思故之幽情，举杯望明月，嗟叹复嗟叹：人生之短暂，梦想之落差，与先贤名流之悬殊，怎会心无惆怅乎？生日之际，五味杂陈。雄心壮志远去矣，虚情假意不入史！特录鄙人前不久在故土河岸漫步的五言诗《岁月感怀》，本意是离开故土到外地工作人生感悟，叹惜青春不再，人生之短暂，借用于当年生日心境写照并行草书之留存：

> 别离卅七年，弹指似挥间。
> 嗟叹如梦幻，山川换容颜；
> 酸麻苦辣甜，人生五味全。
> 笑谈得失去，奋蹄不用鞭。

在生日之际，祝福众多，辗转反侧，融化吾心，唯叹岁月不饶人，试以《自赋》表我心。

戊戌初秋，七月之望，犬子耕夫，生于玉阳；弯弯河流，碧波清清；沮漳相汇，抚慰心灵；生不逢时，伴随跃进，饥饿难忍，灾害缠身；文革识丁，逐出校门；发配农耕，苦苦探寻，年近三载，浴火重生；屡遭改革，方向不明，发奋苦读，转机纷呈；道路屈曲，毅力坚韧，仰望苍天，仕途不顺；明辨是非，敬重贤能，先哲圣贤，犹如知音，文宗东坡，书学王铎，心追陶潜，禅意求乐；两栖会员，文书并进，书存五台，漂洋过海，文入典籍，史册有名；坚定信念，心有明灯，历经千险，走出泥泞；云开雾散，雨过天晴，时不我待，太阳西沉；出身书门，长子之尊，养老抚幼，忠孝责任；抚育后代，免蹈覆痕，心系彼岸，义务待尽；告慰先祖，力竭殚尽；勇往直前，不枉今生；诗书在手，言志传情；摒弃怨恨；心怀感恩；狐死首丘，叶落归根；生日自赋，肺腑之声；金无足赤，人无完人；谬误难免，恭请斧正。

腹有诗书气自华

写在 2011 年初秋之际。

"胸无春秋志难远，腹有诗书气自华"，是苏东坡的名句。今天特地以"腹有诗书气自华"为题刻了一方印章，作为未来岁月的座右铭。以下小文便作为刻印后记。

转瞬即将新增一个岁月的年轮，每当此时，总会百感交集。查阅一年来的日志和博客记载，似乎并没有荒废岁月对我的馈赠。

人生在世，有许多不如意之事，有许多身不由己之事，总感到时间不够，身体似乎也渐渐衰退，心有余而力不足越来越明显……好在家人健康，基本生活无忧。对照篆刻作品，粗略小结一年的人生。

读书最快乐，可往往心沉不下来，浮光掠影浅尝辄止，有些经典读物未能如期完成阅读任务，检讨内心，深感非常的不安。

读书的任务没有完成，文学创作的任务尚在苦苦思索之中，一年之中加入了省市作家协会，加入中国作家协会将成为新的目标！

书法进入一个进退维谷的阶段，前进一步十分艰难，停滞不前也会被时代淘汰，亦有许多的困惑。

离开传统的中国书法还叫书法吗？本人书法创作虽然有了质

的飞跃，但与时代书风显得不合拍，与当前书法展览的误导不无关系。与时下传统文化得不到应有的重视不无关系，心中往往是干着急。我坚信：功夫在书外！坚实的国学基础对书法特别重要，当在笔墨之外求风格创特色。

知识改变命运，勤奋成就未来。书到用时方恨少，越读书越惭愧越自责，随着阅历的增加，透过事物看本质，从古今中外的历史演变中，对当今社会的认识越深刻，对自身的差距也越有针对性，对当下社会秩序的紊乱和畸形发展深感忧虑和不安！

宁静致远是人们的理想化心态，现实中难得做到的心态，世外桃源隐居生活是到一定年纪后的闲适追求。年轮的增加，这种心态越发明显，有许多的梦想未能如愿，或者离期望的目标相差很远，恰似一江春水向东流矣……

老老实实地向古人学习，在新的岁月，用心要更专，技艺要求精，惜时要如金，与时间赛跑，不与自己过不去，不与他人过不去，少留遗憾在人间！

以上语无伦次、词不达意，权作今年的生日自白罢了。

别致的生日礼物

我们交通系统的新华大姐是我多年的同事和朋友，2011年10月整整60岁。她退休五年了，可人退休思想没有退休！精神没有退休！她应聘为交通事业发挥余热，仍然活跃在交通史志编纂的重要岗位上。

在全市乃至全省交通系统，上了五十岁以上的人都非常熟悉她，她是全省公路系统有名的才女，她多才多艺，学什么会什么，干一行精一行，且出手不凡。她追求一流，勇往直前，常常给人以惊喜，她的成绩令我等须眉无不刮目相看。

这不，作为大姐送给自己六十大寿的生日礼物，那天她郑重签名送我她的个人文集《岁月如歌》，这是一本沉甸甸的个人散文随笔集。

当拿到《岁月如歌》，远胜于当年我自己出集子的那种欣喜心情。她的集子虽然没有公开出版，虽然没有媒体宣传，这并不重要，新华大姐属于务实不要虚名的人，她将文章汇编成集，旨在送给亲朋好友纪念，唯此足矣！

了解她的人，无不投去钦佩的目光。欲成为文学专业人士而公开出版作品固然可嘉，但对于无需申报某级协会会员的老同志而言，我非常赞同这种汇编成集的做法！可谓成集成史一箭双雕！

收到集子之后，我就沉浸在这厚厚的图文并茂的篇章里，欣赏她几十张反映成长历史的珍贵照片和一篇篇真情文章，感慨万端。集子共分五个部分、八十多篇文章，洋洋洒洒二十余万字。

这是多么了不起！除去常常见到我市女性专业作家个人作品集外，这是我见到的全市交通系统唯一女性个人文学作品集，更是退休后笔耕不辍的交通才女作品集，理当载入交通大事记之列！载入夕阳红典型事迹之列！其价值和意义已远远超越个人文集本身！她的这种积极处世、乐观向上的人生观、价值观，值得我们每一个在岗或退休的同志学习借鉴。

长期以来，我十分推崇和倡导每一个从事文字工作的同志或有一定文字功底的朋友，在有生之年里，在繁忙的工作之余，尽可能将人生中有价值的生活积淀及人生感悟用文字记录下来，作为一种文学表现形式的自传，是后人学习借鉴的宝贵财富，于己于人都是功德无量的事情。

从另一种角度而言，新华大姐作为交通史志编纂专家，集子还折射出交通的发展历程，从某种层面反映我们社会前进的轨迹，称其具有弥足珍贵的史料价值也不为过。

朋友们：这是多么有意义的生日礼物！与其说是生日礼物，不如说是人生精彩片断的展现，这礼物比穿金戴银吃喝玩乐不知要强多少倍！大姐给我们树立了榜样！

我相信，一石激起千层浪，长江后浪推前浪。有新华大姐的《岁月如歌》必将产生强烈的示范效果！一定会有更多类似的、非文学专业的女性文字工作者学习效仿。

在此祝愿新华大姐六十大寿健康快乐，祝愿大姐在未来的如歌岁月中，有更多的佳作问世，续写新的华彩篇章！

早酒的味道

　　我的故乡当阳河溶镇位于江汉平原，属远近闻名的鱼米之乡，历史上就是比较富庶之地。

　　河溶镇作为当阳市的三大古镇之一，历史上沮漳河水上交通发达，商贾云集，商埠林立，港口繁华，舟楫穿梭，素有"小汉口"之美誉。

　　这儿的人们对吃东西也比较讲究，积淀了独具特色的地方饮食文化，不仅色、香、味俱全，而且早点、正餐都可圈可点。如"河溶牛杂早酒店""郭场火锅鸡""四大六小"的宴席等等。

　　据有关资料介绍，十多年前，河溶居民刘汉溶开办了当阳首家"河溶牛杂早酒店"，生意蒸蒸日上。这也是当阳的一大特色，当阳城区遍布着河溶牛杂早酒店。目前，河溶镇有200余户居民创业开办"河溶牛杂早酒店"，并走出当阳，在全省占有一席之地，部分店面还开到了湖南、广东等省。成为宜昌地方独具特色的品牌早餐之一。

　　河溶牛杂早酒的特色是早餐时吃米饭喝酒，故称早酒。同时配有十余样菜肴，如蒸鸡蛋、冻鱼、粉蒸排骨、牛杂、心肺汤、扣肉、蒸肉及咸菜、泡菜及米汤等等，生意十分火爆。喝点早酒，吃点牛杂，"粉点白"（聊天，当阳俗语），从早上可以一直喝到上午10点，食客慢慢品尝，喝酒聊天谈事……

　　离开家乡在外地工作30多年了，我每次回故乡，忍不住要去"河溶牛杂早酒店"品尝一下。现在当阳城关许多地方都有河溶牛杂早酒店,经常去的就有三四家,我居住的地方新开了一家"静姐早酒",店面不大,但设施新,干净整洁,成为我去得最多的地方了。我每次去吃早点,只是享受下家乡的特色菜肴,吃早饭,喝米汤,从没有真正意义的喝早酒,也是没有早上喝酒的习惯(特别是在查酒驾的时下,如果当天喝了早酒,意味着一天不能开车),但此处可见到不少食客饮酒场面,真不失为当阳的一大早餐特色。

今年端午之际,我回当阳与亲朋相聚,在我表姐夫何先生的热情和执意要求下,体验了一次原汁原味的河溶早酒。

清早,他如约来到我的住处,等我洗漱完毕,见到他手提一瓶多年陈酿,我心知肚明。

站在我面前的表姐夫带着满脸的真诚和句句推心置腹的邀请理由,虽然从来没有早上喝过酒,但是面对表姐和表姐夫的热情期待,我没有理由拒绝他们的盛情,随即与他前往,就在街面上推杯换盏,好不痛快!也填补了人生早上饮酒的空白……

我母亲姊妹五个,表姐夫不少,但性格投缘的就是这位何姓表姐夫,他长我六岁,虽然是一个农民,但是很有智慧,为人亲和,对培养子女有心得,儿子大学毕业后,在省内某高校负责招生工作,女儿也在当阳城关某超市工作,农村的房屋早卖了,与表姐经常往来于武汉和当阳。

我的这位表姐就更是亲近的人了,也比我大六岁,小时带着我一起玩,见证着我的成长,还是当年脚东小学的校友,我的红领巾就是这位表姐系在我的脖子上的。

表姐年轻时,漂亮可人,闻名乡里,嫁了个好人家,表姐夫是独子,形象英俊,头脑精明,因此家境比较殷实,加上离我常居住的脚东港外婆家比较近，只有四华里吧，外婆常常带我去她家看望表姐，表姐夫及家人待人真诚，非常喜欢我们去玩，留下非常难忘的童年印象。

我母亲健在时，他们是去我家最多的亲戚之一，三年前的那天早上母亲突发心脏病去世的信息，就是这位表姐夫紧急电话告知我的……

他们的孙女在武汉上学了，闲不住的两人又从武汉回到当阳，且有段时间了，并且在当阳购买了房子，但一直没有机会相聚，这次端午才得以聚会，因此才有这次早酒的体验……

端午之晨，气候宜人，大街上还很安静，只有晨练的人不时从面前经过。侄女婿小刘已经抵达，点了一桌子菜肴，静候我们的到来。

早酒之时，表姐夫与表姐轮番斟酒，言辞恳切，满脸的笑容，因侄女婿当天有要事需要外出，不能喝酒，只有我与表姐夫对饮。两杯下肚，顿感酒醄耳热，酒劲上来，面色红润，精神抖擞，飘飘欲仙，此时身心的愉悦远远大于身体的不适，我感到这酒是酒又不是酒。酒是物质形态的，情是精神层面的，亲人相聚的情感总要通过一种形式才能表达出来。再则，纯语言表达总是不能尽兴的，因此我们喝的不是酒，喝的是人与人之间的情谊，是近半个世纪的亲情友情叠加兄弟之情。

唐代大诗人李白在著名的《将进酒》诗曰：古来圣贤多寂寞，唯有饮者留其名！今年端午之晨与表姐夫何先生当阳城关街头畅饮一幕，亦将载入我们的亲情和友谊史册。

酒不醉人人自醉，我的心是真的醉了……

附录

十赞长江

长江啊长江

从皑皑雪山发源

像从远古走来

似从天上下凡

一路豪歌一路深情

有壮士跃入大海的豪迈气概

长江是大地之母

接纳无数山川河流

成就你的风采

用其甘甜乳汁

养育流域生灵

具有博大胸怀

长江是黄金通道

万里迢迢奔腾不息

千帆百舸如梭往来

像一条彩练串连五湖四海

昼夜流淌低吟浅唱

给沿江两岸送来绵绵的情和浓浓的爱

长江是天然画廊
三峡旖旎风光
鬼斧神工上苍安排
激流涛声为你伴奏
墨客骚人为你描绘感怀
猿猴雄鹰为你呐喊喝彩

长江是煤和油
巍巍三峡大坝
还有呼应的葛洲坝
巨大的绿色能源
让半个中国耀眼五彩
造福子民一代又一代

长江是英雄沙场
赤壁之战
渡江之战
石牌保卫战
火烧连营刘备托孤……
成就历史英名的大舞台

长江是人间彩虹
工程师实现梦想的平台
一座座彩虹飞架
南北天堑变通途

火车汽车穿梭往来

妩媚妖娆千姿百态

长江是名人沙龙

李白杜甫白居易苏东坡……

巴山夜雨巫山神女长江三部曲

古今文人魂牵梦萦

心中有长江

创作灵感滚滚来

长江是远古生物乐园

滔滔江水下养育着

白鳍豚江豚刀鱼达氏鲟胭脂鱼……

还有水中熊猫中华鲟

全身是宝价值连城

令母亲河世界扬名

长江似巨龙

经济重镇星罗棋布

高新产业竞相登台

首尾相呼应

腹背齐上阵

巍巍中华舞起来！

飞起来！

后记

敞开心扉写春秋

2010 年，在各方的鼓励支持下，我以初生牛犊不怕虎的心态，大胆结集出版了个人散文随笔集《弯弯的河流》，尝试将自己多年零散的日常随笔和散文结集出版，以此集子为标志，算是对前些年文学爱好的一个小结。

七年一晃而过，年龄也不饶人，岁月将人生带入了金秋，也是人生的收获期。

人生犹如四季，自然界的晚秋景色是绚丽多彩的，人生也有春华秋实之说，那么人生的晚秋也是收获人生、总结人生的特殊时期。本职工作方面进入市管干部行列，如今我尚在工作岗位上，依然忙于日常事务，还在履行担负的职责。

七年来，社会方方面面正本清源，激浊扬清，深感各方面的要求更高更严了，谨小慎微，循规蹈矩，遵纪守法，旨在为人生画个圆满的句号。工作之余，继续我的翰墨人生和编织我钟爱的散文写作梦想。

七年，回首一望，似乎又存积了一些日常随笔、游记。翻阅这些文稿，有主动创作的，有应约创作的，有的发表了，有的没有发表，但与《弯弯的河流》有着明显的区别，时间跨度比过去小多了，但视野似乎比过去要开阔，题材也明显比过去宽泛，涉及的面大多了，时而还掺杂几句打油诗，以增强散文的诗情画意，甚至跃跃欲试地想从事小说创作，可一想，那是需要时间作支撑的，待退休后再动笔吧。

七年前，因为出版《弯弯的河流》，特别是宜昌市散文学会的成立，本人实现了由一个游兵散勇到回归组织的跨越，先后加入宜昌市作家协会和湖北省作家协会，并被有关的刊物和组织聘为会员或签约作家，特别是被推举为市散文学会副会长兼秘书长，成为湖北省交通历史文化学会唯一地市州交通单位的副秘书长，深感荣幸。本人也非常珍惜取得的每一点微小的进步，深感舞台更宽了，肩上的责任也加重了，散文创作的氛围更浓了，信心也更足了。

7年来，本人坚持用心观察生活，用情抒写每一篇文章，虽然无缘欣赏异域风情，但足迹也遍及祖国的大江南北，南到阳春东莞，北至内蒙古阿拉善盟，领略祖国的名山大川，用文字和图片记录我的一路所思、所想、所感，部分文章还有幸载入典册，体验到了收获的乐趣。

记述内蒙古阿拉善思念之行的散文《情寄巴彦浩特》，2016年荣获中国第三届徐霞客游记文学三等奖；

描写普通平凡的油菜花的《哦，那金灿灿的花儿》，2014年荣获全国最美油菜花海征文优秀奖，入编《散文宜昌》(2014)；

描写与知了特殊情结的《蝉声阵阵》，2014年荣获了全国"天人生态杯""啄木鸟系列生态文学虫子的故事"优秀奖，并被多家媒体选用并编入作品集；

还有《闲话拜年文学》，2013年3月刊发在《中国文化报》，本人提出了"拜年文学"一说，引发新华网、文化网等全国数十家官方网站的转载；

散文《重拾画笔记》刊发于2017年第二期《湖北文化》，文中本人提出了"院墙文化"；

散文《向往观音山》2014 年 9 月发表于《台湾好报》，作为观音山文学社一级会员，得到了观音山文学社的配套稿费奖。

还要特别感谢市作协副主席、西城区文联主席阎刚在《西陵文艺》（2015 春季刊）以"散文小辑"形式，集中编发本人散文十篇。

本书特别选入了 2012 年湖北作家网"喜迎'十八大'，争创新业绩"为主题的诗歌征文活动的入围诗歌。本人应征创作的自由体诗《十赞长江》在 1100 余首参赛作品中荣幸入围 80 首之列，虽然未能进入终评获奖 30 首，但却引发了我对诗歌创作的欲望。

……

近年来，在市散文学会的统一策划下，参与本市范围的各种类型的采风笔会活动，接触的范围更加广泛，创作素材也更加丰富，增加了认真研读本地历史文化的主动性和紧迫感。这次选编的 70 多篇散文随笔概括为足迹留痕、绵绵情思、岁月之河、心灵鸡汤、人生感悟五大类。

七年中，经历了失去母亲的痛楚，因此文集里追思亲情的分量有些重，特别设置了专门的一个栏目。

过去的岁月里，本人有一句从人生经历感悟的话语：人生输在起跑线，一生都在追赶中，不敢懈怠，不敢停留。成为激励自己勇往直前的精神动力。

编辑本集的一个重要使命，就是对自己工作期间的业余爱好做一个小结，对自己所学的汉语言文学专业在散文实践方面也做一个小结，还可以作为告别工作岗位、转向人生新天地及送给自己的生日礼物（当然从翰墨人生的角度也会逐一小结）。

呈现在大家面前的集子自定名为《随波听涛》，寓意自己是航行于弯弯河流中的一叶小舟，在漫漫人生的岁月之河里，很不起眼地自由漂荡。风平浪静时，时而眺望人世间的风景，时而静听航程中的涛声，时而仰望蓝天白云和五彩云霞，时而欣赏着空中盘旋的雄鹰；在狂风暴雨中，时而承受着暴风骤雨和电闪雷鸣，时而又欣赏着风雨过后的绚丽彩虹和多情的夜色；每当白雪皑皑之际，除了欣赏独特的风景，也要独自承受人间的冷酷……这么多年来，就这么风雨兼程，劈波斩浪，顽强奋进……

这些年的工作之余，孜孜不倦地、竭尽全力地揣摩两个字：一是"文"，一是"字"，这"文""字"二字，可谓穷尽我业余生活所有的心血和精力。

综上所述，本集主要记述个人在散文海洋里遨游的一些心得。深感宜昌散文实力强名家多，长期耳濡目染，可谓受益多多，此集也是向大家作个汇报。

今后我将继续向市内的散文名家符号、李华章、温新阶、甘茂华、谭岩、韩永强等老师学习，根植于宜昌散文的沃土，不断吸取丰厚的营养，努力创作出人们愿意看、接地气、有思辨、有新意的散文……

深知自己写作水平和认知水准以及艺术表现形式，仍然不太成熟，有的文章属于鸡毛蒜皮，像流水账，有些观点也不合拍，甚至有些谬误，诚望大家不吝赐教。

最后真诚感谢中国作家协会会员、宜昌市作家协会副主席、宜昌市散文学会会长温新阶老师欣然为拙著热情作序和鞭策鼓励！

戊戌年春分于沮漳河畔